친구 이상
연인 이하

친구 이상 연인 이하

1판 1쇄 찍음 2017년 1월 11일
1판 1쇄 펴냄 2017년 1월 18일

지은이 | 윤해조
펴낸이 | 고운숙
펴낸곳 | 봄 미디어

기획·편집 | 김민지, 김자우, 홍주희

출판등록 | 2014년 08월 25일 (제387-2014-000040호)
주소 | 경기도 부천시 원미구 소향로17, 304(두성프라자)
영업부 | 070-5015-0818 편집부 | 070-5015-0817 팩스 | 032-712-2815
E-mail | bommedia@naver.com
소식창 | http://blog.naver.com/bommedia

값 9,000원

ISBN 979-11-5810-284-5 03810

친구 이상
연인 이하

윤해조 장편 소설

Contents

프 롤 로 그

여자가 먼저 고백을 하는 것은 의외로 어려웠다.

유채는 교복 치마를 꽉 움켜잡다 한숨과 함께 쥐고 있던 치맛자락을 놓았다. 몇 번이나 이 행동을 반복했는지 모른다.

심호흡을 다시 한 번 크게 한 뒤 운동장에서 친구들과 떠들고 있는 한 남학생을 바라보았다. 살짝 눈썹 위를 덮을 정도의 긴 앞머리에 비해 뒷머리는 전체적으로 짧게 커트한 남학생은 키가 컸다.

밝게 웃고 있는 것처럼 성격도 좋아서 다른 여학생들에게도 인기가 많았다.

유채의 시선을 알아차렸는지 그 남학생은 눈이 마주치자

마자 번쩍 손을 흔들다 그녀의 앞에 다가왔다.

"반장!"

유채는 지금만큼은 반장이 아닌 제 이름을 불러 주었으면 좋겠다는 생각을 했다. 하지만 그럴 리가 없었다. 유채는 쓴 웃음을 삼키며 손을 흔들었다.

"응, 서유찬."

"부모님이랑 같이 있던 거 아니었어?"

"아, 부모님 바쁘셔서 나 혼자야."

"아…… 미안."

"미안해할 필요 없어. 어차피 일주일 전부터 못 온다고 하셨는걸."

유채의 부모님이 그녀에게 관심이 없는 게 아니라 맞벌이 가정이라 바쁘셔서 오지 못하는 것뿐이다. 내가 유찬이에게 동정받을 필요는 없다.

유채는 미안해하는 유찬에게 손을 뻗었다.

"정말 괜찮아."

"그래도……."

"정 미안하면 나랑 사진 한 장만 찍자."

"응? 그래."

"저쪽에서 찍어 줘. 여긴 사람이 너무 많아서."

유찬이 알겠다고 말하자 유채는 다행이라 생각하며 앞장서 걸었다.

유찬과는 고등학교에 다니는 동안 2년이나 같은 반이었다. 유채는 2년 내내 반장을 했고 공부도 잘하는 편이었다. 나름 얼굴도 익히고 친해져서인지 2학년 때 유찬은 같은 반이 되자마자 그녀에게 자신의 약한 과목인 수학을 가르쳐 달라고 했다.

　유채가 공부를 가르쳐 주면 유찬은 그녀에게 간식을 사 주거나 저녁밥을 그의 집에서 함께 먹는 일상이 반복되었다. 함께하는 시간이 길어질수록 많은 이야기를 하게 되어 점점 마음이 쌓였다.

　짝이 된 후 수학을 알려 주며 친해졌지만 유채가 그를 알게 된 것은 2학년 때부터가 아니었다. 그가 옆 반이었던 1학년 때부터 유채는 짝사랑을 시작했었다.

　내내 혼자서 앓다가 졸업하면 왠지 이대로 끝일 것 같아서, 이대론 안 되겠다 싶어서 큰맘 먹고 고백을 하기로 했다.

　그래도 너무 떨리는걸.

　사람이 없는 조용한 곳에 도착한 유채는 몸을 빙글 돌렸다. 유찬은 평소처럼 다정한 미소를 짓고 있었다. 유채는 정말로 사진만 찍고 갈까 생각했다.

　하지만 이대로 아무것도 하지 않는 것보다 차라리 깔끔하게 대답을 듣고 포기하는 게 나았다. 홀로 서유찬을 좋아하는 곽유채가 불쌍해 보였다.

　유채는 심호흡을 하며 준비를 했다.

유찬이 너무 좋았다. 처음에는 이유가 있었던 것 같은데, 지금은 기억도 나지 않았다. 내가 왜 서유찬을 좋아했더라. 가끔 생각해 내려고 노력해 봤지만 여전히 기억이 나지 않았다.

그녀에게 이유 따위는 중요하지 않았다. 때론 좋아하는 마음이 더 괴롭다는 것을 알았기 때문에.

나 혼자 좋아하는 건데 괜찮을 거야. 몇 번이고 스스로를 다독였던 밤이 떠올랐다.

하지만 이제 그것도 안녕.

"서유찬."

"응. 사진은 핸드폰으로 찍을 거야?"

"좋아해."

"응, 나도 반장 좋아……."

"……."

"해…… 어?"

유찬은 유채가 한 말을 되새기다 이상했는지 눈을 동그랗게 뜨고 입까지 벌린 상태였다. 바보 같은 모습을 보던 유채는 피식 웃었다. 유찬이 어떻게 할지 훤히 다 보였기 때문이다.

유찬은 실제로 착해 빠졌다. 사람 좋아 보이는 다정한 미소만 봐도 그랬다. 그건 꾸며 낸 미소가 아니라 저절로 나오는 미소였다.

남들의 부탁을 다 들어주는 건 아니지만 자신이 해 줄 수 있는 거라면 응하는 편이고, 지나가다 남이 어려운 상황이면 꼭 도와주곤 했다.

　호구는 아니지만 착한 녀석. 그런 면도 좋았다. 그렇기에 유채는 자신이 꺼낸 말을 마무리 짓기로 하였다. 유찬은 분명 저를 상처 입히지 않기 위해 답을 찾고 있을 게 뻔했다. 그리고 사귀자고 할지도 모른다. 거절을 하면 곽유채가 상처받을 게 뻔했으니까.

　하지만 그건 싫어.

　혼자 시작한 거니까 혼자 끝낼 수 있다.

　유채는 주머니를 뒤적거렸다. 이내 코트 속에서 핸드폰을 꺼냈다.

　"마지막이니까 해 본 말이야."

　"반장, 난……."

　"하고 싶은 말을 했으니, 마지막으로 사진 한 장. 이 정돈 해 줄 수 있지?"

　유채는 애써 웃으며 핸드폰을 흔들었다. 유찬은 유채의 표정을 살피며 혼란스러운 표정을 지었다.

　저런 표정 짓게 하고 싶지 않았는데.

　유채는 장난스럽게 유찬의 어깨에 팔을 올리며 핸드폰을 하늘 위로 치켜들었다.

　"웃어. 그런 바보 같은 표정은 짓지 말고."

"어? 으, 응."

마지못해 웃는 유찬의 얼굴이 화면에 보였다. 유채는 어색하게 웃으며 속으로 생각했다. 그냥 말하지 말걸.

찰칵 소리가 난 뒤, 유채는 곧바로 핸드폰을 내리고 어깨동무도 떼어 냈다..

"2년 동안 고마웠어. 잘 지내."

"반장."

"응?"

"난 널 친구 이상으로 생각해 본 적 없어."

"응. 이제 그건 됐어."

"그러니까."

됐다니까 그러네. 유채는 애써 장난스럽게 유찬의 어깨를 주먹으로 툭 쳤다. 그러나 곧바로 내리지 못했다.

유찬이 부드럽게 입가를 올리며 유채의 손목 위를 잡고는 살며시 내렸다. 악수를 하듯이 잡아 온 손은, 무척이나 따뜻했다.

"일단, 친구를 계속하자."

"무슨 소리야."

"친구로 지내다 보면 내가 너를 다른 시선으로 볼 수 있을지도 모르잖아."

생각도 못 한 말에 뭐라고 대답을 하면 좋을지 모르겠다. 유채는 입을 들썩이다 결국 꾹 다물었다.

유찬의 얼굴에 처음으로 어색한 미소가 드리워졌다. 억지 미소처럼 보였다. 유채는 자신이 저런 표정을 짓게 만든 것 같아 미안해졌다.

다시 말하기를 망설이던 유찬이 피식 웃으며 말을 이었다.

"하지만 그 전에 너에게 다른 좋아하는 사람이 생기면 말해 줘."

그사이에 만약 네가 나를 좋아하게 되면 어떻게 하냐고 묻고 싶었다.

하지만 유채는 지금 유찬의 말에 욕심이 생겼다. 혹시나 자신을 다르게 봐 준다면, 어떨까 싶었다.

그럴 리가 없잖아.

가능성 없다고 생각했다. 제 성격이 나름 털털해서 남학생들과도 줄곧 어울렸지만 그들은 늘 그랬다.

'넌 친구로는 괜찮은데 여자 친구로는 아니야'

그건 본인도 잘 인지하는 사실이었다. 그렇기에 인기가 많은 유찬이 자신을 봐 줄 리가 없었다.

이번에는 유채가 피식 웃었다. 손을 뻗어 유찬의 어깨를 주먹으로 툭 쳤다.

"그래. 친구 계속하자."

아무렇지도 않게 장난스러운 목소리를 냈다. 그가 자신을 붙잡으며 한 말이 계속해서 귓가에 맴돌았다.

"내가 부담 준 것 같아서 미안하네."

유채는 뭐라고 말을 하려고 입을 여는 유찬을 이번에도 막아섰다. 그렇지 않으면 아까부터 계속 차오르는 감정이 팍 하고 터질 것만 같았다.

"서유찬. 곧 예뻐질 곽유채 보고 후회나 하지 마셔."

유채는 유찬의 어깨에 팔을 걸쳤다. 유찬보다 키가 작은 편이라 어깨동무를 하기엔 좀 힘들었지만 꿋꿋이 버텼다. 유채를 비스듬히 바라보던 유찬이 하하 웃으며 팔을 뻗어 그녀의 어깨 위에 올렸다.

"지금도 예쁘지만 곽유채는 더 예뻐질 거야."

"흥. 진짠데."

"기대할게."

"물론. 기대하라고!"

멀리서 유찬을 찾는 소리가 들려와 두 사람 사이의 대화는 곧 끊겼다. 유찬은 친구들에게 가기 전 유채에게 인사를 했다. 그녀는 그에게 손을 흔들어 주었다.

유찬은 먼저 걸음을 옮겼지만 몇 걸음 걷지 못한 채 다시 뒤를 돌아보았다.

"가. 왜 안 가?"

"집에 데려다줄게."

"아니, 됐어. 나도 친구들 볼 거야."

"……응. 문자할게!"

"응."

유찬을 향해 손을 휙휙 흔들던 유채는 등을 보인 그가 점점 멀어져 보이지 않게 되자 흔들던 팔을 멈췄다. 곧 팔은 힘없이 툭 떨어졌다. 주머니 속에 대충 구겨 넣은 핸드폰을 꺼내 슬라이드를 해제했다. 액정에는 방금 전 유찬과 찍은 사진이 보였다.

한참 동안 화면을 바라보던 유채는 입술을 깨물었다. 액정 위에 물이 툭툭 떨어졌다.

"아…… 정말 꼴사납네."

친구, 그걸 계속할 수 있을까.

막상 다시 생각해 보니 자신이 없었다. 정확히는 유찬과 친구 관계를 유지하는 것과 그에 대한 마음을 포기하는 것이 자신이 없었다.

제 미련한 성격을 보면 계속 유찬을 좋아할 것이다. 포기를 하게 된다면 그가 누군가를 좋아하게 되어서 사귈 때쯤이겠지.

유찬은 고1 때부터 여자애들에게 고백을 자주 받았지만 공부에 전념하고 싶다며 전부 거절했었다. 그것만으로 안심이 돼 고등학교 3년 내내 행복했었다.

비록 여자인 친구들은 많았지만 상관없었다. 유찬의 공부를 봐주는 건 저 하나였기 때문이다.

하지만 이제 그것도 끝. 유채는 그 자리에 주저앉아 몸을 둥글게 말고 팔 사이에 고개를 파묻었다. 코트 자락이 바닥에 닿아 젖어 갔지만 상관없었다.

정말로 많이 좋아했다. 처음으로 누군가를 좋아해 봤기에 더욱 그랬다.

인사라도 해 보고 싶었던 고등학교 1학년 때의 모습. 다음 해에 같은 반이 되어 인사를 할 때 너무 행복했던 나머지 실수한 모습. 번호를 알고 싶어서 전전긍긍했지만 공부 때문에 먼저 유찬이 말을 걸어 줬을 때는 매일 웃고 다녀서 친오빠가 눈치챌 정도로 들떴던 모습. 유찬의 집에서 같이 공부를 하게 되어 그의 부모님과 인사했을 땐 한 달이 넘도록 침대 위를 굴러다녔던 모습까지.

3년의 기억이 주마등처럼 스쳐 지나갔다. 유채는 눈을 질끈 감았다가 벌떡 일어났다. 그때 눈앞에 서 있는 한 여학생이 보였다.

"······사랑아."

백사랑. 유채의 단짝 친구였다. 그리고 유일하게 유채의 짝사랑에 대해서 알고 있었다.

"뭔데 청승맞게 앉아서 울고 있어? 일어나. 넌 더 좋은 놈 만날 수 있어."

"하하."

"웃지 마. 으, 콧물."

검지와 중지 사이로 유채의 코를 쥐었다가 금방 놔 버리는 사랑의 행동에 유채가 피식 웃었다.

16

그 모습을 바라보던 사랑은 조용히 안아 주었다. 덕분에
그녀는 다시 눈물을 글썽거렸고 사랑은 말없이 등을 토닥여
주었다.

1화

케이크와 타르트 전문점 '르 씨엘(Le Ciel)'.

오전 10시부터 오후 9시까지, 달콤한 디저트를 좋아하는 이들이 마음껏 드나들 수 있도록 하는 것이 목표인 작지도 크지도 않은 가게다.

르 씨엘의 직원 겸 매니저인 곽유채는 오늘도 다른 직원들보다 일찍 와서 문을 열었다.

직원은 유채까지 총 세 명이다. 주방에서 거의 나오지 않은 제빵 담당인 스물다섯 살의 정다원, 홀에서 계산과 포장 담당을 하는 점장 박원진. 둘 다 남자였다.

문을 열고 닫는 건 유채의 담당이지만 영업 시작하기 전에 청소는 같이했다. 평소 청결에 신경을 많이 쓰는 편이라 저녁에 미리 청소를 해 놓고 퇴근한 후 아침에는 간단히 바닥을 쓸고 걸레질을 한다. 그리고 주방 청소를 하는 다원을 도와 오픈 준비를 했다.

"누나, 안녕!"

오늘도 통통 튀는 목소리로 인사를 하는 다원이 들어왔다.

"안녕."

다원은 늘 기분이 좋아 보였다. 밝고 사교성도 좋아 흔히 말하는 분위기 메이커였다. 때론 시끄럽기도 하지만 같이 있다 보면 저절로 미소가 지어졌다.

"그나저나 늘 일찍 오네!"

"이젠 습관이지."

출근 시간은 10시지만 유채는 항상 9시 40분에 문을 열었다. 다원도 유채를 보고 몇 달 전부터 쭉 같은 시간에 맞춰서 오고 있었다.

어깨를 으쓱이며 웃어 주었다. 다원은 외투를 옷걸이에 걸고 빗자루를 꺼내서 유채를 도와 바닥을 쓸었다. 가게 규모가 작다 보니 금새 끝났다. 바닥을 쓸고 나면 얼추 10시가 되었고, 항상 그때쯤이면 원진이 도착한다.

"역시 둘 다 와 있었군."

"좋은 아침!"

"오셨습니까!"

"최근에 다원이까지 이렇게 일찍 오는 걸 보면, 역시 월급을 올려 달라는 시위인가?"

놀랐다는 표정을 짓는 원진을 보며 유채는 두 손을 뻗어 그의 어깨를 잡았다.

"오빠, 그걸 지금 깨달은 거야?"

"헉⋯⋯!"

과장된 표정을 지으며 원진이 뒤로 물러나자 유채가 깔깔거리며 웃었다.

"옷 갈아입고 올 테니까, 다원이 너는 먼저 주방 청소하고 대걸레는 오빠한테 넘겨."

"하지만⋯⋯."

"시끄러워. 다원이 주방 가야 하니까."

"옙, 누님!"

멍한 얼굴로 저를 보는 원진과 씩 웃으며 장난스럽게 경례하는 다원의 모습에 피식 웃음이 나왔다.

원진은 대학교 선배로, 그가 복학한 후 수업을 같이 들으면서 친해졌었다. 졸업 후 호텔에서 디저트를 만드는 아르바이트를 하던 유채에게 먼저 연락한 건 원진이었다. 부모님이 돈을 보태 줘서 가게 하나를 냈는데 같이 일을 하자는 제안이었다.

그녀에게도 나쁘지 않은 제안이라 바로 수락했고, 제빵사한 명을 더 구해 일을 하게 되었다. 유수 같은 시간이 흘러벌써 가게를 연 지 4년이 되었다.

"어디 보자."

핸드백을 자신의 로커 안에 넣었다가 진동이 느껴져 핸드폰만 꺼내 문을 닫았다. 액정을 보니 사랑에게서 온 전화였다. 반가운 이름에 얼른 전화를 받았다.

"바쁘신 몸이 어쩐 일이래?"

출근할 때 미리 셔츠를 입고 왔기에 조끼만 대충 걸치고 검은색 바지로 갈아입었다. 핸드폰은 어깨와 얼굴로 고정한 채였다.

―내가 드디어 일이 끝나서 일주일 휴가를 받았다, 이 말이 아니냐.

"아주 열심히 했나 보네. 그래서?"

―그래서라니! 보자고.

"오늘?"

잠시 하던 생각을 멈췄다. 오늘은 별다른 약속이 없었던 것 같기도 하고. 괜찮다 대답을 하려는데 반대편에서 먼저 다시 말을 걸어왔다.

―너 또 서유찬이랑 약속 있나 없나 생각했지.

"잔소리하려면 나중에 해. 그거 들을 시간 없어."

―이따가 보자. 아무튼 정확히 9시에 가게로 갈 테니까 그렇게 알아. 행여 서유찬이랑 약속 있었어도 취소해! 끊어.

늘 그랬던 것처럼 자기 할 말만 하고 끊어 버린 전화에 유채가 피식 웃었다. 핸드폰을 잠시 의자에 내려놓았다. 앞치마를 똑바로 맨 뒤 주머니에 핸드폰을 넣고 탈의실에서 나왔다. 어느새 원진은 대걸레질까지 끝낸 뒤 어디론가 가는 중이었다.

"다 끝냈네."

"그럼. 내가 누구냐. 잠깐 화장실 갔다 올게."

"응."

홀로 가게를 지키며 유채는 잠시 주머니에서 핸드폰을 꺼냈다. 아깐 없었던 유찬의 메시지가 와 있었다. 서유찬이라 저장을 했지만 딱딱해 보인다며 '유찬'으로 바꿔 놓아서 이름만 뜨는 게 은근 마음에 들었다.

열아홉, 2월에 유채는 차였다. 친구 이상으로 본 적 없다는 말에 이제 다 끝이구나 했다.

하지만 유찬은 그랬다. 내가 널 친구 이상으로 볼 수 있을지도 모르니 친구를 계속하자고. 혹시나, 만약에, 그런 일이 생길까 싶은 작은 희망이 생겼다. 그렇게 해서 이어진 게 벌써 8년째.

"하아……."

유채는 카운터 위에 엎드렸다.

"뭘 한숨이야!"

"왔어? 그럼 나 다원이 도와주러 갈게."

"또 그 녀석이야?"

"응."

"너도 참 한심하다."

"뭐야?"

원진도 유찬의 존재를 알고 있었다.

유채는 대학을 지방으로 갔다. 호텔조리과로 유명한 대학교가 지방에 있었기 때문이다. 그곳에서 자취를 하며 4년 동안 다녔다.

유찬은 제대한 후 주말마다 유채를 보러 왔고, 심지어 평일에도 공강이 있으면 종종 와서 놀고 가곤 했었다. 그사이에 얼굴을 익힌 사이가 되었다.

유찬이 올 때마다 그녀가 본 적 없는 표정을 짓고 있어서 알았다. 유찬을 좋아하는구나, 하고. 이유는 알 수 없었으나 둘은 항상 친구라고만 했다. 그러던 어느 날 술을 마시다 듣게 됐다. 고백했다가 차인 후 친구를 계속하기로 했다는, 그런 미련한 일.

"그 녀석이 일하는 바(Bar) 좋더라."

"응. 칵테일도 잘 만들지."

"자랑은 그만. 다원이가 너 찾는다."

"누나, 누나! 언제 와요?"

다원이 주방에서 애타게 유채를 찾는 소리가 들렸다. 유채는 피식 웃으며 주방으로 달려갔다. 손걸레를 가지러 가던 원진은 주방을 바라보았다.

"저거, 언제쯤 처량한 신세 벗어나려나."

＊　　　　＊　　　　＊

르 씨엘에서는 케이크나 타르트만 파는 것이 아니라 샌드위치도 함께 팔았다. 하지만 그날 만든 것이 모두 떨어지면 더 이상 만들지 않고 문을 일찍 닫는다. 과하게 많이 만들지도 너무 적게 만들지도 않아 항상 신선한 디저트만 손님에게 제공한다.

오늘은 8시 50분쯤에 마지막 남아 있던 조각 케이크와 데리야키 치킨 샌드위치 2세트가 팔렸다. 그래서 일찍 문 앞의 팻말을 'Close'로 바꿔 두고 청소를 시작했다.

청소가 거의 끝이 났을 무렵 갑자기 누군가가 가게 문을 열었다. 유채는 '영업 끝났습니다'라고 중얼거리며 고개를 들었다가 사랑의 얼굴에 씩 웃었다.

"왔어? 왔으면 소리를 내야지 조용히 들어오다니."

"서프라이즈! 우리 원이 어디 있어?"

"우리 원이라니……."

사랑은 귀여운 외모를 가진 데다가 붙임성도 좋은 다원을 친동생처럼 여겼다. 그래서 가게에 오자마자 다원을 찾기 시작했다. 하도 가게에 들락날락거려서 그런지 유채가 말해 주지 않아도 그가 어디에 있는지 알기에 재빨리 주방을 향해 뛰어갔다.

"원아!"

애칭까지 부른다. 유채는 그런 사랑의 모습에 새삼 고개를 저으며 걸레를 빨러 화장실로 향했다. 걸레를 힘껏 빨고 난 뒤 앞치마 주머니 속에서 진동이 느껴져 핸드폰을 꺼냈다. 잠시 화장실 칸의 벽에 기댄 채 유찬에게서 온 메시지를 켰다.

문자보다 어플을 이용한 메신저를 자주 이용하는 편이라 읽으면 바로 표시가 없어지기 때문에 얼른 답을 해 줘야 할 것 같았다. 상대방은 자신의 대답을 기다릴 테니까.

아침에 보낸 건 안부 인사였다. 귀찮을 텐데도 꼬박꼬박 아침 인사를 한다. 점심이나 저녁도 잘 챙기라는 인사도 잊지 않는다. 자기 전에도 마찬가지였다. 방금 온 건 오늘 약속이 있느냐는 내용이었다.

"안 귀찮나."

유채는 상대방이 보내지 않으면 용건이 없는 이상 먼저 하는 적이 드물었다. 그걸 알기에 유채를 잘 아는 사람들은 연락을 재촉하지 않는다. 그건 유찬도 마찬가지였다.

〈오늘 약속 있어. 넌 늦었어.〉

장난스럽게 웃는 이모티콘도 하나 넣어 주고서 핸드폰을 집어넣으려는데 곧바로 답장이 왔다.

〈누구랑?〉

〈백사랑이랑.〉

〈술 마실 거면 우리 가게로 와.〉

〈생각해 보고.〉

점심과 저녁은 전부 가게에서 해결한다. 저녁은 아까 7시에 직접 한 파스타를 먹은 상태였다. 그래서 사랑과는 포장마차에서 간단하게 술을 마시기로 했다. 그걸 그대로 말을 해 버린 유채는 잠시 후회했다.

"으음……."

오라고 하니까 또 가고 싶어졌다. 아니, 사실은 그가 보고 싶었다.

여전히 친구 사이지만 유채는 그를 아직도 좋아하고 있었다. 열일곱 살 때 시작한 마음은 여전히 진행 중이었으니까.

"야! 넌 화장실을 만들어서 걸레 빨고 있니?"

화장실 문이 벌컥 열리고 사랑이 들어왔다. 깜짝 놀라서 하마터면 핸드폰을 떨어뜨릴 뻔했다. 유채는 핸드폰을 집어넣으며 어깨를 으쓱였다.

"연락 좀 하느라."

"누구랑."

"누구겠어."

유채는 꽉 짠 대걸레를 벽에 꽂고 나서 사랑의 옆을 자연스럽게 지나갔다. 등 뒤에서 따끔거리는 시선이 느껴졌지만 돌아보지 않았다. 다만 잠시 망설여졌다.

유찬이네 가게 가려면 백사랑을 설득해야 하는데.

하지만 자신을 노려보는 걸 보아하니 유찬의 가게에 갈 수 없을 것 같았다.

✳   ✳   ✳

"안녕히 가세요!"

다원이 먼저 인사를 하고 가게에서 멀어졌고, 원진이 바로 이어서 간다. 유채는 가게 문을 잠그고 나서 셔터를 내린 뒤, 열쇠를 핸드백 속에 집어넣었다. 사랑은 곧바로 유채의 팔에 팔짱을 꼈다.

"어디 가서 마실 거야?"

표정이 한결 나아진 사랑이 물어 왔다. 유채는 고민을 하는 척하다가 대답했다.

"버터플라이……."

"안 가."

"쳇."

혀를 차는 유채를 다시 노려보던 사랑은 땅이 꺼져라 한숨을 푹 쉬며 방향을 틀었다. 곧 근처 정류장에 도착했다. 사랑의 의도를 알아챈 유채가 눈을 반짝였다.

"사랑아……!"

"그렇게 감격한 눈으로 보지 마렴. 그런 의미로 오늘은 네가 한턱내는 걸로."

"야아, 네가 그러면 안 되지. 나보다 돈 더 많이 벌잖아."

"그럼 서유찬 뜯어낼 거야."

"유찬이보다 네 수입이 더 높잖아!"

그러다 눈이 마주치니 키득거리며 서로 웃을 수밖에 없었다.

유찬은 칵테일 바 '버터플라이 키스(Butterfly kiss)'에서 바텐더 겸 부점장으로 일하고 있었다. 르 씨엘에서 칵테일 바는 버스로 20분 정도 걸렸다.

버스를 기다리며 사랑은 자신보다 9cm 작은 유채의 어깨 위에 손을 얹었다.

"팔 내려라. 나 팔걸이 아니다."

"쳇."

유채는 158cm로 키가 작고 마른 편이었다. 하지만 지기 싫어하고 당당한 말투라 그런지 작아도 얕보인 적은 없었다. 작은 고추가 맵다는 말은 유채를 잘 보여 주는 듯했다.

"근데 곽유채. 너 머리는 이제 안 길러?"

"지금 잘 어울리지 않아?"

유채는 원래도 머리를 기르는 편이 아니었다. 어깨보다 좀 아래에 내려갈 정도의 어중간한 길이를 고집했지만 대학생이 되자마자 확 잘라 버리고 지금까지 단발을 유지하고 있었다. 물론 앞머리가 없는 것은 예나 지금이나 마찬가지였다.

"그렇긴 한데…… 야, 나 이제 와서 든 생각인데."

"응."

"너 단발로 바뀌었던 시기가…….."

"생각하지 마."

"아니, 잠깐만."

사랑이 진지한 표정으로 고민을 시작했을 때, 마침 버스가 왔다. 유채는 사랑의 어깨를 탁탁 치며 정신을 차리게 했다.

"야, 정신 차려. 버스 왔어."

"아!"

버스 카드를 찍은 사랑이 갑자기 화들짝 놀랐다. 유채는 들킨 건가 싶어 애써 모르는 척하며 1인석에 앉으려고 했다. 하지만 사랑에게 팔이 잡힌 채로 질질 끌려가 2인석에 앉게 되었다.

창가 쪽에 앉게 된 유채는 창밖을 바라보며 눈을 깜빡이다 유리에 비친 사랑의 모습에 흠칫 놀라 천천히 고개를 돌렸다.

"왜 그런 눈으로 봐?"

"너 정확히 서유찬이 군대 갈 거라고 한 다음 날 단발로 머리를 자르고 왔지. 막 대학 들어간 지 얼마 안 되었을 때였

어. 그래서 대학 간 기념으로 머리를 바꾼 거구나 생각했었
는데…… 지금 보니까 아니야."

유채는 그래? 하며 태연하게 웃었지만 사실 속은 아니었
다. 이제 와서 들킬 줄은 몰랐다. 평소에 표정 관리를 잘하는
편이지만 유찬과 관련되면 힘들었다.

사랑은 여전히 의심 가는 얼굴로 유채를 바라보았지만 그
녀는 모르는 척 핸드폰을 꺼내 유찬에게 연락했다.

〈나 지금 가.〉

문자에 곧바로 답이 왔다.

〈기다리고 있을게.〉

그 뒤에 붙은 웃고 있는 이모티콘이 귀여웠다. 하지만 옆
에서 사랑이 노려보고 있어서 좋은 내색을 하지 못했다.

"야."

결국 사랑이 유채를 불렀다.

"언제까지 그럴 거야?"

무엇을 말하는지 묻지 않아도 알 수 있었다. 유채는 입을
들썩이다 피식 웃었다. 대답은 그것으로 끝이었다. 덕분에
속이 답답해진 사랑은 자신의 가슴을 두어 번 정도 치다가

한숨을 푹 쉬며 팔짱을 낀 채 눈을 감았다.

창밖을 보던 유채가 고개를 살며시 돌려 자는 척하는 사랑을 바라보다 유리창 너머로 스쳐 가는 건물에 시선을 고정했다.

그러게. 언제까지 이럴까?

※   ※   ※

"왔어?"

문을 열고 들어가자 글라스를 닦고 있던 유찬이 고개를 들어 반갑게 손을 흔들었다. 옆에 있던 아르바이트 생인 유겸도 덩달아 손을 흔들었다.

"누님!"

저를 부르는 저 호칭은 어쩐지 다원을 생각나게 했다. 물론 다원은 장난칠 때만 누님이라 했지만 유겸은 처음부터 그랬다.

유채는 손을 흔들며 유찬이 서 있는 테이블 앞에 바로 앉았다. 사랑도 그 옆에 앉으며 유겸과 인사를 했다.

"오셨어요?"

그러나 곧 다른 아르바이트 생인 채경이 나타나자 눈싸움을 하기 바빴다.

"일주일 만이네, 유채야."

다정한 목소리에 유채는 멍하니 그를 바라보다 피식 웃었다.

서로 일하는 시간대가 달라 자주 보지는 못하지만 일주일에 한 번은 꼭 보는 편이었다. 물론 쉬는 날이 같아 주로 일요일에 보지만 가끔씩 유채가 이곳으로 찾아와 칵테일을 마시기도 했다.

"그러게."

"그나저나…… 사랑인 여전하네."

"그렇지, 뭐. 야, 그만해. 다섯 살이나 어린 애 앞에서 뭐 하는 거야."

"얘가 지금 우리 쇼핑몰 욕했다고!"

"제가 언제요. 욕한 건 아니죠! 그냥 제 취향 아니라고 했어요."

유채는 안 되겠다 싶었는지 일어나서 그 사이를 막아섰다. 이상하게 채경과 사랑의 사이는 처음부터 좋지 않았다.

겨우 조용해지자 얼른 칵테일을 주문했다.

"일단 가볍게."

"좋아. 서유찬. 가벼운 걸로 원하신다."

"알겠습니다."

빙긋 웃던 유찬은 자세한 주문을 마저 받고 칵테일을 만들기 시작했다.

유찬이 칵테일을 만드는 모습은 몇 번을 봐도 질리지 않는

단 생각을 하며 빤히 바라보던 유채는 갑자기 옆구리를 찔러 오는 사랑으로 인해 고개를 팩 돌렸다.

사랑은 언제 그랬냐는 듯이 유겸과 떠들고 있었다. 당하기 만 할 순 없지. 손을 뻗어 사랑의 옆구리를 푹 찌르고서 고개 를 들었다. 마침 유찬과 눈이 마주쳤다. 그가 먼저 입을 열었 다.

"나, 르 씨엘 딸기 타르트 먹고 싶었는데 빈손으로 오다 니."

"미안. 인기가 너무 많아서. '먹고 싶어요, 유채님.' 하면 다음에 올 때 하나 만들어다 줄게."

"정말?"

"그래, 내가 너를 위해 하나 만들어 두는 거야. 어때? 솔깃 하지 않아? 무려 이 곽유채님이 직접 만든 거라고."

"하하. 그거 생각난다."

달그락거리며 소리를 내던 유찬이 고개를 숙였다가 다시 들며 유채를 바라보았다. 유채는 피식 웃으며 뭐냐고 물었 다.

"어릴 적부터 넌 베이킹이 취미였잖아?"

"뭐…… 그랬지."

옷 스타일이나 말투, 행동이 그다지 여성스럽지 못하다는 말을 많이 들었다. 그래서 동성 친구보다는 이성 친구와 더 사이가 좋았다. 동성 친구들과는 그럭저럭 잘 지내긴 했지만 그래도 이상하게 더 친한 건 이성 친구였다. 그게 안 좋게 보여서 유채를 미워하던 여학생들도 있었다.

유채는 딱히 그런 것들이 신경 쓰이지는 않았지만 유찬도 그렇게 볼까 싶어서 여성스러운 취미 하나를 가져 보고자 시작한 게 베이킹이다. 여성스러운 점이 있다면 유찬이 자신을 '여자'로 볼까 싶었다.

처음엔 어려웠지만 포기하지 않고 만들다 보니 재미를 느껴서 직업으로 삼게 되었다.

"우와! 누님, 예전부터 솜씨 좋았어요?"

"응. 유채가 고등학생 때 케이크 만들어 준 적 있는데, 진짜 맛있었어."

"야. 그때 우리 집 오븐 빌려줘서 탄생한 케이크야. 그러니 인사는 나한테도 하도록 해."

"그때 어머니랑 아버지, 굉장히 맛있게 드셨었지."

유찬의 말이 끝나자마자 같은 칵테일이 동시에 유채와 사랑의 앞에 놓였다.

"일단 가볍게, 진 토닉."

드라이진과 토닉 워터가 들어간, 레몬으로 장식한 진 토닉이다.

"왜 난 곽유채랑 같은 거야?"

"넌 따로 주문 안 했잖아."

유채가 키득거리며 진 토닉 한 모금을 마셨다. 상큼한 레몬 향이 맴돌았다. 유찬은 두 사람 사이에 기본 안주인 독일 과자 브레첼을 놓았다.

"후."

사랑이 핸드폰을 들여다보더니 갑작스레 한숨을 푹 쉬었다. 왜 그러냐는 듯 바라보다 고개를 쭉 내밀어서 사랑의 문자를 같이 읽었다.

곧 유채는 사랑의 등을 토닥여 주었다. 두 사람을 바라보던 유찬이 왜? 하고 묻기에 사랑은 고개를 푹 숙이며 그에게도 화면을 보여 주었다. 유겸도 궁금했는지 유찬과 함께 문자를 읽었다.

"내일 급히 촬영 하나 해야 하니까 출근하도록? 이게 왜요?"

유겸이 먼저 묻자 대답할 의지를 잃은 사랑을 대신해서 유채가 설명해 주었다.

"오늘부터 일주일 동안 자유를 얻은 몸이거든."

"사랑아, 힘내."

힘이 날 리가 있나. 사랑은 바로 시간을 확인했다. 11시가 넘어가고 있었다.

아무래도 두 잔 정도만 더 마시고 가야 할 것 같았다. 보드카가 베이스인 블러디 메리랑 블랙 러시안 한 잔씩을 소주 마시듯 들이키고서 일어났다.

"계산."

"넵, 누님! 제가 해 드리겠습니다!"

"사랑아, 잘 가."

유채는 손을 흔들어 주며 사랑을 배웅했다. 사랑은 다음에 또 보자는 말과 함께 먼저 가게를 나섰다. 딸랑 소리가 멈출 때 유채는 다음 칵테일을 주문했다.

"나도 그럼 블러디 메리로."

그녀가 새로운 칵테일을 주문하자 유찬은 유겸을 불렀다.

"유겸아. 블러디 메리 한 잔 만들고 있어. 형 오늘은 일찍 퇴근할게."

"아. 누님하고 마시려고요?"

"응."

어느새 유채의 옆에 선 유찬이 그녀의 머리를 툭 쓰다듬었다.

"오빠 옷 갈아입고 나올게."

"오빠 같은 소리 하네. 얼른 갈아입고 와."

유찬의 등을 한 손으로 밀치며 그를 탈의실 쪽으로 밀었다.

한 손으로 턱을 괸 채 유찬이 간 곳을 바라보던 유채는 자신에게 말을 걸어오는 유겸의 목소리에 고개를 돌렸다.

"누님. 사랑 누님하고 술 마시면 누가 이겨요?"

"너 전부터 궁금했지?"

"궁금하잖아요?"

"누가 이길 것 같은데?"

"당연히 사랑 누님?"

당연하다는 걸 보니 역시 백사랑. 유채는 짧게 웃음을 터
트리다 그가 내민 칵테일을 받으며 대답해 주었다.

"아냐. 사실 내가 더 잘 마셔."

"에? 정말요?"

"믿을 수 없다는 얼굴이다?"

유채는 손등 위에 턱을 올린 채 장난스런 표정으로 유겸을
올려다보았다. 진짜인지 아닌지 혼란스러운 그의 감정이 표
정에 고스란히 드러났다. 그러자 이번에는 채경이 말을 걸어
왔다.

"딱 보기엔 그 언니가 더 잘 마실 것처럼 보이는데요! 언
니, 친구 감싸 주려고 그러는 거죠?"

"아냐, 채경아. 진짜야."

그때 유채의 옆에 유찬이 앉았다.

"무슨 이야기하고 있었어?"

"형, 사랑 누님하고 유채 누님하고 둘 중에 누가 더 잘 마
셔요?"

"아, 뭐야. 그런 이야기하고 있었어? 그야……."

턱을 문지르던 유찬이 고개를 돌렸다. 유채와 딱 눈이 마
주쳤다. 유채는 피식 웃으며 장난스럽게 팔을 뻗어 유찬의
왼쪽 어깨 위에 팔을 올리고서 살짝 옆으로 밀쳤다.

"알아. 나도 인정했다고."

"유채, 술 잘 마시지."

유찬도 유채의 오른쪽 어깨 위에 덩달아 팔을 올리며 어깨동무를 했다.

"참, 유겸아. 형은 미모사로 만들어 줘."

"네!"

"그나저나, 두 분 정말 사이좋은 것 같아요."

유찬의 팔을 자연스럽게 내릴까 생각하다가 갑자기 들려오는 채경의 말에 습격을 당한 기분이 들었다. 이때다 싶어서 유찬과 제 팔을 내리며 채경에게 대꾸했다.

"그런가."

괜히 글라스를 만지작거렸다. 유찬의 시선이 느껴졌지만 금방 우울한 마음을 감추고 씩 웃으며 그의 어깨를 툭툭 쳤다.

그러자 유찬이 유채의 머리를 쓰다듬었다. 갑작스러운 행동에 당황했지만 유채도 손을 뻗어 그의 머리를 쓰다듬었다. 물론 힘을 준 상태였다.

"어딜 어린애 취급이신가요."

"그런 적 없는데요."

"그럼 이건?"

"그냥 쓰다듬는 거지."

"웃기시네."

유채가 먼저 그만두었다. 블러디 메리를 절반 정도 마시고 서 왼쪽 턱을 괸 채 고개를 돌렸다. 조용히 칵테일을 한 모금 마신 후 부족한 부분을 이야기해 주는 유찬이 보였다. 몸만 퇴근한 것 같았다. 여전히 그의 마음은 일을 하고 있었다.

유찬이 이 직업을 택한 건 의외였다. 서울의, 그것도 이름 있는 대학교의 중어중문학과에 철썩 붙어서 장차 선생님이 될 거라 생각했다. 하지만 제대 후 자퇴하고 바텐더가 된다 는 말에 놀랐었고 다시 생각해 보라며 말리고 싶었다.

하지만 그도 많이 생각했고, 이미 자신이 하고 싶은 말은 그의 부모님이 다 하신 것 같았다. 그저 토닥여 주며 그가 잘 자리 잡을 수 있게 곁에 있는 것 외에는 달리 할 수 있는 게 없었다.

"유채야."

"왜."

"이번 주 일요일에 영화 보자. 너 보고 싶어 했던 '태양의 여명', 내일 개봉이잖아."

"정말? 벌써 그렇게 됐나."

일요일에 만나서 하는 일은 늘 같았다. 주로 영화관에서 영화를 보거나 그녀의 집에 놀러 가서 DVD 관람을 했다.

함께 밥은 뒤에는 종종 술 한잔 기울이며 대화를 나누다 월요일부터 다시 열심히 일하자 서로 응원한다. 가끔은 하루 날 잡아서 공원이나 무박으로 가까운 곳에 놀러 갔다 오기도 했다.

대학생 때부터 이어진 일이었다. 평일은 만나지 못했기에 주말에는 꼭 만났다. 유채의 사정으로 인해 일정이 틀어지면 아쉬운 마음을 감춘 채 그걸로 그쳤지만 유찬은 자신의 사정으로 인해 못 만나게 되면 무척 미안해하곤 했었다.

한때는 그것만으로도 기대했지만…… 이제 그런 기대는 더 이상 하지 않는다.

지금 자신과 유찬의 사이는 아슬아슬, 언제 터질지 모르는 시한폭탄 같은 사이처럼 느껴졌다.

기대 따위 더 이상 해선 안 되는 것을 알면서, 잘 알면서 조금이라도 희망이 생기면 그에 매달린다. 희망 고문이나 다름없다는 걸 알면서도 그런다.

유찬은 여전히 자신을 친구로 대한다. 자신이 친구 이상으로 느껴진다면 말을 해 준다고 하였다. 그러나 그는 아무런 말도 하지 않았다.

"유채야."

"……응."

"이 시간은 어때?"

"조조? 그래. 기왕 볼 거면 싸게 조조로 봐야지."

있잖아, 유찬아.

"예매할게."

"그래. 아, 자리는 너무 앞으로 하지 마. 내 키도 좀 고려

해 주지 않을래?"

"하하. 당연하지."

나는 여전히 네가 좋아.

"혹시 먹고 싶은 거 있어?"

"어…… 나 쌀국수. 오랜만에 먹고 싶어."

"그럼 쌀국수 먹자."

"넌 먹고 싶은 거 없어? 지난주에도 내가 먹고 싶은 거 먹었던 걸로 기억하는데."

"딱히. 난 뭐든 잘 먹잖아."

너는 여전히 내가 친구니?

하고 싶은 말은 늘 같았다. 하지만 유채는 오늘도 꺼내지 못한 채 빙긋 웃었다. 입에 맴도는 말을 마음속에 쌓아 두기만 하는 건 유채가 잘하는 것들 중 하나였다.

"서유찬."

"응?"

"그냥 불러 봤어."

"뭐야. 싱겁긴."

피식 웃으며 장난스럽게 자신의 어깨를 스치고 지나간 곳이 어쩐지 뜨거운 것 같았다. 저를 향해 웃고 있는 유찬의 얼굴을 계속 보고 싶으면서도 막상 보면 가슴이 욱신거렸다.

❋   ❋   ❋

버터플라이 키스에서 나와 2차로 근처 포장마차에 자리를 잡았다. 먼저 소주 한 잔을 마신 유채는 캬 소리를 내며 소리 나게 잔을 내려놓았다.

"역시 한국인은 소주지."

"칵테일도 좋아하면서."

"술은 다 좋아."

"적당히 마셔. 내일도 출근이잖아."

유찬이 비워진 잔에 술을 채워 주며 잔소리를 늘어놓았다. 하지만 눈 깜빡할 곽유채가 아니었다. 안주로 나온 골뱅이 하나를 집어먹으며 씩 웃었다.

웃는 유채를 보며 유찬은 어쩔 수 없다는 듯이 고개를 저었다.

"진짜 술 좋아한다니까."

"왜, 뭐 어때서!"

"취할 정도로 마시지 마. 마시더라도 내 앞에서만 취해."

잔을 들었던 유채가 고개도 같이 들었다. 진지한 표정으로 하는 저 말의 의미가 무엇인지 잘 모르겠다. 무슨 마음을 담았는지, 왜 그런 소리를 했는지도 잘 모르겠다.

지금 한 말은 마치 연인 사이에나 오갈 법한 말이다. 아니, 또 헛된 희망을 가져선 안 된다.

그저 친한 친구 사이에 걱정이 되어서 그런 거라고 단순히 생각하면 될 문제였다.

그렇게 자기 자신과 타협을 한 유채는 픽 웃으며 잔을 내밀었다. 유찬은 같이 잔을 맞춰 주긴 했지만 여전히 대답을 듣기 전까진 물러서지 않겠다는 듯 입을 꾹 다문 상태였다. 결국 유채는 어깨를 으쓱이며 대답을 해 줄 수밖에 없었다.

"그래, 그래. 그렇게 할게."

"지난번에 얼마나 놀랐는지 알아? 회식이라며 술 마셨다가 남자뿐인 곳에서 잔뜩 취하고."

"그것들도 남자라고."

"뭐?"

"아냐. 잔소리 그만해. 네가 우리 엄마도 아니고."

지금 유찬이 말을 한 '남자밖에 없는데'는 바로 르 씨엘의 회식 자리를 말했다. 원진과 다원이 둘 다 남자기에 그런 말을 한 것이다.

불과 열흘 전이었다. 그날은 근처 유명한 호텔에서 단체 주문이 들어와 아슬아슬하게 납품을 성공했다. 거기다 가게까지 무사히 보는 데 성공해서 기쁜 나머지 다음 날 임시 휴업을 붙이고서 실컷 먹고 마시자며 3차까지 갔었다.

물론 유채는 여자였지만 그들이 그녀를 여자로 볼 일은 없었다. 다원에게는 여자 친구가 있었고 원진은 한 달 전 차였지만 여자 친구가 있었던 몸이다. 거기다 대학 때부터 워낙 친하게 지냈고 동성 친구처럼 지내 왔기에 새삼 원진이 자신을 여자로 볼 일은 없었다.

"진짜 약속해."

"뭐야, 애도 아니고 손가락 걸기라니."

다른 이성 친구들하고도 동성 친구처럼 지냈었다. 하지만 유찬은 달랐다. 역시, 혼자서 좋아하는 마음을 가지고 있어서 그런지도 모르겠다.

아무튼 그날, 3차까지 갈 만큼 거하게 술을 마셨는데 문득 유찬이 보고 싶어 전화를 걸었다.

새벽 4시였음에도 불구하고 그는 전화를 받았다. 가게 청소를 끝내면 새벽 2시 30분이고 집에 도착할 쯤엔 3시 30분 정도 된다는 걸 알고 있었다. 막 잠들었을 텐데도 자신의 전화를 받아 준 게 고맙고 또 미안해서 횡설수설하다가 술에 취했음을 들켰다.

그 뒤로 된통 잔소리 들었지만.

자신을 걱정하는 소리를 듣고 싶었다. 보고 싶기도 했다. 여전히 유찬을 사랑하는 마음이 남아서, 저를 놓아주지 않고 있었기 때문이다.

"그래, 자."

손을 내민 유찬의 손가락에 자신의 손가락을 걸었다. 그리곤 어색하지 않게 손을 풀고서 술을 마셨다. 오늘따라 어쩐지 소주가 쓴 것도 같았다.

"뭘 또 급하게 마셔. 스트레스 받은 거 있어?"

거의 다 비워 간 컵에 물을 채워 주며 걱정스러운 표정으로 유찬이 물었다.

또 저 표정이다. 유채는 자신을 걱정해 주는 서유찬의 모습이 좋았다. 어느 순간부터 자신의 숨통을 조이는 표정이 되었지만.

친구로서 걱정하는 거니까.

"내가 술을 마시는 건 하루 이틀 일이 아니랍니다."

장난스럽게 대꾸를 하고 빈 잔을 내밀었다. 유찬은 한숨과 함께 잔을 채워 주었다. 유찬이 반 잔 마실 동안 유채는 혼자서 세 잔을 비웠다.

"그나저나."

유채는 이 무거운 공기를 환기시키기 위해 다른 질문을 했다.

"너, 여자 친구는?"

혹시나 생겼을까 봐 걱정되어서 물었다. 유찬은 인기가 좋았기에 그를 보기 위해서 여성 손님들이 몰려든다는 건 진작부터 알고 있었다. 언젠가 유겸을 좋아하는 채경이 그의 인기에 열 받아서 말한 적이 있다.

"유겸 오빠랑 부점장님은 너무 인기가 많아요."

유찬은 단정해 보이는 댄디컷 스타일에 앞머리를 오른쪽

으로 넘겼다. 기본적으로 온화한 얼굴에 늘 미소를 짓고 있어 소위 말하는 훈남이었다.

그는 이야기를 경청하는 편이라 바 테이블에 앉은 손님들의 이야기를 잘 들어 줬다. 그에게 이야기를 하기 위해 찾는 손님들도 있었다.

"아직 없지. 8개월 전에 헤어진 이후로 없었어."

그리고 괜히 이 이야기를 꺼냈음을, 유채는 후회했다. 아차 싶었다.

"너는?"

바보였다. 당연히 유찬에게 물으면 그 질문이 돌아올 걸 잊어버리고 눈앞의 궁금증만 생각한 저는 어리석었다.

"유채야, 넌 언제?"

여기서 뭐라고 대답을 해야 좋을지 모르겠다. 그리고 동시에 새삼 깨달았다. 나는 결코 서유찬에게 있어서 친구 이상이 될 수 없는 거구나, 하고.

2화

　유채는 대충 얼버무리고 계속 술을 마셨다. 술은 그녀 혼자서 마셨고, 두 병을 비우고 나서야 포장마차를 나올 수 있었다.

　"유채야. 괜찮아?"

　"내가, 이 정도로! 안 괜찮을 리가아."

　말꼬리가 늘어지는 걸로 보아하니 분명히 취했다. 낮게 웃음을 흘리던 유찬이 택시를 잡았다. 여기서 유채의 집까지는 택시로 20분 정도로 르 씨엘 근처에 있는 원룸에서 살고 있었다.

　택시가 출발하자 유찬은 그녀의 머리를 자신에게 기대게 했다. 잠이 든 줄 알았던 유채의 눈이 스르륵 떠졌다. 유찬은 여전히 그녀의 머리를 감싼 채 토닥였다.

"잠이나 자. 넌 취하면 시끄러우니까."

"뭐라고오? 내가 시끄럽다고오?"

"아니. 사실 말꼬리 늘이면 귀엽다고 한 거야."

"내가 귀엽다고오?"

"그래."

키득거리며 웃던 유찬은 자신을 빤히 바라보는 유채와 눈이 마주치자 손을 내려 자신의 허벅지 위에 올려두었다. 얼굴을 돌리지 않아도 와 닿은 시선이 따끔거려 고개를 내리자 어느새 내려앉은 눈꺼풀이 보였다.

잠들었나.

짧은 머리카락인데도 고개를 숙이니 얼굴이 가려졌다. 왠지 유채의 얼굴이 보고 싶어서 자신에게 기대지 않은 팔을 들어 조심스럽게 그녀의 머리카락을 귀 뒤로 넘겼다. 그러자 얼굴이 드러났다.

키도 작고, 손발도 작고, 거기다 얼굴도 작았다. 얼굴 안에 오밀조밀하니 들어가 있는 이목구비도 다 작았다. 유채보다 더 작은 사람들도 있지만 182cm인 유찬이 보기에 충분히 작아 보였다.

한참을 그러고 있자니, 백미러를 통해 두 사람을 지켜보던 택시 기사가 미소를 지으며 말을 걸었다.

"두 분, 꽤 오래 만났나 봅니다."

그 말에 유찬이 고개를 들었다.

"다정하네요."

그제야 기사가 오해하고 있음을 알았다. 유찬은 고개를 저으며 미소를 지은 채 대답했다.

"아닙니다. 저희 친구입니다."

왼쪽으로 코너를 돌 때 유채의 몸이 창문 쪽으로 기울지 않도록 가볍게 감싸 쥐며 대답했다.

"아…… 미안합니다. 연인 사이 같았는데, 실수를 했나 보네요."

"아닙니다."

모습 하나하나가 연인 같은데 아닌가? 기사는 백미러로 힐끔거리며 두 사람이 내리기 직전까지 바라보았다.

어느새 유채가 사는 원룸 앞에 도착했다. 택시비를 지불한 유찬이 먼저 내린 후 유채를 조심스럽게 안아 들었다. 택시 문을 닫은 뒤 원룸 입구로 들어섰다. 계단을 걸어가며 확인해 보니 아예 푹 잠이 든 것처럼 보였다.

유찬은 비밀번호를 눌러 문을 열고 안으로 들어갔다. 먼저 신발을 벗고 들어가 유채를 침대 위에 눕힌 뒤, 그녀가 신고 있던 워커를 벗겨 현관문 앞에 가지런히 두었다.

안으로 들어가서 침대 옆 협탁 위의 스탠드를 켰다. 빛 때문인지 유채가 잠시 미간을 찡그렸다. 유찬은 그녀가 깬 줄 알고 말을 걸었다.

"유채야."

대답 없는 그녀를 보다 유찬은 피식 웃으며 화장대로 갔다. 외투를 벗어 의자에 걸쳐 두고 화장대 위에 있는 클렌징 티슈를 찾았다. 옆에 있는 두루마리 휴지까지 챙겨 다시 돌아왔다. 침대가 출렁거리지 않게 조심스럽게 앉아 유채의 립스틱을 휴지로 대충 지운 뒤, 클렌징 티슈로 화장을 꼼꼼히 닦아 주었다.

"세수도 해 주고 싶지만, 나중에 네가 직접 해."

유찬은 그녀의 양말과 가죽 재킷을 벗겼다. 침대 옆에 있는 옷걸이에 걸고 바닥에 대충 던져 두었던 핸드백에서 유채의 핸드폰을 꺼냈다. 배터리가 얼마 남지 않았다. 아침에 일어나 꺼진 핸드폰을 잡고 절망할 유채를 생각하자 피식 웃음이 나왔다.

일어나서 바닥에 있는 콘센트로 가 충전을 시킨 후, 슬라이드를 밀어서 배경 화면을 뒤적였다.

유찬은 곧 알람을 확인했다. 내일 못 일어나는 일이 없도록 평소 일어나는 시간인 7시 뒤로 5분, 10분, 15분, 20분, 이렇게 네 개를 더 맞춰 놓았다.

"자⋯⋯."

유찬이 자리에서 일어났다. 가기 전, 스탠드를 끄고 유채에게 이불을 덮어 준 후 머리카락에 가려진 얼굴을 살짝 보았다.

유찬의 얼굴에 다정한 미소가 돌았다. 그건 본인도 알아차리지 못한 미소였다.

✳　　　　✳　　　　✳

중학생에서 고등학생이 된다고 해도 변하는 건 없다고 생각했다. 그저 학교와 친구만 달라진다고 생각했었다.

누군가는 고등학생이 되면 마치 어른이 되는 과정에 다가서는 것 같다고 그랬다. 하지만 유채는 그런 생각은 전혀 들지 않았다. 하고 싶은 것이 없었던 유채는 의미 없이 학교만 오고 가는 일상의 연속일 뿐이었다.

유채가 처음으로 배정받은 반은 5반이었다. 입학식은 그저 1년 동안 같이 지낼 친구들이 누가 있는지, 담임은 누구인지 확인하는 거라 생각했다. 그러나 옆에 있는 6반에서 홀로 빛나는 남학생 한 명을 발견했다.

뭐지, 쟤는.

첫인상은 그저 그랬다. 잘생긴 걸로 보아 분명 인기가 많을 거라고 잠시 생각한 것이 전부였다.

하지만 본격적인 학기가 시작되고 복도에서 몇 번 스쳐 지나가다 보니 점점 관심이 생겼다.

학기 초반에는 답답하게 느껴질 만큼 앞머리 숱이 많았는데 시간이 흘러 옆으로 넘기자 깔끔한 인상을 주었다. 무엇보다 눈이 반짝거리며 빛났다. 거기다 목소리도 좋았다. 복도 창문 앞에서 만난 친구와 대화 나누는 소리를 잠깐 들었는데, 굉장히 부드럽고 나긋한 목소리였다. 친구의 상담을 해 주는 입장에서도 자신의 의견을 또렷하게 말하고 있었다.

몇 번이나 마주치고 스쳐 지나가다 보니 그저 그런 관심이 아니라 마음이 생겼다. 하지만 그건 저뿐만이 아니었다. 다른 여학생들도 마찬가지였다. 잘생기고 사교성이 좋아 교우 관계도 좋으며 예의까지 발라서 눈에 띌 수밖에 없었다.

그날 유채는 누군가를 좋아한다는 것을 처음으로 경험했다. 학교에 다닐 '의미'를 찾은 것이다.

얼마 후 그 남학생의 이름을 알게 되었다. 서유찬.

생일도 알게 되었다. 7월의 첫날, 유찬은 양손 가득 생일 선물을 들고 갔고, 복도에서 축하한다는 소리를 몇 번이나 들었는지 모른다.

부디 내년에는 같은 반이 되기를. 그래서 직접 축하해 줄 수 있기를. 유채는 1년 내내 바라고 또 바랐다. 한 학년 동안 유찬이 친구들과 웃는 모습을 마음속에 새기며 스쳐 지나갔다.

2학년이 되었을 때 유채는 운이 좋게도 유찬과 같은 반이 되었다. 하지만 같은 반이 되어도 문제였다. 유찬과 친해지고 싶은데 어떻게 해야 좋을지 방법을 찾지 못한 것이다. 자신이 이렇게나 사교성이 없었나 싶었다.

한 달을 무의미하게 소비한 뒤 자리 이동으로 우연히 짝이 되었다. 같은 반이니 인사 정도는 했지만 이야기를 할 기회는 없었다. 유채는 어떻게 대화를 해야 할지 고민이 되었다. 그때 유찬이 먼저 인사를 해 왔다.

"안녕, 유채야."

그는 누구에게든 다정하게 이름을 불러 주었다. 그걸 알면서도 괜히 설레었다.

"안녕."

하지만 두근거리는 마음을 감추기 위해 괜히 쌀쌀맞게 대했었다. 그럼에도 그는 계속해서 말을 걸어 주었다. 유채는 그게 무척이나 고마웠다.

유채는 중학교 때부터 여학생보다는 남학생들과 더 친하게 지냈다. 이상하게 여학생들보다는 남학생들이 편했기 때문이다. 그런데 유찬의 앞에서는 편하지 않았다. 오히려 조심스러웠고 불편하기도 했다. 아마도 유찬에게 가지는 감정이 달라서 그럴지도 모르겠다.

"유채는 공부 잘하는구나."

"너도 그렇잖아?"

"하지만 수학이 좀 약해."

"어디를 모르겠는데?"

"아, 여기."

유찬이 모르는 부분을 물어보자 유채는 풀이를 해 알려 주었다. 금방 이해한 유찬을 보며 그녀는 피식 웃었다.

그런 식으로 사소한 이야기를 조금씩 주고받았고 유찬을 향한 유채의 마음도 무럭무럭 자랐다.

✻   ✻   ✻

"……아, 뭐야."

늘 듣던 알람이 들려서 눈을 번쩍 떴다가 시야에 들어오는 아침 햇살에 한쪽 팔로 눈을 가렸다. 그러다 문득 어제 취해서 그냥 자 버린 게 떠올라 벌떡 일어나 후다닥 화장대 앞에 섰다. 거울을 보니 화장이 잘 지워져 있었다. 꼼꼼하게 지운 걸 보니 서유찬인 것 같다.

얼굴을 매만지던 유채는 한숨을 푹 쉬며 고개를 숙였다. 그러다 자신의 맨발이 보였다.

"양말도 벗겨 주고."

고개를 돌리자 옷걸이에 걸린 가죽 재킷도 보였다.

"옷도 잘 걸고 갔네."

그리고 방금 알람이 들린 것 같은데 또 울렸다. 침대 반대 편으로 가니 충전기에 꽂힌 핸드폰에서 알람이 울리고 있었다. 여유롭게 알람을 끄며 알람 설정으로 들어갔다. 5분 뒤에 울리는 알람이 두 개나 더 있었다.

유채는 하나씩 삭제를 하며 피식 웃었다. 혹시나 자신이 못 일어날까 걱정이 됐는지 여러 개를 맞춰 둔 것 같았다. 얼마 전에 했던 푸념을 기억하는 모양이다. 몇 달 전에 술에 잔뜩 취해서 결국 알람을 못 들은 바람에 평소 출근보다 두 시간이나 늦었었다며 유찬에게 말했었다.

"하여튼…… 오지랖은."

유채의 입가에 서글픈 미소가 걸렸다.

어차피 친한 친구라는 명목으로 챙겨 주는 것이다. 그걸 알기에 마냥 좋아할 수 없었다.

한 번 마시면 끝장을 보는 유채의 성격을 알기에 그는 늘 걱정했었다. 그래서 모르는 술집에 가지 말고 차라리 자신의 가게에 와서 마시라고 했었다.

그곳에 가면 여자들에게 둘러싸인 그를 봐야만 해서 기분이 나빠 한동안 가지 않았다. 하지만 유찬이 계속 당부하기에 결국 그의 가게에서 마시게 되었다.

"출근 준비나 하자."

유채는 얼큰한 국물 먹고 싶다고 중얼거리며 씻으러 들어

갔다.

빠르게 씻고 나와 입고 갈 옷을 먼저 챙겼다. 면으로 된 검은색 바지와 머스타드색 스웨터를 입고 머리를 말리기 시작했다. 드라이기 소리를 들으며 멍하니 거울을 바라보고 있을 때 도어록 버튼을 누르는 소리가 들렸다. 유채가 현관문 쪽으로 고개를 돌렸다. 혹시 사랑인가 싶어서 이름을 부르려다 잠시 멈칫했다.

"어라."

백사랑은 우리 집 비밀번호를 모르는데. 아는 건 단 한 사람뿐이다.

유채는 드라이기를 껐다. 곧 현관문이 열리고 익숙한 남자가 불쑥 들어왔다.

"잘 일어났네. 몇 번째 알람에 일어났어?"

환하게 웃으며 맛있는 냄새가 나는 봉지를 들고 유찬이 다가왔다.

당황했지만 표정을 지운 채 유채가 피식 웃으며 그의 손에 들려 있는 봉지를 가져갔다. 안을 들여다보며 제법이라는 듯한 표정을 지었다.

"짜식."

유찬의 팔을 주먹으로 툭 치며 앉은뱅이 상 위에 올려 두었다.

"센스 있네."

"분명 해장도 못 하고 출근할 것 같으니까."

"아니거든. 나 7시에 일어났거든요."

"그래? 잘했어."

유찬이 그녀의 머리를 쓰다듬었다. 축축하다며 중얼거리
곤 그녀가 내려놓은 봉지에서 포장된 용기를 꺼냈다. 가만히
서 있던 유채는 입을 살짝 벌렸다가 꾹 다물었다.

"유채야?"

"아, 응. 국밥이구나. 이 앞에 거기지?"

"응, 너 이거 좋아하잖아."

"넌 밥 먹었어?"

싱크대로 가서 젓가락과 숟가락을 찾던 유채는 잠시 한쪽
뺨을 손등으로 대 보았다. 뜨겁지는 않았다. 다행이다. 안도
의 한숨을 쉬며 아직 안 먹었다는 유찬의 말에 수저 두 벌을
챙겨 와서 그 앞에 앉았다.

"두 그릇이어서 묵직했구나."

국밥 두 그릇와 밥 두 그릇.

이곳 국밥은 유채가 늘 해장하기 위해 들렀던 곳이었다.
유찬이 이곳을 알게 된 건 함께 술을 먹고 난 다음 날, 해장
하자며 유채가 소개해 주었기 때문이었다. 그 뒤로 유찬은
유채가 술 마시고 난 다음 날 포장을 해 오곤 했었다.

"많이 먹어. 먹고 출발해도 안 늦지?"

"원래 10시 출근인데 난 늘 일찍 가거든. 괜찮아."

"착하네."

"이런 걸 가지고 뭘."

말을 마친 유채가 밥을 먹기 시작했다. 두 사람 모두 밥을 먹을 땐 조용한 편이어서 대화가 순식간에 끊겼다.

유채는 밥을 먹으며 아까 꿨던 꿈을 떠올렸다. 유찬을 처음 만나 설레었던 학창 시절의 꿈이다. 그다지 유쾌한 꿈은 아니었다. 홀로 유찬을 사랑하는 제 모습이 너무 불쌍하게 느껴졌기 때문이다.

당시에는 처음으로 누군가를 좋아하게 되어서 짝사랑이 얼마나 괴로운 일인지 잘 알지 못했다. 대화를 나누고 함께 수업을 듣는다는 사소한 사실이 그저 즐겁게 느껴졌었다. 유찬과 더 친해질 수 있는 기회라 생각했기 때문이다.

하지만 시간이 지날수록 그 마음은 점점 커져 욕심이란 게 자라기 시작했다. 유찬은 인기가 많았다. 그리고 누구에게나 다 똑같이 공평하게 대했다. 안 친한 친구라도 이름을 부르며 친절하게 대해 주고 인사를 해 줬다. 같이 밥 먹자고 누군가가 권하면 거절한 적이 없었다. 모두에게 공평한 유찬에게 욕심이 생겼다.

나를 특별하게 봐 줘.

"……래서 다음 달부터는, 유채야?"

"아, 미안."

"어디 아픈 거야? 아까부터 잘 먹질 못하네."

배가 고팠는지 어느새 제 몫을 다 먹어 버린 유찬에 비해 유채의 밥은 줄어들지 않았다.

"아냐. 나 아침에는 피곤해서 멍 자주 때리잖아."

"아프거나 그런 건 아니지?"

"그럼. 천하의 권유채가? 난 해장을 술로도 해 본 사람이야."

"이제 그러지 마. 간 나빠져."

"걱정할 게 그리도 없냐."

장난스럽게 유찬의 팔을 툭 치며 유채는 얼른 다시 먹기 시작했다.

유채는 그릇을 다 비우고 빠르게 뒷정리를 했다. 마저 출근 준비를 하려고 화장대 앞에 서서 화장을 하는데 달그락거리는 소리에 거울로 시선을 주자 유찬이 싱크대 앞에 서 있는 게 보였다.

"그거 놔둬. 이따 갔다 와서 할 거야!"

당황해서 큰 소리가 나와 버렸다. 하지만 유찬은 놀란 기색 없이 하하 소리 내서 웃었다.

"숟가락이랑 젓가락뿐인데. 이 정도는 해 줄 수 있어."

"그게 아니라…… 고마워."

"고마우면 딸기 타르트."

"알겠어."

"정말?"

"정말. 내가 타르트 하나 못 만들어 줄 거 같아?"

"하하, 언제 줄 거야?"

그 말에 머리카락을 만지던 유채는 그대로 잠시 멈췄다. 하지만 유찬이 어색한 표정을 눈치챌까 싶어 금방 웃으며 가볍게 대답했다.

"내가 주고 싶을 때?"

"목 빠져라 기다릴게."

"어디 기다려 보시지."

유채는 속으로 자신을 칭찬했다. 아무렇지도 않게 대답한 나, 잘했다.

서로 일이 바빠진 이후 얼굴을 보는 건 주말이 다였다. 오늘처럼 유찬이 해장용 국밥을 사 올 때나 일주일에 두 번 봤을 뿐이다. 아니면 대부분 주말 중 하루, 얼굴만 겨우 보는 게 전부였다. 새벽에 같이 술 한잔해도 다음 날을 함께한 적은 없었다.

누가 정한 것도 아닌데 일주일에 한 번의 만남으로 두 사람은 인연을 이어 가고 있었다.

"유찬아."

"왜?"

침대 위에 앉아서 유채의 뒷모습을 바라보던 유찬이 대답했다. 유채는 몸을 틀어 그를 응시했다. 그는 눈에 물음표를 달고 있었다. 왜 불렀냐는 눈빛이었다. 가만히 바라보던 유채는 한숨이 저절로 나왔다.

아직도, 그녀는 그가 자신만을 눈동자에 담기를 바라고 있었다. 아주 쓸데없는 희망이었다.

"여자 혼자 사는 집에 이렇게 불쑥 찾아오는 거, 아냐."

다시 화장대로 몸을 틀며 중얼거리듯이 말했다. 그러자 놀란 표정을 짓고 있는 유찬이 거울을 통해 보였다. 유채는 머리를 긁적이다 파우치에서 립스틱을 꺼냈다. 약간 분홍빛이 도는 립스틱을 바른 후, 거울에 비친 유찬에게 시선을 마주하며 다시 말했다.

"비밀번호 알아도 말이야."

유채가 덧붙인 말에 그제야 유찬이 대답했다.

"미안. 그렇게 생각할 줄은 몰랐네."

"적어도 연락은 하고 와."

아까 전, 유채가 조금이라도 늦게 준비했다면 샤워한 뒤 수건만 걸친 모습을 그대로 보여 줄 뻔했다.

유채의 그 말을 끝으로 조용해졌다. 유찬도 더 이상 말하지 않았다. 대화가 다시 시작된 건 유채가 나갈 준비를 다 끝내고 집을 나서면서였다.

"너 이렇게 일찍 일어나도 되는 거야? 어제 몇 시에 잤어?"

"3시쯤? 아니, 좀 넘었으려나."

나란히 집을 나서며 유찬이 중얼거렸다. 들려오는 대답에 유채의 고운 미간이 일그러졌다. 얼마 못 잤다는 건 알았지만 잠이 부족한 유찬이 자신을 위해 일찍 일어나 국밥을 사왔다는 건 의외였다.

"일부러 안 와도 되는데."

그리고 돌아오는 대답에, 늘 호기심이 사람을 망친다는 걸 새삼 또 깨달았다.

"우린 친구잖아."

친구잖아. 친구…….

유채의 눈가가 슬프게 일그러지며 입가엔 쓸쓸한 미소가 매달렸다. 쓸데없이 눈치가 빨라서 무슨 일 있냐고 물어볼 게 뻔해 얼른 표정을 지웠다. 더 이상 둘러댈 변명도 없고, 원래 유채는 거짓말을 하거나 변명하는 건 못하는 편이었다. 사랑은 늘 말했다. 서유찬 정도니까 더럽게 못하는 네 변명에 속는 거라고.

"……그래."

하지만 목소리는 쓸쓸함을 숨길 수 없었다. 옆에서 유찬이 빤히 바라보는 시선이 느껴졌다. 퍼뜩 정신을 차렸을 땐 마침 사거리 횡단보도에 초록불이 켜져 있었다.

"나 그럼 갈게."

"……응. 잘 가, 유채야. 그리고."

"응?"

"무슨 일 있으면 꼭 말해 줘. 상담해 줄 테니까."

"그래. 얼른 가서 마저 자."

유채는 횡단보도를 건넌 후, 빨간불로 바뀌자마자 뒤를 돌았다. 유찬의 뒷모습이 보였다.

결국은 또 반가움과 연정(戀情)이다. 10년 전, 열일곱 살 때부터 시작했던 지긋지긋한 마음은 고스란히 남아 괴로울 정도로 애틋하게 변해 있었다.

물론 혼자 하는 사랑이다. 그래서 때론 슬펐고, 버리고 싶어도 버릴 수가 없었다.

희망 고문에 언제까지 시달려야 할까.

꼭 받아 줄 것처럼, 자신을 여자로 볼 것처럼 해도 결국에는 아니었다. 여전히 그에게 있어서 자신은 '친구'였다. 하지만 언젠가 자신을 여자로 봐 주지 않을까. 괜한 기대가 마음을 계속해서 붙잡았다.

마침 유찬이 뒤를 돌아보자 유채는 아무렇지 않게 손을 들어 휙휙 흔들었다. 그걸 보았는지 그가 피식 웃으며 그녀를 따라 손을 흔들었다. 유채는 얼른 가라는 듯이 손짓을 했지만 그는 고개를 가로로 저었다. 어쩔 수 없다는 듯 먼저 뒤를 돌아 르 씨엘로 향하던 그녀가 다시 몸을 돌렸다. 유찬이 코트 주머니 속에 손을 넣고 가는 모습이 멀어졌다.

유채는 굳은 것처럼 그 자리에서 계속 유찬의 뒷모습을 바라보았다. 그의 모습이 점점 점이 되어서 보이지 않게 될 때까지.

　　　　＊　　　　　＊　　　　　＊

　유채에게 가장 친한 친구로 백사랑이 있듯이 유찬에게도
친한 동성 친구인 김태건이 있다.

　태건은 예전부터 외모에 신경을 많이 쓰고 자신에 대한 투
자도 많이 하는 편이다. 예전에는 여러 가지 머리 스타일을
도전했지만 지금은 리젠트 컷을 유지하며 앞머리를 위로 올
렸다. 덕분에 안 그래도 큰 키가 더 커 보였다. 옷은 깔끔한
정장 스타일을 자주 입었다. 아무래도 직업이 회계사이기에
단정한 스타일을 선호하는 것이리라.

　오늘 태건은 르 씨엘이 오픈을 하자마자 들렀다.

　"잘 지냈냐."

　장난스럽게 손을 흔들며 나타난 그가 반가웠다. 유채는 세
달 만에 본 태건을 보며 놀랐다는 듯이 눈을 동그랗게 떴다
가 손을 흔들었다.

　"오랜만이네."

　두 사람은 동시에 흔들고 있던 손을 마주쳤다. 짝, 하고 경
쾌한 소리가 났다.

　"저번에 들렀을 때 여러 개 사 갔잖아? 그거 인기 짱이었
다고. 그래서 또 사러 왔어."

　"세 달 만에?"

"그동안 얼마나 바빴는데. 진짜 죽을 뻔했어. 이제 5월 전까지는 그럭저럭 살 만하다고. 그래서 사무실에서 거리도 있는데 친히 발걸음 해 준 거잖아?"

"넌 여전히 말이 많아."

"고맙다."

칭찬 아닌데.

덧붙였지만 태건은 어깨를 으쓱이며 포장해 갈 케이크와 타르트를 골랐다. 유채는 태건의 옆으로 가 오늘 나온 메뉴를 추천했다. 타르트를 고르던 태건이 불쑥 말을 꺼냈다.

"여전히 그 녀석하고는 뭐, 진전 없고?"

"뭐……."

말끝을 흐리던 유채는 결국 끝까지 대답하지 못하고 웃어 보였다. 태건이 혀를 쯧 차며 커다란 손을 올려 유채의 뒤통수를 감쌌다.

"내가 괜한 걸 물었다. 미안."

"답지 않게 위로하지 마."

"해 줘도 난리야."

"그러면 괜찮은 사람이나 소개해 줘."

태건은 대답하지 않고 눈을 말똥말똥 뜨며 유채를 바라보았다. 유채는 카운터에 기댄 채 한쪽 팔을 진열대에 올리고 피식 웃었다.

"왜 그런 눈이야."

"너야말로 답지 않은 소리 하지 마."

웃샤, 소리를 내며 일어난 태건이 유채와 눈을 마주했다. 유채는 태건을 올려다보다 발을 들어 한쪽 정강이를 찼다. 으악, 짧게 소리 지른 뒤 정강이를 감싼 그가 한쪽 발로 콩콩 뛰었다.

그 모습을 보며 배를 잡고 웃던 유채가 태건의 양쪽 어깨를 잡고 다시 쭈그려 앉게 했다.

"넌 말도 많고 키가 너무 커. 그 머리는 또 뭐야? 쓸데없이 올려서 키가 더 커 보이잖아. 아, 무스 덩어리 봐. 떡 졌어."

"말 많은 건 너도 만만치 않네요."

"예, 손님. 다 고르셨나요?"

"이거랑 이거, 그리고 이거. 각각 네 개씩 포장."

"와우."

"차 끌고 왔으니 커피도 가져갈까."

"안 흔들려?"

"승차감 죽이는 차거든."

아, 그렇습니까. 대답하며 유채는 안으로 들어가 그가 주문한 것들을 널따란 쟁반 위에 꺼낸 후 하나씩 포장을 했다. 그동안 기다리기 심심했는지 태건이 다시 입을 열었다.

"아, 그렇지. 너 정리되면 말해 줘."

"왜?"

유채는 고개도 들지 않고 대꾸했다. 그러자 커다란 손이 뒤통수에 다시 올라왔다. 귀찮다는 듯이 손을 저으며 태건의 손을 떼어 냈다.

"내가 사다 준 거 보고 맛있어서 혼자 사려고 왔다가 너 보고 반했나 보더라. 소개해 달라던데."

"그런 농담 안 반가워."

"농담 아닌데. 나 귀찮게 조른다고. 다시 찾아오려는 거 내가 막았어. 너 그런 거 싫어한다고 했거든."

"맞게 말했네."

"그래도 말이다."

짧게 심호흡을 한 태건이 유채의 두 뺨을 잡고 고개를 확 들게 했다. 강제로 머리가 들린 유채는 미간을 팍 쓰고 있었다. 태건은 그 표정이 마음에 드는지 키득거리며 웃다가 손가락으로 그녀의 이마를 탁 튕겼다.

"이제 정말 슬슬 그만둬."

"잔소리하지 마. 내 일은 내가 알아서 하거든?"

"아니."

"......"

"이 오빠가 걱정되어서 말이야."

킬킬거리던 태건은 불만 가득한 표정으로 저를 노려보는 유채의 시선을 가뿐히 무시했다. 고개를 들어 메뉴판을 바라보더니 여러 잔의 음료를 주문했다. 따듯한 아메리카노 네 잔, 녹차 라테 한 잔, 고구마 라테 한 잔.

유채는 먼저 포장된 케이크 상자를 내밀고 등을 돌려 주문 받은 음료를 만들기 시작했다.

그녀가 입술을 깨물었다. 태건에게는 아무렇지 않게 대꾸했지만 속은 말이 아니었다. 남들이 봐도 그럴 정도인데, 왜 저는 아직도 그를 향한 마음을 붙들고 있는지 모르겠다. 아슬아슬한 낭떠러지 앞에 서 있는 기분이다. 조금만 더, 조금만 더, 하는 사이에 훅 떨어져 버릴 것만 같았다. 지금 꾹 참고 있는 이 감정이 언제 터질지 모르겠다.

유채는 평소에 하고 싶은 말을 하지 못하는 편이었다. 차곡차곡 속에 모아 두고 쌓아 두었다. 남에게 상처 주는 말을 기본적으로 못 하기 때문이다.

하지만 그렇게 참고 또 참다가 한 번에 심하게 터질 때가 있다. 여태 그런 적이 거의 없지만 제 속이 언제 터질 지 모르겠다. 당장 내일 터져도 이상할 게 없는 지경에 이르렀다.

"유채야."

그녀의 어깨가 살짝 떨리고 있었다. 태건은 그녀의 작은 등을 보며 안타깝다는 듯이 입을 열었다.

"넌 충분히 했어. 그 자식이 이상한 거야."

"……아냐. 유찬이는 잘못 없어."

"곧 죽어도 그 자식 편이지. 우리 동생."

"누가 네 동생이야. 이거나 가지고 가."

"자, 결제."

"두 배로 받아도 돼?"

"안 돼. 내 피와 땀의 결과야."

픽 웃으며 유채는 계산을 했다. 물론 음료 가격은 받지 않았다. 핸드폰에 찍힌 카드 내역을 보고 태건이 계산대를 두 손으로 탁 쳤다.

"공짜라니! 음료 공짜라니!"

"불만 있으신가요."

"아뇨, 문제 전혀 없습니다! 아이고, 이거 고마워서."

뒷머리를 긁적이며 아저씨 같은 태도를 보이는 태건의 모습에 웃던 유채는 두 손으로도 들고 가기 힘들어 보이는 태건을 도와주었다.

가게 앞에 바로 대 놓은 그의 차가 보였다. 조수석 문을 열어 조심히 음료를 내려놓았다.

어느새 운전석에 탑승해서 안전벨트를 맨 태건이 유채에게 손을 흔들었다.

"오빠 간다. 동생. 정말 생각 있으면 말해 줘."

"네, 네."

"어허. 대답에 영혼이 없다."

"가기나 해."

"다음에 술 한잔해."

고개를 끄덕인 유채는 태건의 차가 출발하고 나서야 가게로 들어왔다. 어느새 주방에서 나온 다원이 카운터 의자에 앉아 있었다. 유채가 생글거리며 다원의 옆에 서자 그가 바로 말을 걸었다.

"누나."

"뭐 마실래?"

"난 따듯한 캐러멜 마키아토."

"그렇게 단걸?"

"에이. 내 취향 알면서."

작은 컵을 꺼내서 다원이 주문한 커피를 만들어 내밀었다. 다원은 작은 목소리로 인사를 하고 커피를 마셨다. 한 모금 마신 뒤 잔을 계산대에 내려놓으며 의자를 뒤로 밀었다. 의자가 바닥과 마찰하는 소리가 났다. 편안하게 벽에 기댄 채 고개만 들어 유채를 올려다보았다.

"커다란 원진이 형이 없으니 심심하네."

작게 웃던 유채는 방금 만든 아메리카노를 마시다 다원의 머리를 손가락으로 살짝 밀었다.

원진은 오늘 쉬는 날이었다. 세 사람은 돌아가면서 쉬는데, 다원이 쉬는 날이면 유채가 주방으로 들어가 케이크를 굽고 타르트를 만든다.

"너 그거 오빠한테 말하지 마라. 상처 받는다."

"형 귀엽지 않아? 커다란데 감수성도 풍부하고. 순정 만화 엄청 좋아하잖아."

"그건 그렇지."

"그러는 누나는?"

"난 액션. 무협도 좋아하고."

"완전 어울려."

키득거리며 웃던 유채도 의자에 앉았다. 태건이 온 이후로 손님이 뜸했다. 아침에는 커피와 브런치를 사 가는 손님이 종종 있는 편인데 어쩐지 오늘은 조용했다. 덕분에 두 사람은 한가한 오전을 보내고 있었다.

유채는 다원이 하고 싶은 말이 있음에도 억지로 집어넣었다는 것을 느꼈다. 굳이 묻지 않았다. 대충 짐작이 갔기 때문이다.

다원도 알고 있었다. 술에 취한 나머지 다원이 있다는 걸 잊고 신세타령을 해 버린 탓이다. 주방에서 할 일을 끝내고 나오려던 다원은 태건과 자신의 대화를 듣고 대충 감을 잡은 듯했다. 나름 진지한 이야기라고 생각해 태건이 나가길 기다린 모양이었다.

"누나. 연하는 싫어요?"

"연하? 그건 왜."

"친구 중에 누나한테 관심 있는 애 있어서…… 아야."

유채는 다원의 머리를 쥐어박으며 대꾸했다.

"됐거든. 너 아까 나랑 김태건 대화 들었잖아."

"드, 들은 적 없거든요."

"그, 그러세요."

"아니, 그게…… 들으려고 한 건 아니었어요."

"됐어. 알아."

유채는 피식 웃다가 자신이 쥐어박았던 부분을 쓰다듬으며 다시 커피를 마셨다. 유채는 더 이상 입을 열지 않았다. 그래서 다원도 말을 걸지 않았다. 그 무언 속에 그만하라는 뜻이 담겼음을 알았기 때문이다.

어색한 침묵은 연이어 들어온 손님으로 인해 깨졌다. 포장 용기에 맛깔스럽게 담긴 치킨 샌드위치와 따뜻한 아메리카노를 주문한 손님, 컵 티라미수와 녹차 라테를 주문한 손님, 홍차 스콘과 치킨 샌드위치를 주문한 손님. 모두 포장 손님이라 다원은 옆에서 포장을 도와주었고, 유채는 주문한 음식들을 건네었다.

그 뒤로 손님들이 계속 들어와서 다원은 다시 주방으로 들어갔다.

✳   ✳   ✳

그날 태건은 퇴근 후 오랜만에 소꿉친구를 만나러 갔다. 유치원 다닐 때부터 두 사람은 친구였다. 같은 아파트에, 심지어 옆집이어서 따지고 보면 태어나서부터 친구였을지도 모른다.

태건은 자신을 반겨 주는 유찬을 보며 멱살을 잡고 싶은 충동을 느꼈다. 하지만 꾹 참았다. 어차피 저는 제삼자고, 본인들이 해결해야 할 일이었다. 저는 그저 충고 따위나 해 주는 것이 다였다. 태건은 몰래 한숨을 쉬며 유찬의 앞에 앉았다.

"오랜만이다, 건아."

"그러게. 한 달 만이잖아?"

유채를 본 건 세 달 만이지만 유찬과는 떨어질 수 없는 친구인지라 서로 술 한잔을 기울이기 위해 종종 만났었다. 그런데 저번 달에 일이 몰려 이제야 얼굴을 보게 되었다.

"바쁜 일은 얼추 다 끝났지?"

"응. 그나저나 곽유채는 여전하더라."

"어? 유채 봤어?"

"아침에 사무실 식구들 빵 사러. 곽유채가 음료수 서비스로 줬다?"

"그거…… 나도 잘 안 해 주는 건데."

"난 행운아네? 역시."

유찬은 마치 어제 본 것처럼 느껴지는 친구의 모습에 키득거리며 그가 늘 마시는 블랙 러시안을 건넸다. 호불호가 갈리는 이 칵테일은 태건이 가장 좋아하는 것이었다. 제가 좋아하는 칵테일을 보자 태건은 더 신나게 떠들었다.

그는 제법 말이 많은 편이었다. 그래서 유찬과 같이 있을 때면 대부분 태건이 말을 하는 편이고 유찬은 듣다가 대꾸를 해 주는 정도였다.

오늘도 그가 하는 말을 묵묵히 듣던 유찬은 기본 안주를 건네다 허공에서 손을 멈췄다.

"자꾸 곽유채 소개해 달라고 해서 거절했거든. 근데 이 녀석이 상표를 보고 찾아가겠다고 하는 거야. 유채 그런 거 진짜 싫어하잖아. 그래서 너 가면 문전박대 당하고 심지어 경멸할지도 모른다니까 우는 척하면서……."

"잠깐."

그릇을 내려놓으며 결국 말을 끊을 수밖에 없었다. 유찬은 침을 삼키며 저를 멀뚱히 바라보는 태건에게 되물었다.

"유채한테 관심 있는 후배가 있어?"

"그럼. 내가 곽유채네 가게 타르트 사다 줬더니 그 길로 혼자 사러 갔더라고. 거기서 첫눈에 반했나 보더라. 혹시 아냐고 나한테 물어보길래 케이크 만든 친구라고 했더니 소개해 달라고 조르던데."

"……그 후배 말고도 또 있었어?"

태건은 살며시 유찬의 표정을 힐끔거리며 과장스러운 움직임을 더해 설명했다. 지금 서유찬이 짓는 표정, 꽤나 볼만했기 때문이다.

"선배도 있고. 아, 번호 따이는 것도 몇 번 봤어."

유찬은 태건의 말에 어떤 표정을 지어야 할지 알 수 없었다.

분명 유채에게 인연이 생긴다면 축하해 줘야지, 하고 생각했다. 하지만 막상 이런 이야기를 들으니 표정 관리가 안 되었다. 오히려 '싫다'는 감정이 강했다.

어째서, 왜? 왜 싫은 거지?

유찬은 아무 생각도 들지 않아 입을 다물었다.

3화

곽유채를 만난 건 고등학교 2학년 때였다.

담임은 요즘 하지도 않는 자기소개를 서른네 명 모두에게
시켰다. 번호순으로 나와서 짧게 이름과 취미 같은 걸 말하
고 들어가라 했다.

유찬은 서씨라 뒷부분이라고 생각해 기역으로 시작되는
성씨를 가진 친구들의 소개를 들었다.

그중 곽씨 성을 가진 유채가 첫 번째 순서였다.

"곽유채입니다."

처음 나온 여학생의 목소리는 의외로 낮았다. 키는 작은
편이었고, 어깨까지 내려오는 머리 길이에 쌍꺼풀이 짙게 졌
고 눈꼬리가 살짝 올라가 있었다. 고양이상 같아 사나운 느

낌이 들었다. 한마디로 인상이 센 편이었다. '함부로 건들지 마' 라는 아우라를 풍기는 것 같았다.

하지만 그녀가 빙긋 웃으며 '잘 부탁드립니다' 라고 덧붙이자 몇 남학생들이 휘파람을 불며 장난을 걸었다. 그러자 장난스럽게 주먹을 쥐어 보이며 조용히 하라는 시늉을 보였다. 다른 여학생 몇 명도 환호해 주는 것을 보며 유찬은 겉보기와 다른 아이라는 걸 알았다.

유채의 자리는 유찬과 꽤 떨어진 곳이었다. 뒤에서 두 번째로 칸은 같았지만 유찬은 왼쪽 끝, 유채는 오른쪽 끝에 앉아 있었다.

유채가 자리로 들어오며 힐끔거리다 유찬 쪽을 바라봤다. 아, 눈이 마주쳤다. 그녀는 자연스럽게 유찬에게서 시선을 돌려 자리에 앉았다.

굉장히 작고…… 귀엽다.

그녀의 자기소개를 듣고 난 뒤에 유찬이 생각한 유채의 인상이었다.

그 당시 유찬은 180cm를 막 넘은 상태였고, 유채는 158cm에서 멈춘 상태였다. 유찬이 보기에 그녀가 작다고 느껴질 만했다.

왠지 유찬은 유채가 신기했다. 작은 몸집이지만 목소리는 컸고, 행동은 당당했다. 여학생들과 친하긴 하지만 남학생들과 장난을 더 자주 치는 걸 보면 털털한 성격인 듯했다.

유채의 모습을 관찰하다 문득 친해지고 싶다는 마음이 생겼다. 그래서 먼저 인사를 했지만 좀처럼 대화를 나눌 기회가 없었다.

한 달 뒤 짝을 바꾸는 날이 돌아왔다.

유찬은 공부를 잘하는 우등생이라 선생님들의 사랑을 독차지하고 있었다. 다만 유독 수학이 약했고, 반면 유채는 수학을 잘하는 편이어서 그는 기회다 싶었다. 그래서 반 친구들 몰래 담임선생에게 찾아갔다.

"선생님, 드릴 말씀이 있습니다."

"유찬이구나. 무슨 일이니?"

담임은 유찬을 반장으로 두고 싶어 할 정도로 그를 아꼈다. 예의도 바르고 공부도 잘하고 인망도 좋은 그는 학교의 자랑이었다. 그래서 이번에 그의 담임을 맡았다는 것이 기뻤다.

다만 그가 반장이 되지 못해 아쉬웠다. 반장 후보에 유찬이 올라왔지만 그는 극구 반대를 했고, 대신해서 유채가 반장이 되었다. 물론 그녀도 첫인상과 달리 싹싹하고 공부도 잘했지만 담임은 못내 아쉬웠다.

"제가 수학이 좀 약해서요."

"그렇지. 내가 수학이면 좋은데 말이다."

"그래서 이번에 자리 바꿀 때 유채와 앉고 싶습니다. 유채가 저희 반에서 수학을 가장 잘하잖아요. 쉬는 시간이나 수업 시간 때 도움을 받을 수 있을 것 같아서요."

"그럴래? 그래, 그럼."

의외로 담임은 금방 허락을 해 주었다.

담임은 아침 조회 시간에 자리를 바꾸겠다며 이름을 적은 종이를 랜덤으로 칠판에 붙여 놓았다. 자신의 자리를 확인한 학생들은 각자 책걸상을 들고 이동했다.

드디어 유채와 짝이 되었다. 먼저 책상을 옮긴 뒤 앉아 있는 유채는 핸드폰을 하고 있었다. 유채의 옆에 자신의 책상을 붙인 유찬은 빙긋 웃으며 말을 걸었다.

"안녕, 유채야."

그러자 그녀가 고개를 들어 유찬의 얼굴을 확인하고서 피식 웃었다.

"안녕."

"한 달간 잘 부탁해."

"나야말로. 나 가끔 졸거든. 혹시 윤리 시간에 졸면 깨워 줘."

"그럼 나도. 졸지도 모르거든."

"그러면 내가 옆구리를 쿡 찔러 줄게."

그렇게 말하며 유채는 유찬의 옆구리를 쿡 찔렀다. 유찬은 간지러워서 몸을 비틀었더니 키득거리며 웃던 유채가 어깨 동무를 해 왔다. 연달아 다시 옆구리를 두 번 정도 찔렀다.

"뭐야, 간지럼 잘 타네?"

"그, 그만…… 하하. 간지러워."

"잘못 하면 수업 시간에 소리 지르는 거 아니야?"

"그럴 것 같아. 그럼 다른 방법으로 깨워 줘."

유찬은 먼저 장난을 걸어 준 유채가 고마웠다.

앞으로 좋은 친구가 될 수 있을 것 같아. 느낌이 좋았다.

그때 그는 제 행동을 스스로 자각하지 못했다. 먼저 친구하고 싶은 상대는 몇 명 있었지만 동성 친구가 아닌 이성 친구는 유채가 처음이라는 것을, 눈치채지 못했다.

✳   ✳   ✳

일요일.

유채와 만나기로 한 날이다. 유찬은 약속 시간에 맞춰 준비를 하다가 잠시 멍해졌다.

태건이 버터플라이 키스로 왔을 때 했던 말이 아직도 머릿속에 박혀 있었다.

유채에게 관심이 있는 남자들이 많다는 말을 듣고 아무 생각도 할 수 없었다. 그런 저를 바라보며 태건이 물었다.

"왜 그런 표정이야?"

자신이 어떤 표정을 짓는지 모르겠어서 대꾸를 하지 않았더니 태건이 다시 입을 열었다.

"곽유채가 인기 없을 것 같았어?"

"······그럴 리가. 유채, 귀엽잖아. 매력도 있고."

"그렇지."

그런데 알면서 왜 그러냐는 눈빛이다. 마치 자신을 책망하는 눈빛 같았다.

자신이 뭘 잘못했기에 저런 눈빛을 보내는 건지 모르겠다. 유찬이 머뭇거리며 물어보려고 했지만 그는 내일 출근을 해야 한다며 급히 일어났다.

유찬은 태건에게 묻지 못한 채 내내 혼자서 생각을 해도 답이 나오지 않아 포기했다.

내가 유채에게 무슨 잘못을 했던가?

짐작이 되지 않았다. 혹시 유채를 소개해 달라는 말에 너무 놀란 표정을 지었던가. 그것이 유채에게 실례가 되었던가.

다시 생각을 하니 손에 힘이 저절로 들어갔다. 정신을 차려 보니 주먹을 꽉 쥐고 있었다. 의아한 표정을 짓던 유찬이 손에서 힘을 뺐다.

"왜 이러는 거야."

한숨과 함께 나갈 준비를 끝냈다. 그리곤 하던 생각을 갈

무리했다.

오늘 보려고 했던 영화는 한 달 전, 유채가 보고 싶다고 했던 말 때문에 개봉 날짜를 수시로 체크했다. 그녀는 보고 싶은 게 있어도 태건처럼 조르지 않고 그냥 지나가듯 한마디를 할 뿐이었다.

영화를 보고 난 뒤 유채는 행복한 표정을 지을 것이다. 그녀는 사소한 것에도 즐겁다는 듯이 웃는다. 그 모습을 보면 덩달아 기분이 좋아졌다.

고등학생 때, 배가 고픈 것처럼 보이는 그녀를 보고 쉬는 시간 매점에 가서 샌드위치와 바나나 우유를 사다 줬었다. 그 사소한 행동에 그녀는 얼마나 기쁜 표정을 지었던가.

얼른 가야겠군.

핸드폰으로 시간을 확인한 유찬은 집을 나섰다.

둘 다 정하지 않았음에도 주말에는 꼭 만났다. 특별히 하는 건 없었다. 영화 혹은 뮤지컬을 볼 때도 있고, 밥을 먹거나 교외로 잠시 놀러 가는 것이 전부였다. 평일 내내 그녀를 만나지 못할 때도 있기에 일주일에 한 번 만나는 날이 무척이나 소중했다.

❋   ❋   ❋

약속 장소에 유채는 미리 나와 있었다.

오늘은 날이 덜 추워서 기모가 들어간 반바지에 기모 스타킹, 그리고 핑크색 스웨터와 좋아하는 가죽 재킷을 걸치고 나왔다. 하지만 역시 아침에는 춥다.

유채는 만나기로 한 영화관 건물 1층에 있는 카페로 들어갔다. 따뜻한 아메리카노 한 잔을 시킨 뒤 진동 벨을 들고 창가에서 좀 떨어진 곳에 자리를 잡고 앉았다.

카페 안에 틀어진 히터로도 몸이 따듯해지지 않아 주머니에 손을 넣은 채 의자에 기댔다. 그렇게 멍하니 있다가 카페 문을 바라보았다.

그때 마침 들어오는 여자 손님과 눈이 마주쳤다. 유찬이 메시지라도 보냈는지 확인하려 휴대폰을 꺼내는데 방금 들어온 그 여자가 제 쪽으로 다가왔다.

내가 아는 사람인가. 처음 보는데.

고개를 갸웃거리는 사이 여자는 어느새 유채를 내려다보고 있었다. 누구냐고 입을 열기도 전에 그 여자가 먼저 말을 걸었다.

"곽유채 씨 되시죠?"

유채는 그 여자를 꼼꼼히 살폈다. 하지만 역시 처음 본 얼굴이다. 무슨 일이냐며 입을 열려는 찰나 진동 벨이 울렸다. 일어난 유채는 그 여자를 똑바로 바라보며 대답했다.

"그런데요."

그대로 스쳐 지나가 커피를 가지고 다시 자리에 앉았다.

돌아와 보니 그 여자는 자신의 건너편 자리에 앉아 있었다.

이유를 알 수 없어 커피 뚜껑을 열고 한 모금 마신 뒤 용건을 물었다.

"무슨 일이시죠. 아니, 날 어떻게 알고서?"

"유찬 오빠랑 동갑이니까 언니라 할게요."

"……그러시던지."

유채는 그녀가 말한 '유찬 오빠'가 거슬렸다. 그래서 저도 모르게 가시 박힌 말투가 튀어나왔다. 처음 본 상대에게 이건 실례다 싶어서 말을 내뱉은 후 여자의 얼굴을 살폈다.

여자는 커피만 홀짝이는 유채를 바라보다가 입을 열었다. 왠지 붉게 칠한 입술을 꽉 깨물었던 것도 같았지만 상관없었다. 그저 자신에게 무슨 볼일인지 궁금했을 뿐이다.

"저는 황주리라고 해요."

아, 그러세요. 하마터면 빈정대는 말투가 나올 뻔했다. 커피를 계속 마시고 있어서 다행이라는 생각이 들었다.

유채는 계속해서 그녀의 말을 들었다.

"저는 8개월 전에 유찬 오빠랑 헤어진 여자 친구고요."

"아니지."

"……네?"

"전 여자 친구지. 그게 맞으니까."

"어쨌든요. 언니, 성격 안 좋다는 소리 듣죠?"

"아니. 한 번도 없는데."

주리가 테이블 위에 올려 둔 주먹을 꽉 쥐는 게 보였다. 저걸 막 휘두르는 건 아니겠지? 문득 손이 뜨거워서 유채는 들고 있던 컵을 내려놓았다.

다시 양손을 재킷 주머니에 넣고 주리를 바라보았다. 눈빛으로 하고 싶은 말이 있으면 얼른 하라는 것을 내보였다.

주리는 이번엔 눈에 띄게 입술을 깨물었다 말을 다시 꺼냈다.

"언니를 한 번 만나고 싶었거든요."

"왜?"

"고등학교 때부터 친구라고 들었어요. 그땐 공부하느라 여자 만날 시간 없었다던데."

"응. 맞아."

그렇게 대꾸하며 유채는 핸드폰을 꺼냈다. 가는 중이라고 보낸 유찬의 톡이 들어와 있었다. 나도 가는 중이야, 답을 해 주곤 말을 하는 주리를 응시했다.

"그럼, 지금까지 오빠한테 저를 포함해서 총 몇 명의 여자 친구가 있었는지는 알아요?"

"알지."

유채는 핸드폰을 핸드백 속에 집어넣으며 손가락으로 숫자를 셌다.

"어디 보자. 대학 들어가자마자 사귄 선배, 제대하고 나서 복학하면서 후배 한 명, 바 아르바이트하면서 연하 여자 한 명, 그리고 지금 가게에서 일을 하면서 너 정도인가. 네 명이 네."

유채의 얼굴이 슬프게 일그러졌다. 그 얼굴에 대꾸를 하려던 주리가 잠시 입을 다물었다. 생각한 것과 다른 유채의 인상 때문일까. 하지만 속에 쌓인 말들을 해야 했다.

"잘 알고 계시네요. 그러면 헤어진 이유도 아세요?"

"몰라. 이유가 있겠지."

"궁금했던 적은 없어요?"

"내가 왜?"

유채는 지금 자신이 왜 이런 대화를 해야 하는지 이유를 알 수 없었다. 유찬의 전 여자 친구가 왜 저를 만나고 싶어 했는지도 모르겠다. 그러니 성실하게 대답을 해 줄 의무는 없었다.

대충 대답을 한다는 걸 알았는지 주리의 얼굴이 일그러졌지만 유채는 아랑곳하지 않고 커피를 마셨다. 인내심이 꽤 강한지 주리는 크게 심호흡을 한 후에 다시 말을 이었다.

"오빠 첫 번째 여자 친구가 저랑 아는 사이거든요. 근데 헤어진 이유가 저와 같더라고요. 그 첫 번째 여자 친구가 두 번째 여자 친구의 선배였거든요? 그 후배한테도 물어보니 역시나 같은 이유. 세 명의 이유가 같은데 다른 여자도 아마 같은 이유로 헤어졌겠지요."

주리는 고개를 들어서 유채를 바라보았다.

진하게 화장을 하지 않아도 매력적인, 얼굴도 작고 인상도 뚜렷해 오밀조밀 예쁘장하게 생긴 얼굴이었다. 사진으로만 봤을 땐 인상이 세 보여서 분명 여우가 틀림없다고 생각했다.

하지만 건성으로 대답을 하긴 해도 정말 모른다는 표정이고, 무엇보다 눈앞의 여자가 그를 마음대로 휘두른 건 아니라는 직감이 들었다.

주리는 분했다. 정말 좋아하는 사람과 사귀게 되었을 땐 무척 기뻤는데 헤어지게 만든 원인을 직접 만나 보니 미워할 수 없는 사람이라니. 분해서 허벅지 위에 둔 손에 힘을 꽉 주었다.

"바로 언니 때문이에요."

식어 가는 커피를 마시던 유채가 잠시 멈췄다. 입안에 들어 있던 커피를 넘기고 컵을 내려놓으며 고개를 들었다. 그게 왜 나 때문이냐는 표정이다.

실제로 유채는 별로 알고 싶지 않았다. 그가 사귀었던 여자들을 나열하다 보니 문득 자괴감이 밀려들어 왔기 때문이다.

어차피 나는 친구다. 절대로 연인 같은 건 될 수 없다는 사실이 새삼 또 가슴 깊이 다가왔다.

이제 너무 지쳤다. 그만하고 싶다는 생각이 요즘 들어 더

심해졌다.

"대부분 비슷한데…… 제 경우를 좀 말할게요."

"……."

"7월 1일, 오빠의 생일날. 사귀고 나서 처음 맞이하는 애인 생일이라 저도 나름 이벤트를 해 주고 싶었어요. 오빠랑 만 날 약속도 했고요. 다 준비했는데, 갑자기 오빠가 전화하더 니 못 온다고 하더라고요. 이유가 뭔지 아세요?"

"……글쎄?"

"퇴근하고 언니가 뭘 선물해야 할지 몰라서 케이크 만들 었다고, 술도 살 테니 와서 같이 먹자고 했죠?"

아, 기억난다.

유찬의 생일에 선물을 뭘 줘야 할지 딱히 생각나지 않아서 망설이다 직접 만든 케이크를 선물하기로 했다. 그런데 케이 크를 다 굽고 난 뒤에야 약속을 안 했음을 알았다. 아차 싶어 부랴부랴 전화를 했었다.

당시 유찬은 무슨 일이냐고 물었다. 왠지 그게 섭섭했다. 친구로서 생일 축하는 해도 되지 않나 싶었다.

생일날은 여자 친구랑 보낼 것 같아 다른 날 약속을 잡으 려 연락을 한 것이다. 다른 건 준비 못 했고, 케이크를 만들 었으니 내일 만나서 그거 먹고 술 한잔하자며 평소처럼 말했 었다.

약속이 없다며 오늘 만나자는 유찬의 말이 이상했지만 있는 약속을 없다 할 리는 없었으므로 퇴근 후 만났었다.

"언니가 연락 잘 안 하는 편이라면서요? 언니한테서 어쩌다 한 번 먼저 연락 오면 나랑 대화하다가도 그거에 답 먼저 하는 거 알아요? 어이가 없어서."

그랬던가. 유채는 떨떠름한 기분으로 주리의 말을 계속 들었다. 그녀는 꽤나 속에 많이 쌓아 두었던 모양이다.

"나랑 저녁 먹다가도 언니 취했다고 하면 바로 가는 것도 어이가 없더라고요. 그래서 내가 다른 친구 있겠지, 했더니 언니 술버릇이 안 좋다고 자기가 데려다줘야 한다고 하더군요."

"……."

"난 붙잡았어요. 하지만 오빠는 미안하다며 내일 다시 보자고 말하더니 언니 데리러 갔어요."

"……걔, 나한테 그런 얘기 한 번도 안 했어."

"그렇겠죠."

주리는 어깨를 으쓱였다.

"언니만 챙기는 걸 보면 분명 내 애인인 데도 내가 바람피우는 기분이 들었다니까요."

그게 무슨, 하고 말을 하려는데 주리가 사납게 유채를 노려보았다. 유채는 입을 열려다가 다물어 버렸다.

"그 외에도 더 있어요. 우리 둘 다 일하니까 여유롭게 만날 수 있는 날은 주말뿐이라…… 나는 주말 내내 보고 싶은데 하루는 꼭 언니를 봐야 한다 하더라고요? 그것까진 이해해요. 그런데 어느 날 궁금해서 물어봤어요. 언니랑 만나면 뭐하냐고. 그냥 친구 사이에 뭘 하겠어, 하는데 들어 보면 둘이서 자주 놀러도 다닌다면서요?"

"……."

"영화나 밥 먹는 건 친구 사이에서 그럴 수 있으니 납득이 가요. 하지만 수목원이나 동물원은 보통 애인이랑 가지 않아요?"

"그런 이야기를 들은 적도 없었고, 별로 궁금하지도 않은 걸."

유채는 마음이 아파 더 이상 커피를 마시지 못했다. 유찬이 여자를 사귈 때마다 얼마 가지 못하고 헤어진 것은 알았지만 이유까진 알 수 없었다. 그저 두 사람 사이에 무언가 맞지 않아서 헤어졌겠거니 했다.

헤어졌다는 걸 들었을 때 유채는 무척 기뻤다. 애인이 없을 때보다 있을 때가 더 초조했다. 이러다가 유찬이 결혼을 해 버리면, 자신에겐 기회조차 없는 셈이니까. 그래서 헤어지고 난 뒤엔 유난히 유찬에게 잘해 줬다. 혹시나 자신에게 마음이 생길까 봐.

하지만 이미 친구라고 규정했는지 그의 태도는 달라지지 않았다.

"이제 와서…… 이런 이야기를 나한테 하고 싶어 하는 이유는 그저 화풀이?"

유채가 물었다. 그러자 주리는 어깨를 으쓱였다.

"글쎄요. 그럴지도 모르죠. 언니만 아무것도 모르는 게 좀 분해서요."

"결국 서유찬이 애인보다 친구를 먼저 챙기는 게 싫어서 헤어졌다, 그거지?"

"네."

"하지만 말이야."

유채는 지금 이 말을 들어도 우월감도, 별다른 감정도 느끼지 못했다.

자그마치 10년이었다. 10년 동안 서유찬, 한 사람을 바라보았다. 그사이 점점 지쳐 갔다.

네 번이나 그에게 여자 친구가 생겼다. 비록 짧은 시간 만났다지만 그건 마치 '너에겐 기회조차 없다' 라고 말하는 것처럼 다가왔다.

마치 연인에게 하는 것처럼 대해 주는 것에 희망을 느꼈지만, 유찬이 여자 친구를 사귈 때마다 항상 포기하고 싶어졌다. 그럼에도 포기할 수 없었던 것은 그가 여자 친구와 오래 사귀지 못했기 때문이었다.

"나에겐 별로 이득 없는 이야기야."

"그게 무슨……."

"어차피 난 서유찬 하고 기껏 해 봤자 '친구' 거든."

그때 카페 문을 열고 한 남자가 들어왔다. 주리는 그 남자를 보고 벌떡 일어났다. 얼굴엔 당황스러움이 가득 차 있었다. 유채는 누구인지 보지 않아도 알 것 같았다. 남은 커피를 마시며 고개를 들었다.

"오, 오빠."

유찬은 주리를 바라보다 어색하게 미소를 지으며 유채의 옆에 섰다.

"오랜만이네."

"……왠지 이 언니가 오빠 만날 거 같았는데 정말이네."

유채는 핸드폰을 확인했다. 약속 시간인 10시보다 5분이 지난 상태였다. 낮게 한숨을 쉬다 나가기 위해 일어났다.

그때였다. 주리가 두 손으로 유찬의 한 손을 잡았다. 유채는 그대로 굳은 채 지금 이 상황을 지켜보았다.

주리가 해 준 말을 아마 20대 초반에 들었더라면 아니, 적어도 몇 년 전에 들었더라면 더 나았을지도 모르겠다. 그러면 다시 한 번 고백이라도 했을 텐데. 여자 친구보다 자신을 우선 챙긴다는 말은, 그때까지만 해도 지쳐가던 곽유채의 마음에 한 줄기 희망이 되는 이야기가 되었을 터였다.

하지만 지금은 아니다. 짝사랑 기간 10년. 친구로 지낸 기간 8년. 이미 너무 많은 시간이 흘렀다. 8년 동안 친구였던 저를 갑자기 여자로 볼 남자가 어디에 있을까. 앞으로도 쭉 친구라는 거겠지.

유채는 스스로가 지쳤음을 잘 알고 있었다.

"나 오빠랑 다시 만나고 싶어서……."

"미안하다, 주리야."

"대체 왜? 이 언니랑은 그냥 친구잖아!"

유찬은 유채를 한 번 돌아보고서 주리에게 다시 시선을 돌렸다. 유채는 유찬의 뒤로 돌아 남은 커피를 버리고 종이컵을 버렸다. 자리로 돌아가려던 찰나, 주리가 날카롭게 소리를 질렀다.

"나야, 저 언니야?"

지쳤다는 걸 알면서도 그를 놓지 못하는 건, 역시 미련이다. 그리고 잔인한 희망 고문. 사소한 행동이 그에게 의미 없는 걸 알면서도 일일이 의미를 부여하는 곽유채가 미련한 거였다.

"주리야. 미안하지만…… 너와 난 아무 사이도 아니잖아. 하지만 유채는 달라."

유채는 천천히 뒤를 돌았다.

불안한 예감이 들었다. 지금 당장 이 자리를 벗어나고 싶었다. 아니, 달아나야 할 것 같았다. 이 자리에서 사라지고 싶었다.

"넌 이제 나와 상관없어. 다시 생각할 생각은 없다. 미안."

"어떻게……."

"그리고 유채, 그냥 친구 아니야."

유채는 눈을 천천히 감았다가 떴다. 지금 당장 달려가서 서유찬의 입을 틀어막고 싶어졌다. 하지만 이미 늦었다. 그가 입을 열었다.

"세상에서 제일 아끼는 친구야."

무슨 정신으로 영화를 봤는지 모르겠다. 어떤 내용인지 하나도 기억나지 않았다. 유채의 컨디션이 좋지 않음을 알았는지 간단히 밥만 먹고 헤어졌다.

유채는 아직도 유찬의 말이 뇌리에 박혀 지워지지 않았다.

"그냥 친구 아니야."

친구 이상이기를 바랐는데…….

"세상에서 제일 아끼는 친구야."

어째서 나는 너에게 절대로 친구 이상의 존재는 될 수 없는 걸까?

유채는 조소를 지으며 집에서 나왔다.

원룸에서 조금 걸어가면 단골 포장마차가 있었다. 포장마차에 들어가 구석에 자리를 잡으며 골뱅이 무침과 소주 한 병을 시켰다.

"오늘은 늘 같이 오던 총각이랑 안 왔네?"

"걔는 오늘 일이 있어서요."

소주가 먼저 나오고 기본 안주로 오이와 당근이 나왔다. 유채는 소주를 먼저 따 마신 뒤 당근을 깨물었다. 아드득 소리가 나며 특유의 향이 입안에 퍼졌다. 소주와 함께 섞이는 맛을 싫어했지만 지금은 아무래도 좋았다.

머릿속이 텅 비어 버린 것 같았다. 아무런 생각도 들지 않았다. 지금 유찬을 봤다간 그를 원망할 것만 같았다.

유찬이 어째서 여자 친구보다 자신을 우선순위로 두었는지 모른다. 아마 주리가 말을 한 것이 전부가 아닐지도 모른다. 그전 여자 친구들한테도 그랬다니까 더 많은 부분이 있었을 것이다. 유채는 정말로 몰랐다. 자신의 앞에서는 그저 '나 사귀는 여자 생겼어'라는 말만 했을 뿐이다. 그 외에 자세한 말을 한 적은 없었다.

세상에서 제일 아끼는 친구라니. 더 이상 유찬에게 무엇을 바랄까.

유찬의 행동이 늘 한결같았고 자신은 이제 지쳤다. 더 이상 그를 좋아할 수 있을 것 같지 않았다. 10년간 혼자서 해 온 사랑이 녹록치 않았기 때문이다.

이제 할 만큼 다 했다. 스스로가 느끼기에도 너무 오래 끌고 온 감정이었다.

소주 한 병을 묵묵히 비우고 난 뒤 한 병을 더 주문했다.

아주머니는 소주를 건네면서 걱정스러운 표정을 보였다. 유채는 괜찮다며 애써 웃어 보였지만 마음이 쓰렸다.

"하……."

이제 그만해야 할 것 같았다.

10년 동안 그의 곁에서 친구란 이름 아래에 함께하면서 숱한 희망 고문을 맛봤다. 너무 힘들어서 더 이상 지속해 나갈 힘도 남아 있지 않았다. 대답 없는 사랑을 혼자서 하고 싶지 않았다. 대답도 돌아오지 않는데 좋아한다고 사랑을 외친들 저만 힘들다는 걸 인정할 때가 온 것이다.

다시 소주 한 병을 비우고 난 뒤 계산을 하고 나왔다. 주머니에 두 손을 푹 꽂고서 터벅터벅 걸었다. 제가 사는 원룸이 보였다. 낮게 한숨을 쉬다가 문득 고개를 들었을 때, 자신의 집에 불이 환하게 켜져 있음을 발견했다. 도둑일까 싶다가 픽 웃었다. 자신의 집 비밀번호를 유일하게 알고 있는 그 남자일 터였다.

"대체 왜 온 거야……."

오늘 같은 날만큼은 혼자 내버려 뒀으면 좋겠는데.

유채는 얼마 남지 않은 힘마저 빠져나감을 느꼈다. 유찬은 다른 친구들보다 유난히 유채를 우선시할 때가 종종 있었다. 그때마다 얼마나 기대를 했는지 모른다. 혹시나 나를 친구 이상으로 봐 줄까? 하지만 그렇지 않다는 건, 얼마 지나지 않아 곧 알게 되었다. 고등학교 때 제 고백을 거절한 이후로 그의 눈빛은 한결같았다.

변함없는 서유찬이 얼마나 미운지.

유채는 문 앞에서 망설였다. 이 문을 열면 서유찬이 있을
것이고, 오늘만큼은 그를 보고 싶지 않았으니까. 하지만 또
미련하게 혹시나 하는 아주 작은 기대를 가지고서 문을 열었
다. 역시나 안에는 유찬이 있었다.

"어디 갔다 온 거야? 전화도 안 받고."

유찬의 걱정스러운 표정에 유채는 입을 들썩이다 피식 웃
었다.

"그냥."

"술 마셨어? 얼굴 좀 빨간데. 추운데 옷도 얇게 입고 갔
네."

"유찬아."

"응?"

"왜 온 거야?"

"……아까 주리가 뭐라고 했어?"

방금 마신 술이 조금씩 퍼져 나가는 것 같았다. 정신이 몽
롱해지는 것을 느끼며 유채는 점퍼를 벗고 바닥에 앉았다.
유찬은 냉장고에서 물을 컵에 따라 유채에게 건넸다. 그녀는
말없이 물을 마신 후 컵을 바닥에 내려놓았다.

"별말 안 했어."

"혹시나 너한테 함부로 말했으면……."

"아니, 그런 거 없었어. 그보다 나 물어볼 게 있는데."

"응? 뭔데?"

유찬은 유채의 건너편에 앉았다. 궁금하다는 듯이 저를 바라보는 눈동자에 유채는 이제 웃음이 나왔다.

"혹시 전 여자 친구들한테도 연락 안 되면 이렇게 집에 찾아갔어?"

"아니. 연락 안 되었던 적은 없는데."

"하긴. 너보다 그쪽에서 먼저 연락하지?"

"대부분 그랬던 것 같은데."

유채는 두 손을 바닥에 짚고 팔에 힘을 준 채 몸을 뒤로 살짝 기댔다. 유찬은 손을 뻗어 그녀의 머리를 쓰다듬었다. 유채는 눈을 감았다가 떴다. 귓가에 유찬의 걱정스러운 목소리가 들렸다.

"혼자 마셨어? 주리가 안 좋은 이야기를 한 거야?"

"그거 때문은 아니야."

평소 같으면 이런 다정한 행동에 또 미련한 기대를 가졌을 것이다. 문을 열기 전만 해도 그랬지 않은가. 하지만 유찬을 다시 보니 정신이 또렷해졌다. 현관문 앞에 서 있을 때만 해도 분명 몽롱했던 것 같은데 술이 확 깼다.

자그마치 10년이다. 10년 동안 자신을 더 중요하게 여긴다는 것은 알았지만 그렇다고 해서 곽유채가 서유찬의 여자 친구가 되었던 적은 단 한 번도 없었다. 그저 친구였고 매번 희망 고문에 애가 타야만 했었다.

너무 지쳤다. 이렇게 변화라고는 아무것도 없는 관계는 그만둬야겠다. 자신의 마음은 한결같지만 유찬은 그저 저를 친구로만 여기니, 이 관계를 계속 이어 가야 할 이유는 없었다.

"너 그러면, 여자 친구가 생일 챙겨 준다고 해도 내가 만나자고 하면 나랑 있을 거야?"

"당연하지."

"어째서?"

"어째서냐니? 유채, 너 취했구나."

유채는 지금 왜 자신이 취한 사람 취급을 받아야 하는지 모르겠다.

"아니, 나 멀쩡해. 대답해 줘. 어째서 그게 당연한 거야?"

"그건……."

유찬은 대답을 찾지 못했다. 당연하게 생각했지, 그 이유에 대해서 생각을 해 보지 않았기 때문이다.

유채는 말이 없는 그를 바라보다 이제 됐다는 생각이 들었다.

"내가 그냥 친구가 아니라 세상에서 가장 아끼는 친구여서 그래?"

"아…… 그래, 그거야."

유찬은 찾지 못했던 해답을 드디어 찾은 표정을 하고 있었다. 유채는 답을 내렸다. 이제 그만하자.

흘러 내려오는 머리카락을 거칠게 쓸어 올렸다. 유찬은 여전히 저를 바라보고 있었다. 낮은 한숨과 함께 미소를 지었다.

"유찬아. 우리 이제 주말에 못 만나."

갑작스러운 통보에 유찬의 눈이 동그랗게 떠졌다. 그리고 곧 당황한 얼굴로 바뀌었다. 다급하게 손을 뻗어 유채의 양쪽 팔을 잡았다. 유채는 그가 잡은 그대로 멈춘 채 입꼬리를 올렸다. 시선은 유찬에게 똑바로 향해 있었다.

"그 옛날, 과거에 했던 말 기억해?"

"어떤……."

"나에게 좋아하는 사람이 생기면 말해 달라고 했던 거. 네가 한 말이잖아?"

아마 10년 내내 좋아했던 사람이니 쉽게 잊지 못할 것이다. 그를 사랑했던 것처럼 잊는 시간도 10년이 걸릴까?

"좋아한다기보다는…… 날 좋아해 주는 사람이야."

유채는 거짓말을 하기로 했다. 유찬을 잊기 위해서 필요한 것은 무엇보다 거리감이다. 유찬을 보지 않는 게 중요했다. 이유 없이 보지 않을 수는 없으니 거짓말을 해야만 했다. 주리를 만나고 오면서 내내 생각한 결과였다.

돌아오는 주말에 만나 이야기를 하려 했지만 유찬이 집에 와 있으니 빨리 말하고 정리하는 게 맞았다. 그게 설령 쉽지 않을지라도.

"날 처음 봤을 때부터 귀엽고 사랑스러웠다지 뭐야?"

"……나도 아는 사람이야?"

"응. 원진 오빠. 기억해?"

내일, 가게에 나가면 원진에게 설명해야겠다. 거하게 밥을 사 줄 테니 유찬과 둘이 동시에 마주칠 때가 오면 맞장구 좀 쳐 달라고.

"아……."

"대학 때부터 날 계속 좋아했었나 봐. 같이 일하지만 서로 일 끝나면 피곤해서 데이트는 주말에 하기로 했거든."

사실 이 계획은 원진의 허락이 우선이었다. 그를 이용하는 거나 마찬가지니까, 마음대로 이름을 댈 순 없었다. 반드시 동의를 얻고 하려고 했지만 어쩔 수 없다. 지금부터라도 유찬과 거리를 두어야 할 것 같았다.

유찬에게 말을 하는 내내 유채는 가슴이 콱 막혀 오는 것 같았다. 속이 답답했다. 할 말을 잃은 유찬을 보며 더 그랬다.

이 미련한 가슴이 또다시 그를 향해 달려갈 것만 같았다. 하지만 유채는 냉정해지기로 했다.

"그래도 나, 정말 궁금한 게 하나 있거든."

그제야 유찬이 입을 열었다.

"……뭔데?"

어쩐지 목소리가 잠긴 것 같지만 착각이겠지. 유채는 아랑곳하지 않고 밝게 웃으며 물었다.

"그날 이후로 너, 정말 한 번도 날 여자로 본 적 없었니?"

조금의 침묵 후 유찬이 대답을 했다.

"……미안."

"에이, 사과하지 마. 잘못한 게 뭐가 있다고. 그동안 나랑 친구해 줘서 고마웠다."

"왜 그렇게 마지막인 것처럼 말해."

아, 너무 티가 났나.

유채는 뒷머리를 긁적거리다 유찬의 어깨를 툭 쳤다. 자리에서 일어나는 유채를 따라 그의 시선이 올라왔다.

"나 이제 잘래. 내일 출근해야 하니까."

"아, 응."

"술 마실 사람 없으면 불러. 오빠가 허락하면 갈게!"

"……."

"농담이야."

아무런 말도 하지 않은 유찬을 보며 유채는 그가 보지 못하게 뒤로 돌려 주먹을 꽉 쥐었다. 손이 부들부들 떨렸다. 먼저 이렇게 유찬을 잘라 내기는 처음이었다. 여태 먼저 그랬다간 그가 돌아봐 주지 않을 것만 같아 항상 끌려다니기만 했었다.

영영 보지 않은 것보다 친구가 되어 보는 게 더 나을 거라는 건 착각이었다. 그래도 친구라는 이름 아래 함께했던 추억들은 괴롭기만 한 것은 아니었다. 나름 희망 고문이라도 달콤할 때가 있었으니까.

"유찬아."

그녀의 부름에 그가 조용히 뒤를 돌아보았다. 표정이 어두웠다. 그래서 유채는 애써 밝게 웃으며 그의 등짝을 아프지 않게 쳤다.

"세상 끝난 것 같은 표정 짓기는. 연락하면 되잖아."

"⋯⋯."

"잘 가."

"유채야⋯⋯ 축하해. 이 말을 안 한 것 같아서."

순간, 벽을 붙잡은 손에 힘이 들어갔다. 계단에는 불이 들어오지 않아 어두웠다.

유찬의 얼굴이 보이지 않았다. 유채는 겨우 미소를 지으며 고개를 끄덕였다. 그가 보이지 않을 때까지 손을 흔들다 문을 닫고 들어왔다. 문이 닫히자마자 다리에 힘이 풀려 주저앉았다.

"진짜 끝이구나."

항상 친절하던 행동에, 왠지 조금만 더 기다리면 그가 저를 봐 줄 것만 같았다. 조금만, 조금만 더 기다리면, 조금만⋯⋯.

자신이 술에 취하면 항상 달려오던 건 유찬이었다. 집까지 데려다주는 것으로도 모자라 편하게 잘 수 있게 화장도 지워 줬다. 다음 날 머리 아프지 말라며 해장할 수 있게 국밥이나 콩나물국을 사 왔다. 그런 귀찮은 걸 유찬은 싫은 내색 하나 없이 꼬박꼬박 했다.

어디 가고 싶다고 하면 꼭 같이 가는 것은 물론, 보고 싶은 영화가 있으면 유찬에게 먼저 말했다. 그러면 주말엔 그 영화를 꼭 보러 갔었다. 맛있는 가게도 마찬가지였다. 그는 좋아하지 않은 음식이 있더라도 항상 유채의 취향을 고려했다.

그래서 그가 자각은 못 해도 저를 다른 여자들보다 특별하게 생각하고 있구나, 하고 여겼었다. 조금만 더 함께 지내면 그도 깨달을 거라 생각했다.

하지만 그건 혼자만의 착각이었다. 생각해 보면 유찬은 늘 같은 태도였고, 고등학교 때부터 인연을 계속 이어 가니까 당연히 특별하게 생각할 수밖에 없구나, 싶었다.

"……유찬아."

처음 봤을 때부터 좋아했다. 이름 하나 알게 되었다고 얼마나 기뻐했는지 모른다. 복도에서 우연히 마주칠 때마다 그날 하루는 특별했고, 같은 반이 되었던 때는 학교 가는 길이 무척 즐거웠다. 짝이 되었을 땐 기적이 일어난 줄 알았다.

너무 좋아서, 그래서 용기를 내 고백했었다. 결과야 좋지 않았지만 그는 자신의 마음을 외면하지 않고 다른 식으로라도 받아 주기 위해 노력해 왔다.

"많이…… 사랑했어."

하지만 그 노력도 이젠 끝이었다. 좋아하는 사람과 이루어지는 거야말로 기적일지도 모르겠다. 이루어질 수 없는 기적.

유채의 짝사랑은 10년 만에 종지부를 찍었다.

4화

이미 일을 벌인 지금, 유채는 마음을 단단히 먹고 10년간의 짝사랑을 버려 보기로 했다.

먼저 출근하자마자 원진에게 자신이 벌인 일들을 털어놓았다. 유채의 말을 듣기만 하던 원진의 입이 점점 벌어졌다. 맙소사란 말이 저절로 입에서 나왔다.

유채가 자신을 이용한 것을 탓하지 않았다. 말하는 유채의 얼굴이 너무 힘들어 보였기 때문이다. 언제 곪아 터지기 직전까지 갔었나 싶었다. 원진은 낮게 한숨을 쉬며 주먹에 힘을 주지 않고 유채의 머리를 쥐어박았다.

"너는 이럴 때까지 미련하게 버텼냐."

"미안해요, 오빠. 말 좀 맞춰 줘."

"그거야 어렵지 않은데."

원진은 유채의 머리를 쓰다듬으며 다시 말을 이었다.

"진작 말하지 그랬어."

"그냥……."

"그냥이라니?"

"조금만 더 기다리면 단 한 번이라도 봐 줄 것 같아서 그랬죠."

아마, 세상에서 가장 아끼는 친구란 단어를 듣지 않았어도 조만간 터질 감정이었다. 상처를 받고 또 받아서 무뎌진 게 아니라 차곡차곡 쌓였었다. 그게 어떤 계기로 무너졌을 뿐이다. 당장 무너져도 이상하지 않을 정도였으니까 당연한 결과였다.

얼마나 버틸 수 있을지 모르겠다. 고등학교 2학년, 같은 반이 되었을 때부터 내리 본 사이다. 유찬이 입대했을 때도 휴가 때마다 만났다. 세상 사람들이 저와 유찬을 보고 오래된 연인 같다고 할 때마다 설레었다. 하지만 돌아보면 결국 '친구'에서 벗어나지 못했다.

한 번은 그런 생각도 해 봤다. 자신과 유찬의 관계가 무슨 사이인지 정의를 내리려고만 한 것 같아 더 이상 신경 쓰지 않기로 했다. 하지만 그럴 때마다 주변에서 한 번씩 물어보면 친구라고 단번에 대답하는 유찬을 보며 신경을 쓰지 않을 수가 없었다.

"그럼, 이제 앞으로 어떻게 할 거야?"

"남자 만날 거예요. 사랑이한테 소개해 달라고 해야지. 오빠도 아는 친구 없어요?"

"너한테 관심 있던 애들이 몇 명 있긴 한데…… 정말 소개해 줘?"

"그거 괜찮네요."

그렇게 말을 한 유채가 뒤로 돌아섰다. 원진은 그녀의 뒷모습만으로도 어떤 표정을 짓고 있을지 알 것 같았다. 그래서 어떤 말을 꺼내기 보단 그저 안타까운 후배를 위해 열심히 도와주기로 다짐하며 등을 토닥여 주었다.

유채는 입술을 꽉 깨물었다. 울컥하고 감정이 쏟아졌기 때문이다. 눈가가 파르르 떨려 오는 것이 느껴져서 눈을 감았다.

여기서 울면 안 된다. 아무리 힘들어도 감정 때문에 울어본 적은 없다. 버티고 또 버티고, 삼키고 또 삼켰다. 지금 무너질 순 없었다.

"누나."

고개를 푹 숙이고 있던 유채의 눈에 익숙한 운동화가 보였다. 깨물었던 입술을 놓고 고개를 들었다. 다원이 피식 웃으며 두 팔을 벌리고 있었다.

"누나. 비싼 정다원, 오늘은 누나를 위해 희생할게."

"됐거든."

오른쪽 손은 주먹을 쥐어 다원의 어깨를 툭 밀어냈다. 하지만 왼쪽 손은 쫙 펴서 얼굴을 감쌌다. 고개를 숙인 채, 입술을 꽉 깨물었다. 그런 그녀의 모습에 다원은 낮게 한숨을 쉬며 유채를 안아 등을 토닥였다.

원진은 말없이 따뜻한 코코아를 만들기 시작했고, 겨우 고개를 든 유채에게 내밀며 물었다.

"힘들면, 오늘 쉴래?"

"……아니."

운 것처럼 빨개진 눈으로 유채가 피식 웃었다.

"차라리 일할래. 그리고 나."

"응."

이번엔 다원이 대답을 해 왔다. 오늘은 눈이 와서 그런지 손님이 별로 없었다. 세 사람은 각자 따뜻한 코코아를 들고 카운터 앞에 나란히 앉았다.

"진짜 독하게 마음먹을 거야."

"그 형, 나빠 보이지 않았는데."

"나쁜 건 아냐. 그저……."

머뭇거리던 유채가 벽에 머리를 툭 기댔다.

"나 혼자 기대하고, 실망하고…… 그걸 반복했을 뿐이야. 서유찬은 잘못 없어."

"으이구. 누나, 보기와는 달리 무척 여린데."

"무슨 뜻이야!"

"농담!"

끼낄거리며 웃던 다원은 다시 조용해진 유채의 옆모습을 바라보다 창밖으로 고개를 돌렸다. 진눈깨비가 내리고 있었다. 그걸 바라보던 원진은 치우는 게 일이라고 중얼거렸다. 유채와 다원은 그 말에 공감을 하듯이 고개를 끄덕였다. 그러다 다원과 눈이 마주치자 동시에 웃었다.

지치고 힘들어도 결국 이렇게 웃음이 나온다.

그러니 10년의 흔적을 지우려 노력하면 괴롭고 아파도 어떻게든 웃을 수 있을 것이다. 10년 동안은 서유찬 덕분에 웃을 수 있었다면, 이제 다른 걸로 웃을 수 있으면 된다.

……그러면 되겠지.

＊　　　＊　　　＊

"대학 때부터 날 좋아했었나 봐."

유채의 한마디가 계속해서 머릿속을 맴돌았다. 그와 동시에 떠오르는 그녀의 다른 목소리가 있었다.

"서유찬. 좋아해."

고등학교 졸업식, 자신과 단둘이 사진 찍자는 유채의 말에 흔쾌히 허락을 했다. 같이 공부하면서 나름 친해졌다고 생각했는데 함께 찍은 사진 한 장이 없었다. 사진이라도 남기고 싶어 유채의 말에 응했다.

그날, 유채는 저에게 고백을 했다.

아주 담백한 고백이었다. 그저 이름과 더불어 좋아한다는 말, 그게 전부였다. 약간 떨리던 목소리와 추위 때문인지는 모르겠지만 불그스름하게 물이 든 볼, 평소와는 달리 시선을 못 맞추던 눈동자.

그래서 알았다. 진심이구나.

유찬은 졸업을 하고 나서도 종종 유채와 연락을 하며 지내고 싶었다. 유채와 멀어지는 것은 싫었다. 그래서 사진을 찍고 난 뒤, 헤어지기 전에 그렇게 말할 생각이었다. 종종 연락하자고, 앞으로도 잘 부탁한다고. 하지만 유채의 고백이 한 발 앞섰다.

서유찬과 곽유채는 친구. 앞으로도 그걸 유지할 생각이었는데, 그녀는 다른 관계를 바랐다. 처음엔 당황했다. 하지만 거절하면 앞으로 저를 보지 않을 것 같았다. 그것이 두려워 노력해 보겠다고 했다.

하지만 지금껏 지내며 그녀는 늘 같은 태도로 자신을 대해 주었다. 졸업하고 8년째였다. 앞으로도 계속 이렇게 보낼 수 있을 거라고 생각했었다.

"하아……."

그녀를 생각하자 머리가 아파 저절로 한숨이 새어 나왔다. 그러자 옆에 있던 유겸이 그를 의아하게 바라보았다. 유찬은 눈이 마주치자 아무것도 아니라는 듯이 고개를 저었다.

다시 생각에 잠겼다.

벌써 일주일째다. 유채와 일주일 동안 연락 한 번 안 해 본 적은 처음이었다. 아니, 입대했을 때 빼고선 처음이다. 유채가 먼저 연락을 하지 않은 스타일이라 해도, 이틀에 한 번씩은 메시지를 보냈던 것 같다. 하지만 일주일 째, 아무런 연락도 오지 않았다.

평소처럼 먼저 연락을 할 수도 있다. 하지만 그럴 수 없었다. 누군가가 손가락을 꽉 잡고 있는 것처럼 움직여지지 않았다.

결국 메시지 창만 바라보다 그대로 핸드폰 화면을 꺼 버렸다. 그걸 계속 바라보던 유겸이 먼저 말을 걸었다.

"형, 무슨 일 있으세요?"

"응? 아, 아니야."

"누구 연락 기다리는 건가 싶어서요."

"아냐."

"흐음."

"유겸아, 물어볼 게 있는데."

기다렸다는 듯이 유겸의 눈빛이 반짝 빛나며 곧바로 물어 왔다.

"뭔데요?"

"아, 별건 아니고."

"네, 네."

온화하고 부드러운 유찬을 동경하여 이곳에 아르바이트를 하게 된 유겸이었다. 그가 하는 말이라면 언제라도 들을 준비가 되었다는 듯이 아예 몸까지 틀었다. 유찬은 그 시선을 알아차리지 못할 정도로 다시 자신만의 생각에 빠졌다. 계속 닦고 있던 글라스와 천을 내려놓았다.

그리고 조심스럽게 유찬이 다시 입을 열었다.

"내가 정말 아끼는 친구한테서······."

이상하게 목이 까끌까끌했다. 감기라도 걸린 걸까.

"연인이 생겼대."

"태건이 형이요?"

"아니, 건이 말고."

"사랑이 누님?"

"걔도 아니야."

"그럼 누구요?"

고개를 갸웃거리기에 그는 피식 웃으며 유겸의 머리를 쓰다듬었다. 유겸은 배시시 웃다가 자신이 보았던 유찬의 친구를 떠올렸다.

하지만 친한 친구라고는 태건이 전부였던 것 같다. 인간관계가 협소한 편은 아니었지만 꼭 보면 친하게 지내는 사람은 극히 드물었다.

유찬은 그가 전혀 유추해 내지 못하자 먼저 말을 해 주었다.

"유채 말이야."

그러자 유겸이 다시 고개를 갸웃거렸다.

"어라?"

"응? 왜?"

"유채 누님은 형 애인 아니었어요?"

"뭐?"

"잠시만요, 잠시만요."

유겸은 지금 들은 사실에 머리가 복잡해진 기분이 들었다. 두 손으로 머리를 부여잡고서 미간을 팍 찌푸렸다.

유찬은 유겸이 왜 그러는지 처음엔 몰랐지만 곧 깨달았다. 유채가 자신의 애인인 줄 알았을 것이다. 늘 받았던 오해였다. 유찬은 짧게 웃음을 터트리며 늘 받던 오해에 대답하던 말을 그에게도 들려주려고 했다.

내가 세상에서 가장 아끼는 친구가 바로 유채야.

늘 하던 말인데, 갑자기 숨이 턱 막히며 말이 나오지 않았다.

"형. 그러니까 유채 누님하고는 그냥 친구……?"

"응."

"전혀 아닌 것 같았는데……."

"보는 사람마다 그러네. 지난번에는 택시 기사님도 그런 말 하셨는데."

"아니, 형이……."

아직도 정리가 안 되었는지 미간을 찌푸린 채 머뭇거리던 유겸이 말을 이었다.

"애인 보듯이 유채 누님을 봐서……."

무슨 말이냐는 듯이 유찬의 눈이 깜빡였다. 동시에 그의 얼굴은 아무런 감정도 나타나지 않았다. 그의 얼굴빛이 약간 변한 것 같았다.

유겸은 지금 자신이 하려는 말을 계속해야 하나 고민이 되었다. 하지만 이미 엎질러진 물이라는 생각이 들어 입을 들썩이다 낮은 한숨과 함께 말을 마저 했다.

"마치 사랑하는 사람 보듯이 유채 누님 봤잖아요?"

"내가?"

"네. 두 분 진짜 오래 사귄 커플 같았는데…… 아니라면 죄송해요."

"아냐. 괜찮아."

그 후로 두 사람 사이엔 아무런 대화도 오가지 않았다. 유겸은 입을 다물기 시작한 유찬의 눈치를 살폈지만 그의 시선을 알아차리지 못한 것처럼 유찬은 묵묵히 자신의 일을 할 뿐이었다.

그날, 유찬은 집에 돌아와서 거울을 한참 동안 바라보았다.

자신의 눈빛이 어떻기에 세 달 일한 유겸이 그런 소리를 할 정도인가 싶었다. 자신이 유채를 바라볼 때, 대체 어떤 눈빛인가. 지금까지 살면서 눈빛이 그렇다는 건 처음 들어 봤기에 유찬의 머릿속은 온통 혼돈뿐이었다.

❋   ❋   ❋

유채와 연락을 안 한 지 3주가 되었다.

이렇게 오랫동안 연락이 없었던 건 처음이었다. 그녀가 자신과 평생 연락을 안 하고 사는 게 아닐까 싶을 정도로 불안해졌다. 먼저 연락을 해 보려고 해도 할 수가 없었다. 유겸이 한 말이 자꾸 신경 쓰였기 때문이다.

무엇보다도 제일 신경이 쓰이는 건, 유채가 말한 애인이라는 존재였다.

유채에게 처음으로 생긴 애인은 자신도 잘 아는 사람으로 몇 번 얼굴을 봤다. 유채의 대학 선배, 박원진.

그는 자신의 가게를 마련한 뒤, 유채에게 같이 일을 하자고 제안을 했던 사람이었다. 그녀는 원진의 가게에서 그와 함께 일을 하고 있었기에, 자신이 모르는 무언가가 있을 것이다. 그럼에도 역시 혼란스러웠다.

저에게 여자 친구가 생겼을 때, 유채는 여자 친구가 오해할지도 모르니 연락을 자주 안 하겠다고 했었다. 하지만 무슨 오해가 생긴다고 그러는지 이해를 못 했고, 여자 친구보다 유채와 하는 연락이 더 중요했다.

그건 괜찮으니 신경 쓰지 말라고 했다. 자신의 대답에 유채는 어땠더라. 기억이 희미했다. 아니, 유채가 수줍게 웃었던 것도 같다.

어쨌든 그녀는 그렇게 생각했으니 나도 연락하면 안 되겠지.

하지만 무슨 오해가 생기는지 아직도 모르겠다. 관자놀이를 검지로 비비며 유찬은 한숨을 쉬었다.

곧 가게 오픈 시간이 되었다. 생각하던 것을 갈무리 짓고서 정신을 차리기로 했다. 평소보다 신경이 예민해져 실수할 것만 같았다.

아니나 다를까. 가게 오픈한 지 얼마 되지 않아 들고 있던 잔을 떨어뜨렸다. 다행히 손님이 별로 없는 상태였다.

유찬은 먼저 사과를 했다. 채경이 허겁지겁 빗자루를 가지러 갔지만 그는 멍하니 부서진 글라스 조각을 집었다. 손으로 만지면 다친다는 말에 놀라 그대로 왼 손바닥에 힘이 들어가 버렸다.

"부, 부점장님!"

채경이 파랗게 질린 얼굴로 저를 바라보기에 왜 그러나 싶어서 고개를 숙인 순간, 왼손에서 피가 흐른다는 걸 느꼈다. 마침 들어오던 진후가 그를 데리고 탈의실로 들어갔다. 먼저 앉혀 놓고 구급상자를 들고 왔다.

"대충 응급 처치하고 병원 가자."

"병원 갈 정도는 아닙니다."

"세균 들어가면 큰일 나. 조용히 따라와."

응급처치를 한 뒤, 진후는 그를 데리고 병원으로 향했다. 들어가서 제대로 소독을 하고, 유리 조각이 들어갔는지 확인을 한 뒤에야 약을 바르고 붕대를 감았다.

진후는 멍하니 앉아서 정신을 차리지 못하는 유찬의 머리를 검지로 툭 밀었다. 유찬이 고개를 들어 얼굴을 마주하자 살짝 웃으며 붕대 감은 손을 획획 흔들어 보였다.

"그렇게 심각한 건 아니라서 다행이네요."

"너 무슨 일 있지."

"아뇨."

"그걸 내가 속을 것 같아?"

"아무 일도 없습니다."

유찬은 반성했다. 자신의 일로 인해 여러 사람을 걱정시키고 말았다. 정신을 차려야겠다.

더 이상 아무 말도 하지 않고 입을 꾹 다물어 버리는 유찬을 바라보던 진후가 한숨을 푹 쉬었다. 계속 물어도 수확은 없을 것 같다. 일단 손이 저러니 계속 일을 할 순 없어서 집으로 돌려보내기로 했다.

진후에게 떠밀려 집으로 돌아가던 중 유찬은 자연스레 유채를 떠올렸다.

잘 지내는지, 어디 아프지는 않은지, 모든 것이 걱정되었다. 아니, 그것보다 유채가 보고 싶었다. 그저 자신을 바라보며 웃어 주면 좋겠다는 생각이 들었다. 그래서 무작정 택시를 타고 르 씨엘 앞으로 갔다.

택시에서 내린 뒤, 르 씨엘의 대각선에 있는 횡단보도에 섰다. 마침 초록불로 신호가 바뀌자 길을 건너려 발을 움직였다.

그러다 문득 자신의 왼손을 바라보았다. 붕대 감긴 손. 이 손을 한 채 그녀에게 갔다간 걱정하는 얼굴을 보게 될 것 같았다. 그래서 오늘이 아닌 손이 다 낫고 난 뒤에 오기로 하였다.

왔던 길을 되돌아가서 택시를 다시 잡고 집에 가려 했다.

"……아."

무의식적으로 고개를 돌리니 건너편의 가게 안이 훤히 다 보였다. 그 안에 그토록 보고 싶었던 얼굴이 보였다. 유채의 얼굴을 보던 유찬의 표정이 단번에 굳어졌다. 보고 싶지 않은 얼굴도 함께였다. 유채와 원진이 나란히 서 있었다.

"……하하."

유찬은 오른손으로 앞머리를 거칠게 쓸어 올렸다.

갑자기 몸 안에서 무언가가 들끓는 것만 같았다. 당장 가게 안으로 들어가 두 사람 사이를 방해해 갈라놓고 싶었다.

유채는 무엇이 그렇게 웃긴지 함박웃음을 지으며 한쪽 손을 들어 원진의 어깨를 치고 있었다. 옆으로 몸이 움직였다가 다시 제자리로 돌아온 원진은 '이 녀석이?' 하는 입모양을 하곤 두 손으로 유채의 머리를 거칠게 쓰다듬고 있었다.

"대체 뭐지?"

두 사람이 장난치는 모습을 보기가 싫었다. 머릿속에는 같은 말만 빙글빙글 맴돌고 있었다.

떨어져. 같이 서 있지 마. 같은 공간에 있지 않으면 좋겠어. 어째서 그렇게 환하게 웃어 주는 거야? 늘 내게 지었던 웃음인데.

어떤 것인지 모를 감정에 유찬은 주먹을 꽉 쥐었다. 그는 다시 횡단보도 쪽으로 향했다. 당장 가게 안으로 들어가서 유채를 데리고 나오고 싶어졌다. 그러다 가게의 환한 불빛에 잠시 멈췄다.

"이건 대체……."

붕대에 피가 새어 나오고 있었다. 피를 보니 정신이 돌아왔다. 지금, 연인 사이를 갈라놓고 유채를 데리고 오고 싶다는 생각을 했다.

"아니……."

지금 자신이 질투했음을 알았다. 유채와 단둘이 있고 싶은 마음이 강하게 들었다. 원진과 함께 있는 모습에 미칠 것처럼 화가 났다. 원래 원진이 있어야 할 자리는 나인데, 라는 생각까지 들었다.

"내가 어째서?"

피에 젖은 붕대를 멍하니 바라보던 유찬은 살며시 주먹을 쥐었다. 베인 상처가 쓰라렸다. 눈을 질끈 감았다. 이 무슨 생각인가 싶었다.

그리고 조금 뒤, 다시 눈을 떴다.

이건…… 그래.

정말 친하다고 생각했던 친구를 애인에게 빼앗겨 섭섭해서 그런 거다.

유찬은 그렇게 답을 내렸다. 하지만 이상할 정도로 답답했다. 가슴을 퍽퍽 치고 싶을 정도로 숨을 쉬기가 답답했다.

✷   ✷   ✷

겨울에서 봄.

유채를 만나지 못한 지 한 달이 되었다. 그사이 유찬의 손은 다 나았지만 여전히 그녀와 연락은 하지 못했다. 보러 가려는 시도조차 하지 않았다. 또다시 그 광경을 마주했을 때 질투하지 않을 자신이 없었다. 유찬은 그걸 무의식중에 피하고 있었다.

그날 이후 왜 자신이 그에게 질투를 느꼈는지, 왜 그렇게 화가 났는지에 대해서 답을 찾고 있었다. 분명 친한 친구인 그녀를 원진에게 빼앗겨서 그렇다고 답을 내렸지만 속은 여전히 답답했고 알 수 없는 감정에 짜증이 났다.

그것이 답이 아님을 알고 나니 꼭 찾아야 할 것만 같았다. 하지만 아무리 생각해도 답은 나오지 않았다. 그저 계속해서 유채가 보고 싶었다. 자꾸 떠오르는 생각이 두렵고 화가 나 술을 핑계로 태건을 불렀다.

"어쩐 일로 날 불렀대? 유채는?"

"유채하고…… 연락 안 한 지 좀 됐어."

"왜? 곽유채 남자 친구 생겨서?"

그 말에 가슴을 누군가가 콕콕 찌르는 것만 같은 느낌이 들었다. 유채와 연락을 하지 않게 된 날부터 잠도 제대로 잘 수 없었다. 입맛도 없었고 일할 때도 툭 하면 실수를 해 다치고, 또 멍하니 있다가 주문받은 칵테일이 아닌 다른 칵테일을 만들었다.

정신 차려야지, 축복해 줘야지, 그렇게 생각해도 그럴 수 없다는 자신의 옹졸한 마음을 깨달았다. 유겸은 그런 자신을 보다 못해 한마디 했다. 친구 사이면 아무 때나 만날 수 있는 거 아니냐고. 하지만 입이 달라붙은 것처럼 대답할 수가 없었다.

원진에게서 질투를 느끼고 난 뒤로는 그저 '친구'라는 이름 아래에 만나러 갈 수가 없었다. 정말 친한 친구에게 애인이 생겨서, 친구와 하던 일을 애인과 해서 자주 만날 수 없는 서운한 감정일 수도 있다. 하지만 유찬은 그것이 아님을 어렴풋이 깨달았다.

결국 참다못해 태건을 부를 수밖에 없었다.

"그 형, 되게 사람 좋더라. 케이크 종종 사러 갈 때마다 느꼈는데 말이야."

"……."

"곽유채, 이 나쁜 것. 내가 소개해 준다고 할 땐 싫다 하더니."

그렇게 말을 하며 태건은 슬쩍 유찬을 살폈다. 그리고 저절로 한숨이 나왔다. 지금 유찬은 자신이 본 적 없는 표정을 짓고 있었다. 이를 꽉 물고 당장이라도 사람 하나 잡을 것 같은 무서운 표정이었다.

서유찬은 늘 온화한 미소를 지었고, 목소리도 나긋나긋해서 누가 봐도 초식동물을 연상하기 쉬웠다. 매너도 좋고 친절해서 다들 그를 좋아했다.

하지만 태건은 종종 생각했다. 저 모습이 과연 서유찬일까? 무언가 스스로를 억누르고 있다는 느낌을 받았다. 자신의 욕망과 욕구 같은, 원초적인 감정은 다 감춘 모습이 과연 진짜일까?

그리고 오늘에야 알았다. 저 표정을 보는 사람들이 과연 서유찬을 초식동물이라고 느낄까. 지금, 유찬은 영락없는 육식동물의 모습을 하고 있었다. 태건은 오싹함을 느끼는 것과 동시에 한숨이 저절로 나왔다.

저놈을 어떻게 해야 하면 좋을까. 이제 와서 저런 표정을 짓는다 한들……

사실 태건은 3주 전, 타르트를 사러 르 씨엘에 갔었다. 단 걸 좋아하는 편은 아니지만 르 씨엘에서 만든 타르트는 좋아했다.

그날도 아침을 먹기 위해서였다. 어차피 차를 가지고 다니니 아침에 잠깐 들렀다 가는 것 정도는 괜찮았고 늘 하고 싶었던 말을 꺼내기 위해서였다.

막 만들어서 내놓은 따끈따끈한 타르트를 사며 태건은 장난스럽게 말을 꺼냈다.

"여어, 솔로 곽유채."

"지금 놀리냐?"

으르렁거리듯 거칠게 말을 하는 유채의 대답에 키득거리며 웃던 태건은 몇 년 전부터 생각하던 그 말을 드디어 꺼냈다.

"그러지 말고, 멍청한 내 친구에게 다시 한 번 고백해 보는 건 어때?"

그가 주문한 커피를 내리던 원진도, 주방에서 나와 있던 다원이 동시에 움찔거렸다. 왜 그런지 이유를 알지 못한 태건은 의아하다는 표정을 지었다. 공기가 갑자기 무거워진 것도 같아서 왜 그러냐고 이유를 물으려고 할 때, 유채의 힘없는 웃음소리가 들렸다. 그 순간 태건은 무슨 일이 있었음을 직감했다.

늘 씩씩하게 웃고 다니던 곽유채의 어깨가 축 처져 있었다. 모든 것을 다 내려놓은 표정이다. 태건은 머리가 아파 오는 것만 같아 이마를 짚었다.

"너 유찬이 녀석하고 무슨 일 있었어?"
"그냥. 나, 이제 그만두기로 했어."
"그만두다니, 뭘?"

생각 없이 말하던 태건은 질문이 나가자마자 뭔지 짐작이 돼 입을 다물었다. 유채는 머뭇거리다 입꼬리를 올렸다. 태건은 낮게 한숨을 쉬다 그녀의 어깨를 토닥였다.

"됐다. 다른 사람도 아니고 내 앞에서 그렇게 억지로 안 웃어도 돼."

"미안, 태건아."

"야. 네가 뭐가 미안하다고. 그런데 정확히 무슨 일이야? 물으면 안 되려나."

"아니, 괜찮아."

그리고 이어지는 말에 태건은 무언가 말하려 입을 열었지만 결국 입을 닫을 수밖에 없었다.

그녀가 내민 타르트 상자와 커피를 들고 가게를 나왔다.

그리고 느꼈다. 이번에 정말 마음을 독하게 먹었구나. 늘 웃고 있으며 씩씩한 그녀지만 한 번 화를 내면 무섭게 화를 내는 것도 알고 한 번 독하게 마음을 먹으면 끝을 볼 때까지 파고든다는 것도 알고 있다.

아, 이번에는 진짜구나.

태건은 아무 말도 할 수 없었다. 그저 어깨를 토닥이는 것이 전부였다. 조수석에 타르트를 내려놓고 커피를 마시던 그는 이내 한숨을 쉬고 차를 출발시켰다. 얼마나 힘들었으면 거짓말을 잘 하지 않는 곽유채가 거짓말로 유찬을 잘라 내려고 했을까.

잠시 몇 주 전 일을 회상하던 태건은 입을 들썩이다 물었다.

"그래서. 연락 안 한 지 얼마나 됐는데?"

"한 달."

"……한 달?"

진심이라는 건 알고 있었는데. 정말 독하게 마음먹었구나.

태건은 어떻게 해야 하면 좋을지 갈피를 잡을 수 없었다. 저에게 있어서 서유찬은 아주 어릴 적부터 함께 자란 친구였고 유채는 고등학교 때 유찬을 통해 알게 되었지만 지금은 그 못지않게 소중한 친구였다. 어느 편을 섣불리 들어 줄 수가 없었다.

유채는 졸업식 이후, 유찬과 친구로 지내며 되도록 좋아하는 티를 내지 않으려고 노력했다. 여전히 좋아했지만, 그것이 그에게 부담이라는 것을 느끼고 난 뒤로는 감추려고 했다. 하지만 그게 쉽게 감춰질 리가 없었다.

그런데도 서유찬은 돌부처인 것처럼 꼼짝도 안 했지.

유채가 어떤 마음으로 여태 유찬의 곁에 있었는지를 알기에, 독하게 마음을 먹고 서유찬에 대한 마음을 버리기로 한 그녀를 가만히 놔두고 싶었다. 하지만 지금, 유찬의 상태는 처음 보는 모습이라 마음이 편하지 않았다.

나보고 뭐 어쩌라는 거야?

태건은 유채를 향한 유찬의 마음이라도 자각시켜 줘야 할 것 같았다. 너무 늦은 감이 있긴 했지만, 가서 뭐라도 해 보라고…….

"야. 서유찬."

유찬이 말없이 고개를 들었다. 아까부터 묵묵히 술을 마시던 그의 손목을 잡고 말렸다.

"너는 안 기쁜 것 같다?"

"……뭐가."

"27년 솔로의 길을 걷던 곽유채에게 드디어 애인이 생겼다는데 말이야. 친구라면 기뻐해 줘야 하는 거 아니야? 나는 기쁜데. 넌 안 그래?"

태건은 씩 웃으며 유찬의 어깨를 툭툭 건드렸다. 그러나 유찬은 구겨진 얼굴로 태건의 팔을 내렸다. 그리고 자신의 잔을 채우고 그대로 쭉 마셨다. 태건은 입안이 말라 가는 것을 느꼈다. 아, 모르겠다. 태건도 잔을 비우고 다시 잔을 채웠다.

"그래야 하는 거, 알아."

유찬의 낮은 목소리가 태건의 몸을 움찔거리게 만들었다.

원래 목소리가 낮은 편이지만 부드러움이 실려 있어서 그렇게 못 느꼈다. 하지만 지금은 완벽히 핀트 하나 나간 것 같은 모습이다. 기분 나쁘다는 티를 팍팍 내고 있었다. 원래 저 놈이 거칠게 감정을 함부로 내비치는 놈인가 싶을 정도였다. 태건은 침을 꿀꺽 삼키다 찬물을 급하게 마시고 물었다.

"그러면?"

"……그럴 수가 없어."

"왜?"

태건은 괜히 겁을 먹었다. 온화한 놈이 화를 내니 더 무섭
다는 생각을 했다.

"순수한 마음으로 축하해 줄 수가 없어."

"……."

"처음엔 얼떨떨한 기분이 들었어. 하지만 점점 기분이 이
상해졌어. 아니, 오히려 싫었어. 내가 왜 이런 생각이 드는
건지, 그때부터 무슨 감정인지 알고 싶었지만 답은 찾을 수
없었어."

"……."

"얼마 전, 둘이 함께 있는 모습을 보고 이상하게 화가 나
더라."

유찬의 손에 힘이 꽉 들어갔다. 태건은 골이 아파 왔다. 아
이고 소리가 저절로 나올 것만 같았다. 끙 앓던 태건은 머리
를 짚은 채 계속 이야기해 보라고 고개를 들었다. 유찬은 한
숨을 쉬며 한 손으로 얼굴을 덮었다.

"그리고 알았어."

태건은 이제 무슨 말이 나와도 놀라지 않을 자신이 있었
다.

"내가 질투했어, 그 사람을. 그 자리에 있어야 하는 건 나
라고, 질투를 했어."

"허어……."

태건은 한숨과 함께 유찬의 말을 끊었다.

"지금부터 너, 내가 하는 말에 대답해."

유찬은 고개를 끄덕였다. 여전히 어두운 표정은 태건의 마음을 착잡하게 만들었다.

이제 와서. 이런 생각이 들었지만 제 친구가 너무 안쓰러워서 어떻게든 도와주고 싶은 생각에 마음이 약해졌다.

"너. 곽유채랑 뭘 하고 싶어?"

"평소처럼 사소한 거라도 이야기하고 싶고, 주말엔 쉬는 날 같으니 같이 놀러 가고 싶어. 어디든 좋아. 가까운 곳이라도. 휴가철 땐 휴가 맞춰서 먼 곳도 놀러 가고 싶어. 맛있는 식당이 있으면 함께 가고 싶고 유채가 좋아하는 영화가 나오면 같이 보러 가고 싶어. 그냥 아무것도 안 해도 만나고 싶어."

"……."

"늘 그랬던 것처럼."

"너 그러고도 몰라?"

"뭘?"

입은 무엇을 묻느냐 물어도 눈은 흔들리고 있었다. 태건은 유찬이 본인도 은연중에 느끼고 있었나 싶었다.

"곽유채 옆에 그 형 있는 걸 보고 너, 질투했다고 했지. 둘이 사귄다며. 그럼 그 형은 유채의 애인이야. 그런데 그 자리에 그 형이 아닌 네가 있어야 한다고? 애인 자리에, 네가?"

테이블 위에 올려 둔 유찬의 손이 움찔 떨렸다. 태건은 한숨을 쉬었다.

"사소한 이야기라도 나누고 싶고, 놀러 가고 싶고, 맛있는 게 있으면 같이 먹고 싶고, 너 영화도 안 좋아하는데 유채가 좋아하는 영화 나오면 보러 가고 싶고, 그리고 아무것도 안 해도 만나고 싶다고? 이 정도면 이제 자각할 때도 되지 않았냐?"

"……."

"너, 이미 곽유채를 친구 이상으로 보고 있다는 거야."

그때 덜컥거리며 의자 끄는 소리가 났다. 태건은 그대로 돌이 되어 버린 유찬을 바라보았다. 저런 등신 같은 놈 어디가 좋다고. 태건은 빈 잔을 채워서 그대로 한 잔을 마셨다. 안주로 시켰던 어묵탕에서 어묵을 골라 먹으며 계속해서 말을 이었다.

"야, 옛날 기억나냐? 너 고3 때인가."

"……."

"곽유채가 너무 귀엽다며. 너도 모르게 꽉 안아 버리고 싶었다며."

고3 여름, 새빨개진 얼굴로 유찬이 더듬더듬 고백을 했었다. 이때 태건은 그에게 유채가 좋아서 그런 거 아니냐고 말을 하지 않은 게 후회가 되었다. 이미 본인도 알고 있어 마음을 털어놓은 걸로 생각했었다. 자신의 마음을 알아서 실수할 뻔했다고 말하는 줄 알았다.

하지만 졸업식 날, 유찬은 불안정한 표정으로 자신에게 말을 했다. 유채가 고백을 했다. 하지만 난 유채가 여자로 보이지 않고 그저 친구 사이라 거절을 했다. 앞으로도 친구 사이로 지내기로 했다. 그 말에 정말 등신도 저런 등신이 따로 없구나 싶었다.

그래도 조금만 더 함께하다 보면 깨닫겠지 했지만 아니었다. 그사이 태건은 말해 줄 타이밍을 놓쳤고, 둘의 문제니 알아서 하겠지 하고 놔뒀었다. 이렇게 긴 시간을 질질 끌 줄은 몰랐다.

"그때부터 너, 이미 곽유채 좋아하고 있던 거였어."

"하지만……."

"여자로 안 보인다고?"

"……."

"야. 너는 여자로 안 보이는 애를 그렇게 애지중지 대했냐? 고3 때 공부 끝나고 나서 데려다준다는 거, 유채가 한사코 거절했는데도 여자애가 혼자 다니면 위험하다며 데려다주러 갔었잖아. 그때, 주말이었고 고작 오후 5시였는데 말이야."

몇 번은 두 사람 사이에 껴서 같이 공부를 했던 적이 있었다. 저야 유찬의 집에서 자고 가기로 했지만 유채는 아니기에 그가 데려다주기로 했다. 그때 당시 유채는 거절을 했었다. 그럼에도 위험하다며 싫다는 유채를 설득해서 데려다주었다.

"이제 좀 알겠냐?"

"난……."

"언제나 곽유채가 네 옆에 있어 줄 것 같았지?"

태건은 자신의 친구에게 이런 말을 하긴 싫었지만 모진 말을 해서라도 유찬이 깨달았으면 좋겠다.

"아니."

"……."

"유채에게 있어서 우선순위가 너였다면, 이제야 너 이상으로 순위가 높은 사람이 나타났을 뿐이야. 그건 바로 친구가 아닌 연인이지."

태건은 아무렇지도 않게 유찬의 잔에 술을 채워 주었다. 그와 동시에 유찬의 얼굴을 살폈다. 그의 얼굴색이 창백하게 질려 있었다. 태건은 고개를 돌려 창밖을 바라보다 한숨을 쉬었다.

❋   ❋   ❋

집으로 돌아온 유찬은 편의점에서 사 온 맥주 캔을 내려놓았다. 불을 켜지도 않은 채, 소파에 앉아 멍하니 있다가 봉지 안에서 캔 하나를 꺼냈다.

가끔 취하고 싶은 날이 있었다. 오늘이 바로 그런 날이라 생각하며 태건과 헤어지고 난 뒤 집으로 돌아오는 길에 편의점에 들렀다. 하지만 이상하게 마실수록 정신이 더 뚜렷해지는 것만 같았다. 맥주 탓인지는 모르겠지만 손끝도 점점 차가워졌다.

"하……."

두 손으로 얼굴을 덮다가 고개를 젖혔다. 술기운이 올라오는 건지, 점점 몽롱해지는 것도 같았다.

생각해 보면, 여자 친구를 만나도 별 느낌은 들지 않았다. 그저 그쪽이 먼저 고백을 해 와서 만났을 뿐이다. 같이 있어도 즐겁지 않았다.

오히려 사소한 것을 해도 유채와 함께일 때는 무척 즐거웠었다. 여자 친구보다 유채가 더 소중했다.

그러다 보니 자연스럽게 여자 친구와는 오래가지 못했다. 길게는 3개월, 짧게는 3주. 그럼에도 힘들거나 속상한 감정은 들지 않았다.

여자 친구를 사귄 이유는 딱히 없었다. 상대방이 고백을 해 와서도 있지만 군대에 있을 당시, 면회를 항상 유채가 오자 선임 중 하나가 그랬다. 여자 친구가 지극정성이라고. 유찬은 여자 친구가 아니라 그냥 친구라고 말했다.

남녀 사이에 친구가 어디 있냐고 묻기에 대답했더니, 그럼 앞으로 친구 사이를 쭉 유지하고 싶으면 둘 중 한 명에게 애인이 생겨야 가능하다고 했다. 그래서 여자 친구를 만들었지만 별 의미는 없었다. 오히려 유채와 있을 수 있는 시간이 줄어들어 방해된다고 생각했을 뿐이다.

"그랬나."

유찬은 여전히 고개를 젖힌 채, 한쪽 팔로 얼굴을 가렸다.

자신이 '친구'를 고집했던 이유를 이제야 알 것 같았다.

"하하하."

만일 그녀와 '연인'이 되었다가 헤어지게 된다면, 더 이상 볼 수 없게 되어 버리지만 '친구'라면 계속해서 볼 수 있는 것이다.

한마디로 서유찬은 곽유채와 계속 보고 싶고 만나고 싶었기에, 그래서 친구를 고집하고 그 이상의 관계는 될 수 없다고 생각했던 것이다. 그녀와의 인연이 끊기는 것이 싫어서였다.

"나는……."

그는 마저 맥주를 다 마신 후, 캔을 찌그러뜨렸다. 한숨이 저절로 나왔다.

어떻게 하면 좋을지 모르겠다. 주변이 온통 깜깜해 길을 잃은 어린아이가 된 것만 같았다. 이제 자신이 무엇을 해야 할지 모르겠지만 지금 유일하게 보고 싶은 얼굴이 있었다.

곽유채가, 너무 보고 싶었다.

처음부터 사랑은 아니었다. 하지만 어느새 자신의 일상 속에 유채가 스며들어 없으면 안 될 존재가 되어 버려 결국 이

지경에 이르렀다.

하지만 이제 그것도 끝.

"……아니."

유찬은 절망의 늪에 잠기려다 천천히 눈을 떴다. 언제 초
조한 표정을 지었냐는 듯이 다시 온화한 표정이 되었다. 그
는, 무언가를 생각하고 있었다.

5화

처음부터 유채와 친해지고 싶었고 못하는 수학을 이용했다. 난생처음으로 선생님에게 개인적인 부탁까지 했다. 그녀와 학교를 다녔던 시간은 즐거웠다. 함께하는 시간은 즐거웠고, 그 관계를 잃고 싶지 않았다.

저와 유채의 사이를 이름 지어서 구별하고 싶지 않았다. 함께하는 것 외에는 뭐가 중요한지 알지 못했다.

고등학교 졸업식 날, 자신과 유채의 사이를 규정 지어 구별해야 했을 땐 덜컥 겁이 났다. 어떻게 해야 할지 알 수 없었다. 하지만 2년간 유채를 봐 온 결과, 자신이 거절했다간 영영 못 볼 것 같았다.

관계의 끝.

인연의 끝.

이대로 끝낼 수는 없었다. 그래서 앞으로 너와 인연을 이어 나가면서 널 여자로 볼 수 있게 해 달라고 했다. 그것은 교묘하게 돌려서 말한 거절이었다. 하지만 유채는 그렇게 하겠다고 했다.

앞으로 유채와 함께할 수 있다는 생각에 안심했다.

하지만 지금 그 생각이 얼마나 안일했는지를 보여 주는 큰 문제에 직면했다. 과거와는 달리 이제 서유찬은 곽유채를 '친구'로만 볼 수 없게 되었다. 관계의 이름이 다시 바뀌어야만 했다.

한 번도 생각해 본 적 없던 문제에 직면하고 나니 오히려 해답이 나오지 않아도 답답하지 않았다. 충분히 생각을 한 후에 마음을 정리할 수 있었다.

혹시나 착각이면? 정말로, 친하게 생각했던 친구에게 연인이 생겨서 자신에게 소홀해지자 섭섭해서 드는 생각이라면?

아니, 착각일 리 없었다. 유채를 차지하는 건 자신이 되어야 한다고 생각했다. 박원진이 아니라 서유찬이어야 했다.

그날, 그대로 가게 들어갔다면 유채를 데리고 오든 원진을 쫓아내든, 둘 중 하나는 했을 것 같다. 그때 느꼈던 건 명백히 질투였다.

그리고 이렇게 격한 질투는 아니지만 과거에 종종 이런 감정을 느꼈다는 것도 깨달았다.

유채는 기본적으로 사교성이 좋았다. 하지만 사이가 좋은 건 여학생이 아닌 남학생이었다. 그것이 싫어서 유채에게 계속해서 모르는 걸 끈질기게 물어보았다.

태건과 셋이서 공부를 했을 때도 단둘이서 하고 싶었다는 생각을 했었다. 그 모든 것이 질투였던 것이다. 작은 크기여서 알아차리지 못했던 것일 뿐.

"하……."

무엇보다도, 박원진과 계속 사귀다 보면 자연스레 스킨십을 할 거란 생각에 머릿속이 마비되는 것만 같았다. 확실한 답을 내렸다. 더 이상 친구 사이로 있을 수 없다는 것을 알았으니까.

하지만 그녀에게는 연인이 생겼다. 늦었다. 하지만…….

잠시 유찬의 생각이 다른 쪽으로 흘러가자 무언가 깨달은 사람처럼 표정이 변했다. 곧 입이 점점 벌어졌다.

"아니, 아니다. 그럴 리가……."

그는 혼란스러운 표정으로 입을 들썩거리다 손으로 얼굴을 감쌌다.

졸업식 이후, 그녀는 고등학생 때와 다르지 않은 태도로 자신을 대했다. 얼마 전까지만 해도 마찬가지였다. 어째서 늘 같았을까.

자신이 군대에 있을 때는 귀찮을 텐데도 항상 면회를 와

주어서 선임이 여자 친구 아니냐고 오해를 했었다. 그뿐인가. 일이 끝나고 피곤해도 틈틈이 가게로 찾아와 얼굴이라도 보고 갔었다.

늘 한결같은 곽유채에게 익숙해져서, 고등학생 때와 달라진 게 없어서 전혀 몰랐다.

유채는 얼마 전까지만 해도 자신을 줄곧 좋아하고 있었다는 말이 된다. 유찬은 마른세수를 하며 깊게 한숨을 쉬었다.

자신이 모든 것을 걷어차 버린 셈이 되었다. 늦어도 한참 늦었고, 어리석기 짝이 없는 지금 상황에 떠오르는 건 단 하나였다.

그녀가 보고 싶다.

만약, 자신이 하는 생각이 맞다면 아직 희망은 있을 것이다. 그리고 유채는 여자 친구가 있을 때도 계속 자신의 옆에 있어 주었다.

포기하지 않고 제 옆을 항상 지켜 준 것이다. 그러니 자신도 그러면 된다. 상황이 바뀌었을 뿐이다. 유채가 겪었을 상황을 자신이 겪는 것뿐이다.

유채와 만나지도 연락하지도 않은 지 6주째. 유찬은 그제야 편안해진 마음으로 유채에게 연락을 할 수 있었다.

❋   ❋   ❋

태건이 르 씨엘에 왔다 간 후, 유채는 차라리 한 번이라도 다시 고백을 해 볼 것을 그랬나, 하고 후회했으나 곧 마음을 접었다. 이미 독하게 끝내기로 한 거 이제 와서 후회를 해 봤자 소용이 없었기 때문이다.

물론 유찬을 보고 싶어 하는 마음을 한순간에 접을 순 없었다. 10년이면 강산이 두 번 바뀌고도 남을 시간이다. 그 시간 동안 들여 온 습관을 쉽게 바꿀 수는 없는 노릇이다.

그에게 연락이 오지 않을 걸 알면서도 핸드폰을 확인하고, 먼저 연락하는 법이 없는 유채가 연락해 볼까, 문자라도 해 볼까 핸드폰을 들고 놓기를 반복했다. 결국 아무것도 하진 못했다.

사람들에게 살아가는 이유가 가지각색이듯이 그녀에게는 유찬이 살아가는 이유였다. 그래서 친구 사이를 하자고 해도 거절을 하지 않았었다.

"누나, 전보다 더 기운 없는 거 알지?"

주방으로 들어와 다원을 도우며 멍 때리다 들려오는 말에 움찔 떨었다. 눈이 마주치자 유채는 그저 실없이 웃고서 달걀을 몇 개 더 풀었다. 다원은 걱정스러운 표정으로 유채를 바라보았지만 그녀는 애써 시선을 돌리고 하던 일을 마저 묵묵히 했다.

노란색으로 곱게 변해 가는 달걀을 바라보며 유채는 결국 낮게 한숨을 쉬었다.

"으으……."

그녀의 앓는 소리에 다원이 흠칫 놀라 고개를 들었다. 미간을 팍 찌푸린 채 달걀과 씨름을 하는 그녀에게 다원이 다시 말을 걸었다.

"누나, 어디 아파?"

"마음이 아프다, 마음이."

"아니, 그거 말고."

"서유찬이 부족해."

"보러 가면 되잖아?"

"……정다원. 너, 여자 친구가 다이어트 한다고 안 해?"

"우리 예진이한테 뺄 살이 어디 있다고!"

다원이 자신의 여자 친구 이름을 언급하며 그런 말을 하지 말라는 듯 유채를 노려보다시피 하자 그녀가 픽 웃었다. 명백히 비웃음이다. 다원은 씩씩거리며 반죽하는 손에 힘을 주었다. 그걸 알아차린 유채가 낄낄거렸다. 다원의 여자 친구인 예진은 통통한 편이었다. 그걸 놀리려고 꺼낸 얘기는 아닌데 다원이 화가 났나 보다.

왠지 미안해져서 이번엔 유채가 먼저 말을 했다.

"미안. 놀리려던 건 아니야. 너 진짜 들어 본 적 없어? 예로 들려고 꺼낸 말이란 말이야."

"……."

"있구나?"

유채가 장난스럽게 웃자 다원이 움찔거렸다. 이내 고개를 들어 입을 꾹 다문 채 고개만 끄덕였다.

"여자들이 독하게 마음을 먹으면, 진짜 무섭게 하는 사람들이 있어. 네 여자 친구는 워낙 성격이 순해서 잘 모르겠지만, 난 한 번 마음먹으면 그걸 끝내기 전까진 절대 포기하지 않아. 끈질기다고 해야 하나."

"알아. 난 몇 번 하다가 안 되면 포기하는데 누나는 고작 몇 번 가지고 그러냐면서 절대 포기 안 하잖아."

"맞아."

유채는 다원을 바라보다 어깨를 으쓱였다. 달걀을 담은 볼을 살짝 밀어내며 다른 볼을 가지고 왔다. 달걀 한 판을 가지고 와서 툭툭 깨기 시작했다.

만약, 이대로 유찬이 가만히 있으면 이대로 끝인 거겠지. 하지만 예전과 다른 행동을 보인다면…….

"언젠간 유찬이가 나를 봐 주겠지. 늘 생각했지만 몇 년 전부터는 아슬아슬한 낭떠러지 앞에 서 있는 기분이 들었거든. 봐 주지 않을 걸 알면서도, 애써 붙잡고 있는 기분이 들었어."

"……."

"혹시나 하는 마음에 계속 붙잡았는데, 이젠 정말 무리야. 너무 힘들어. 이번엔 정말 그만둘 거야. 더 이상의 희망 고문은 사양이야."

"누나, 연하는 진짜 싫어?"

"왜. 소개해 주게? 잘생긴 남자면 오케이 한다."

"진짜지? 나 알아본다!"

유채는 그렇게 하라고 했다. 자포자기이기도 했지만 이대로 있다간 정말 노처녀가 되어서 줄곧 혼자인 채 살다가 생을 마감할 것 같았다.

평소 같으면 누굴 소개해 주겠다, 미팅해 봐라, 이런 말은 극구 사양했을 테지만 지금은 차라리 여러 사람을 만나고 마음이 맞으면 사귀는 것도 괜찮겠다 싶었다.

열일곱에서 스물일곱까지. 참 긴 시간이었다.

유채는 다원을 도와주다 나와 화장실에 들어가 손을 깨끗이 씻었다. 그러다 진동이 느껴져 핸드폰을 꺼냈다. 어플을 켜 메시지를 확인한 순간 머리가 아무 생각도 할 수 없는 것처럼 굳었다.

"어……?"

잘못 본 것 같다. 너무 보고 싶은 나머지 자신이 착각을 한 것 같아 유채는 거칠게 눈을 비볐다. 하지만 여전히 현실이라는 걸 증명해 주듯 메시지의 내용은 그대로였다. 보낸 상대의 이름은 여전히 유찬이었다. 유채는 입을 들썩거리다 잠시 핸드폰을 앞치마 주머니에 도로 넣었다.

두 손으로 세면대를 잡았다. 이대로 세수를 하고 싶은데 화장이 지워질 것 같아 할 수 없었다. 손에 힘을 주며 눈을 질끈 감았다 천천히 떴다. 세면대 거울에 비치는 자신의 얼굴은 그대로였다.

"아니, 아닐 거야. 설마……."

유채는 조심스러운 손길로 앞치마 주머니에 손을 넣어서 핸드폰을 꺼냈다. 이내 떨리는 손으로 슬라이드를 옆으로 밀어 다시 한 번 확인했다. 유찬에게서 연락이 온 것이 확실했다. 달라지지 않은 현실에 눈을 깜빡였다.

망설이던 유채는 유찬이 뭐라고 했는지 확인했다.

〈유채야. 다음 주 토요일에 만나자. 할 말이 있어.〉

어쩐지 고민 끝에 적은 것만 같았다.

유채도 망설이다가 대답을 했다. 알겠다고 대답을 했지만 조마조마한 마음이 들었다. 평소처럼 대답을 한 게 맞나? 아니면 평소와 달리 어색함이 묻어나는 대답을 했나? 이렇게 오랫동안 유찬과 연락을 안 해 보기는 처음이라 유채는 자신의 대답이 평소와 다르면 어떻게 하나 걱정했다.

유채가 고민을 하는 사이 숫자 1이 지워지고 곧바로 답이 돌아왔다.

〈점심 같이 먹을래?〉

이번에도 조심스럽게 물어 오는 것만 같았다. 유채는 자신도 모르게 올라간 입꼬리를 거울을 통해 알아차리고서 급하게 입을 오물거리며 감췄다.

〈그러든지.〉
〈뭐 먹고 싶어?〉
〈그냥. 아무거나.〉

어느새 다시 올라간 입꼬리를 발견했다. 이런 사소한 것에 아직도 이렇게나 좋아하다니. 이래서는 안 된다. 일부러 답장도 퉁명스럽게 보냈건만 돌아오는 대답을 보면 전혀 아랑곳하지 않은 눈치였다. 유채는 한숨을 쉬며 답장을 확인했다.

〈그럼 유채가 좋아하는 걸로 먹자.〉

유채는 답장을 하려다 멈췄다. 이래선 진전이 없다. 달라지기 위해선 행동 하나하나가 변해야만 한다. 10년간 익숙해졌던 모든 것을 버려야만 했다. 여태 유찬과 함께했던 건 친구로서가 아니다. 겉은 친구지만 속은 전혀 아니었다. 흑심이 가득했고 어떻게든 유찬의 눈에 여자로 보이기 위해 안달이었다.

하지만 이젠 그럴 필요가 없다. 친구 사이에서 해야 하는 적절한 선까지만 하기로 했다. 그래서 유채는 다른 남자인 친구들에게 하는 것처럼 대했다. 친하긴 하지만 그 이상은 아닌, 적절한 선.

"후……."

"유채야! 화장실에 있어?"

한숨을 쉴 무렵, 유채는 정신을 차리고 앞치마 주머니에 핸드폰을 집어넣었다. 원진의 부름에 밖으로 나왔다. 주방보다 밖이 바빠져 자신을 찾은 모양이다. 원진이 케이크를 파는 동안 유채는 얼마 없는 테이블을 정리하고 난 뒤 돌아와서 원진을 도왔다.

그렇게 바쁜 하루를 보낸 뒤, 퇴근하기 전에 옷을 갈아입으며 핸드폰을 확인했다. 더 이상 온 연락은 없었다. 어쩐지 아쉬운 마음이 들었다. 그러나 곧 자신이 무슨 생각을 했는지 알아차리고서 한숨을 쉬었다.

"맙소사."

정말, 하나도 못 잊었잖아.

자신이 너무 한심했다. 독하게 마음을 먹고 잊겠다고 했으면서 연락 하나에 또다시 보고 싶어지다니.

유채는 다른 쪽으로 생각하기로 하였다. 10년을 짝사랑했으니 잊는 것도 10년이 걸릴 지도 모른다고. 당장 잊을 순 없으니, 빨리 잊기 위해 애쓰는 건 그만두고 천천히 잊는 쪽을 택해야겠다.

"오늘 삼겹살 먹을래?"

"응. 다원이는?"

"여자 친구랑 심야 영화 본다고 먼저 갔어."

"나한테 인사도 없이?"

"했는데? 못 들은 거 아냐?"

그랬나. 생각에 잠겨 있어서 못 들은 것 같았다. 유채는 멋쩍게 웃으며 뒷머리를 긁다가 가게 문을 잠근 뒤, 셔터를 내리고 자물쇠를 채웠다. 잘 잠겼는지 확인을 하고 원진과 나란히 걸어갔다.

"요즘도 생각에 잠길 때가 많나 보네."

"그냥. 종종."

힘 빠진 웃음을 짓던 유채가 어깨를 으쓱였다.

"10년 동안 내내 좋아했는데, 그걸 한 달만에 잊으려고 하다 보니…… 머릿속이 마비된 느낌이야."

어느새 삼겹살 가게에 도착해 들어가니 빈자리가 얼마 없었다. 값도 싸고 맛있어서 단골도 많은 가게였다. 빈자리 중 아무 데나 자리를 잡고 앉았다. 주문을 한 뒤, 먼저 나온 소주로 서로의 잔을 채웠다.

유채는 무심코 핸드폰을 꺼내 혹시라도 연락 온 게 있나 확인했다. 그러나 아무것도 없었다. 한숨을 쉬고서 핸드폰을 핸드백 속에 집어넣다 원진과 눈이 마주쳤다. 원진은 유채의 행동을 묵묵히 바라보다 피식 웃었다.

"유채야."

"알아. 무슨 말할 건지 아니까……."

"유찬이가 다시 보자고 한 거야?"

"그냥 할 말 있다고. 그래서 못 들어 줄 건 없으니까. 만나서 나도 말하려고. 오빠가 너랑 만나는 거 안 내켜한다고."

"그럼 내가 악역을 하는 건가?"

"에이, 악역은 아니지."

피식 웃으며 유채는 원진의 손에서 집게를 가져가 대신 고기를 굽기 시작했다. 노릇노릇 익고 있는 고기를 흐뭇하게 내려다보던 유채가 집게로 고기를 뒤집으며 마저 말을 이었다.

"내 구세주 역할이지."

"하하."

원진이 잔을 들었다. 유채도 기분 좋게 잔을 부딪치며 단숨에 소주를 마시고 불판을 바라보았다. 그 위에 올려진 삼겹살 두 덩이를 반으로 자른 뒤, 기본 반찬으로 나온 파절임을 먹었다. 원진은 유채를 바라보며 장난스럽게 말을 꺼냈다.

"사실 대학생 때 너 좋아했었다."

"……뭐?"

방금 들려온 당황스러운 말에 하마터면 집게를 떨어트릴

뻔했다. 유채는 눈을 크게 뜬 채 믿기지 않다는 표정으로 원진을 돌아보았다. 마치 기름칠 안 된 로봇처럼 고개가 부자연스럽게 돌려졌다.

그런 유채가 웃긴지 원진은 키득거리며 웃다가 잔을 채워 주기 위해 병을 들었다. 얼떨떨한 얼굴로 잔을 들어서 원진이 주는 술을 받았다. 병을 건네받아 그의 잔도 채워 주고 난 뒤에 다시 물었다.

"뭐라고?"

"대학생 때, 잠깐이지만 좋아했었어."

"그러니까, 오빠가 나를……?"

"그래. 하지만 금방 포기했어."

원진의 눈빛은 이제 아무런 감정도 없다는 걸 보여 주었다. 그저 순수하게 선후배 관계를 유지하며, 지금은 동업자나 다름없이 잘 지내고 있었다.

하지만 상상도 못 했던 일을 듣게 된 유채는 머릿속이 혼란스러웠다. 그러나 금방 고개를 끄덕였다. 지금은 아니라니 상관없었다. 하지만 원진에게 사과해야만 했다. 몰랐어도 원진의 마음을 이용하는 거나 다름이 없었으니까. 지금은 그렇지 않아 그나마 다행이었다. 그는 좋은 선배였고, 앞으로도 좋은 선후배 관계를 유지하고 싶은 사람이다.

"왜 포기했는지 궁금하지 않아?"

"뭔데?"

"방학 때 우리 학교에 유찬이 녀석 놀러 왔었잖아. 기억 나? 그때 처음 소개해 줬던 날."

당연히 기억하고 있었다. 호텔 조리과에 진학하려던 유채 는 지방에 있는 대학교가 제일 유명하다는 걸 알게 되었다. 그래서 지방으로 가 아예 4년 동안 그곳에서 자취를 하게 되 었다.

유찬이 군대를 간 건 대학교 1학년 2학기가 시작할 무렵이 었다. 1학기는 학교를 다니는 상태라 학교가 멀어져서 당분 간 못 만날 줄 알았다. 방학 때가 아니면 되도록 집으로 내려 갈 생각이 없었기 때문이다. 제 말을 듣던 유찬은 자신이 주 말에 놀러 가겠다고 했고 정말 주말마다 왔다. 숙박비가 걱 정되어 찜질방에서 보내곤 했었다. 자취방에서 자라고 하고 싶었지만 무리였다.

그때, 선배이지만 막 복학한 원진과 만나서 함께 수업을 들었었다. 함께 밥도 같이 먹으며 꽤 친해져서, 이 학교에서 제일 친한 친구가 원진이라고 유찬에게 소개를 해 주고 싶어 셋이서 같이 밥을 먹었다. 그것이 원진과 유찬의 첫 만남이 었다.

"그날, 셋이서 밥 먹는데 나는 체할 뻔했다."

"왜?"

"둘이 연인 분위기가 폴폴 나는데, 나는 마치 들러리 같았 어. 그래서 그날 처음 유찬이 보자마자 난 마음을 접었어. 그

리고 얼마 뒤 네가 그랬잖아. 내가 지금도 좋아하고 있는 애
라고."

"······."

"그리고 지금도 그렇잖아. 안 그래?"

그런 그래, 하고 힘없이 대답을 한 유채는 삼겹살을 먹기
좋게 자르기 시작했다. 묵묵히 삼겹살에만 신경을 쓰는 유채
를 바라보자 원진은 안타까운 마음이 들었다. 차라리 진작
포기하고 좋은 남자를 만났더라면 지금과는 좀 달라졌을지
도 모른다.

하지만 유채의 성격상 절대 못 했으리라. 그러니 지금까지
끌고 오다가 힘겹게 포기하는 거겠지만.

"만약에 유찬이가 고백하면 어떨 것 같아?"

"그럴 일 절대 없을걸."

"어째서?"

"저번에 전 여자 친구를 만났거든. 유찬이, 여자 친구가
아니라 나를 우선시해서 네 명 모두 같은 이유로 헤어졌었
대. 그래서 혹시나 기대했어. 그런데 역시나였어. 세상에서
가장 아끼는 친구라니."

그때만 생각하면 아직도 힘이 빠졌다. 유찬에게 자신의 마
음을 표현하지 않다가도, 표현하면 유찬이 부담스럽다고 한
발자국 물러나리라 생각해 아무것도 하지 못했다.

그래도 나름 조금씩 티는 냈었다. 무슨 일이 있어도 유찬

을 우선으로 여겼다. 유찬과 한 약속은 어긴 적 없었고, 얼굴
을 더 보기 위해 일부러 일 끝나고 난 뒤 그의 가게에 갔었
다. 다른 사람들과 놀러 가지 않아도 유찬이 가자고 하면 힘
들더라도 갔었다.

"그것만으론 부족했을까⋯⋯."

"아니. 그 녀석이 둔한 거야."

"그런가⋯⋯."

"난 너희 처음 봤을 때 사귀는 줄 알았거든. 그래서 포기
한 것도 있어. 근데 친구라잖아?"

"그런 소리 많이 들었어."

어딜 봐서 우리가 사귀는 사이의 분위기라는 건지 모르겠
다. 하지만 그런 소리를 들을 때마다 은근 기분이 좋았다. 그
렇게라도, 겉으로라도 보인다는 것만으로도 좋았다. 물론
그건 몇 년 전까지만 그랬다. 얼마 전부터는 그런 소리를 들
을 때마다 간절히 바랐다. 진짜였으면 좋겠다고. 친구 사이
라고 정정하지 않고 우리 애인 사이 맞아요, 하는 날이 오기
를 바라고 또 바랐다.

아무리 기도하고 또 기도해도 그런 일은 절대 일어나지 않
았다. 한없이 머나먼 기적에 가까웠다.

"역시, 가장 큰 축복은 좋아하는 사람과 이어지는 거야."

"⋯⋯유채야."

"좋아하는 사람이 내 마음을 받아 주는 건, 가장 어려운

일이고 기적에 가까운 일이야."

원진은 그녀에게 위로를 해 주고 싶었지만 섣불리 말을 할 수 없었다. 그래서 말 대신 소주병을 들었다. 그녀가 씩 웃으며 채워져 있던 술을 마신 후 빈 잔을 내밀었다. 원진은 아무 말 없이 잔을 채워 줬다.

유채는 입을 다문 채 무언가 생각에 잠겼다. 원진은 방해하지 않기 위해 그녀가 내려놓은 집게를 가져다 고기를 구웠다.

*　　　*　　　*

유채는 그가 너무 보고 싶어서 무작정 택시에 올라타 버터플라이 키스에 가 본 적이 있었다. 그러나 가게 앞에 도착한 순간 정신이 들었다. 간판을 보자 자신이 지금 어디에 있는지 알게 된 것이다.

여기에 오면 안 된다. 알고는 있지만 무의식중에 유찬이 보고 싶은 나머지 와 버린 모양이다.

버터플라이 키스의 문은 투명 유리가 아니다. 레드 와인과 비슷한 색의 나무로 된 문이었다.

문 앞에 선 유채는 버터플라이 키스의 문이 유리가 아니어서 다행이라는 생각을 했다. 적어도 이런 자신을 유찬이 볼 일은 없을 테니까.

유채는 유찬에 대한 이야기를 거의 안 했다. 하더라도 그저 시큰둥한 반응을 보였다. 그런 그녀를 보며 사랑은 놀랐다.

"너, 정말 독하게 마음먹었구나."
"즐거웠던 추억으로 남겨 두고 싶으니까."
"있잖아, 소개팅하지 않을래?"

인터넷 쇼핑몰 원더랜드(Wonderland)에서 일하는 사랑은 아는 모델들이 많았다.

"아는 모델 오빠인데, 물론 쇼핑몰. 그런데 정말 괜찮은 사람이야. 순박하고, 잘생겼고, 성격도 좋고, 돈도 잘 벌어."

사람 보는 눈은 정확한 사랑이니 괜찮은 사람일 것이다. 하지만 내키지 않았다. 그럼에도 그녀의 제안에 수락했다. 이유는 하나였다. 사람은 사람으로 잊어야 한다는 것.

그래서 중간에 한 번 만났었다. 사랑의 말처럼 그 남자는 좋은 사람이었다. 하지만 자신에게 남아 있는 유찬에 대한 마음을 버리기 위해 저렇게 착한 사람을 이용할 수는 없었다. 그래서 솔직하게 말했다.

"사실은 저, 10년 동안 한 사람을 짝사랑했는데 아직 못 잊은 상태예요."

그래서 당신을 이용하려고 한다. 상관없다고 했지만 유채는 말했다.

"그 사람을 잊는 데 얼마나 걸릴 지 몰라서, 당신을 힘들게 할 것 같아요."

미안하다고, 자신보다 더 좋은 사람을 만나라고 헤어지기 전까지 사과했다. 그 남자는 무척 아쉬워했지만 알겠다며 한마디를 남기고 갔다.

"그래도 10년이라면 아깝잖아요. 나중에라도 잘 되었으면 좋겠어요. 그렇게 바랄게요."

유채는 남자의 위로가 고마웠지만 그럴 일 없다는 것을 알기에 그저 웃어넘겼다.

그 남자와 점심을 먹고 카페에서 대화를 하는 동안, 아무리 봐도 유찬과 자꾸만 비교하게 되었다. 그 남자보다 유찬이 웃는 게 더 예쁘고, 목소리는 더 낮고…… 그런 세세한 걸

비교하다 보니 너무 미안해졌었다.

사랑은 이 이야기를 듣고 유채의 등짝을 두어 대 정도 때렸다. 찰싹 하고 나는 소리가 차진 만큼 등이 아팠다. 하지만 자신이 미련한 건 여전했기에 사랑이 하는 말을 묵묵히 들었다.

그러다 그의 연락을 받게 되었다.

"야."

"응."

"서유찬, 그 새끼 만나고 연락해."

"그 새끼라니. 그래도 친구인데."

"감싸지 마! 아, 속 터져. 아무튼 정말 마음먹은 거, 그냥 이야기만 들어 주다 와. 넌 입도 뻥끗하지 말고!"

사랑에게 알겠다고 대답을 한 뒤, 유찬과 만나기로 한 카페로 향했다. 집에서 버스를 타고 15분 정도 가야 하는 거리에 있었다. 여유롭게 나와 버스를 기다렸다. 마침 핸드폰에서 진동이 느껴지기에 사랑인가 싶어 피식 웃었다. 그리고 액정을 본 순간, 유채의 얼굴에 있던 미소가 싹 가셨다.

〈유채야.〉

그저 자신의 이름을 불렀을 뿐이다. 눈을 깜빡거리는 사이 액정의 불이 꺼졌다.

도착한 버스에 올라탔다. 내리는 문 앞에서 가까운 자리에 앉은 후 유채는 그에게 답장을 했다.

〈왜.〉

자신이 봐도 너무 딱딱해 보였지만 곧바로 답장이 날아와 그것에 대한 생각은 멈췄다.

〈어제보다 오늘 날이 좀 쌀쌀한데, 따듯하게 입고 오는 거 지?〉

평소 같았으면 피식 웃으며 장난스럽게 대꾸를 했겠지. 너나 잘 입고 와, 이런 정도. 하지만 지금은 그럴 수 없었다. 유채는 무표정으로 답장을 보내고서 핸드폰을 핸드백 속에 집어넣었다.

〈알아서 챙겨 입었어.〉

이모티콘 하나 없이 대화하면 딱딱해 보여서 늘 무언가 하나씩은 붙였다. 하지만 유찬과 사이가 틀어진 이후로 이모티콘은 사용하지 않았다. 아마도 유찬은 무언가를 느꼈을 것이다. 그래도 어쩔 수 없다. 작은 것부터 유찬과 거리를 두고 멀어져야 했으니까.

얼마 안 가 내릴 때가 되었다. 벨을 누른 뒤 일어나 뒷문 앞에 섰다.

유찬과 만나기로 약속한 장소는 이탈리안 전문 레스토랑. 정류장에서 내려 5분은 걸어야 했다. 아마도 늘 그랬던 것처럼 약속 장소에는 자신이 먼저 도착할 것이다. 일단 자리를 잡아야겠다.

"후……."

어제와 달리 날이 좀 쌀쌀했지만 다음 주쯤이면 봄을 맞이할 것 같았다. 아마 벚꽃이 필 때쯤이면 더 괴로울 것 같다. 벚꽃을 보러 갔던 것도 늘 유찬과 함께였다. 몇 번은 태건이나 사랑도 함께 갔지만 대부분은 유찬과 갔다.

그를 마음에 담은 지 10년. 그와 함께한 추억이 많았다. 그렇기에 더 지우기 힘든 것일지도 모른다.

레스토랑 앞에 도착해서 안으로 들어갔다. 하지만 자리를 잡을 필요는 없었다. 자신이 오는 걸 창문에서부터 보고 있었는지, 제가 들어오자마자 손을 흔들며 다정하게 웃고 있는 유찬이 보였다. 그 모습에 벌써부터 가슴이 욱신거렸다.

여전히 미소는 따뜻하고 참 다정해. 그만큼…….

잔인해.

유채는 잠깐 멈췄다가 자리 안내를 하려는 종업원에게 일행이 있다고 말한 뒤 유찬이 앉은 테이블로 갔다. 유채는 앉으며 그에게 말을 건넸다. 시선을 마주치지 않고 말하는 건 처음이다.

"웬일로 일찍 왔네."

"그냥, 일찍 오고 싶어서."

오랜만에 듣는 목소리는 여전히 귓가를 간질였다. 유채는 주먹을 꽉 쥐었다가 폈다. 욱신거리는 마음을 진정시킨 후 아무렇지 않은 듯 메뉴판을 펼쳐 메뉴를 골랐다. 다행히 자연스럽게 시선을 마주치지 않을 수 있었다. 눈이 마주친 순간, 또다시 마음이 약해질 것 같았다.

굳게 쌓아 둔 마음의 탑을 무너뜨리고, 활짝 열어 둔 무거운 마음의 철문을 스스로 닫아야만 했다. 하지만 그녀가 쌓아 둔 탑은 너무 높았고 마음의 철문은 너무 무거웠다. 그를 향한 마음은 결코 가볍지 않았다. 그의 눈을 보면 조금씩 닫았던 문이 도로 열릴 것 같았고, 하나씩 무너지는 탑은 원래의 높이로 돌아갈 것 같았다.

"메뉴는 정했어?"

"유채야."

"나는 늘 먹던 걸로."

"고개 잠깐 들어 봐."

유찬도 알아차린 모양이다. 자신이 일부러 시선을 피하고 있다는 것을.

하지만 유채는 고집스럽게 유찬의 말을 무시한 채 손을 들어 종업원을 불렀다. 그가 아직 메뉴를 정하지 않았다는 것이 마음에 걸렸지만 늘 먹던 걸로 시키겠지 해서 주문을 했다.

"봉골레 파스타 하나랑 유찬이…… 넌 늘 먹던 걸로 먹지? 치킨 필라프 하나요. 조금 매콤하게 해 주세요."

주문을 끝내고 난 뒤, 끈질기게 따라붙는 유찬의 시선을 외면할 수 없어서 결국 고개를 들어 눈을 마주했다. 한 달 동안 보지 않으려고 애썼던 것이 소용없게 된 순간이다.

"그나저나, 잘 지냈니?"

다시 그를 향한 마음을 쌓아 올릴 순 없었다. 유채는 눈을 마주했지만 아무렇지 않은 듯 말을 했다. 자신의 변화를 감추는 건 능숙한 일이다. 그것이 오래되면 한 번에 터질 뿐이지, 조절은 가능했다.

"난 좀 바빴어. 그래서 연락을 못 했어."

"알아."

"응?"

"우리 원래 친했었잖아."

유찬의 목소리는 온화했다. 목소리만 온화했지, 눈동자는 차가웠다. 몸이 저절로 움찔 떨릴 정도였다. 평소와 조금 다른 목소리로 나불거렸지만 금방 입을 다물 수밖에 없었다.

저런 모습의 유찬은 처음 봤다. 눈과 입, 목소리가 항상 같았다. 온화하고 다정하고 따뜻한 분위기가 흘러넘치는 사람. 곽유채가 늘 봐 온 서유찬이었다.

하지만 지금은 전혀 달랐다. 눈은 차갑게 빛났고 입꼬리는 일자를 유지했다. 목소리만큼은 평소와 다름이 없지만 오히려 그것이 모순을 일으켜 공기를 차갑게 얼렸다.

유채는 당황했다. 유찬의 화가 난 모습은 처음 보았다.

화가 나? 무엇에?

전혀 짐작이 되지 않았다. 동시에 먼저 화를 내니까 저도 억지로 웃으며 떠들지 않아도 되겠구나, 싶었다.

유채는 솔직하게 말했다.

"화 난 것 같은데, 왜 그래?"

"잘 봤어. 난 지금 두 가지에 화가 났어."

두 가지나? 어디 한 번 그 잘난 이유를 들어 보기로 했다. 유채는 별다른 말을 하지 않았다. 그저 말해 보라는 눈빛을 했을 뿐이다.

유찬은 차갑게 웃었다. 그런 모습도 처음이었다. 온몸이 굳는 기분이 들었다. 유채는 그 모습을 계속 볼 수 없어서 살짝 시선을 피했다가 다시 들었다. 입을 꾹 다문 채, 똑바로 그의 말을 듣기로 했다.

유찬은 그녀와 눈빛을 마주하며 입을 열었다.

"첫 번째. 너와 즐겁고 다정하게 지내는 원진 형에게 화가 나."

"어째서?"

"두 번째."

"……."

"그걸 이제 와서 느낀 나 자신에게 무엇보다도 가장 화가 나."

"그게 무슨……."

유채는 의자를 잡은 손에 힘을 주었다. 그와 동시에 이 자리에서 벗어나고 싶었다. 자신이 처음 보는 유찬의 표정을 계속 보고 싶지 않았고, 무엇보다도 이 이상 들어선 안 될 것 같았다. 또다시 상처를 받을까 무서웠다.

그 순간, 유찬의 표정이 바뀌었다. 당장이라도 울 것 같은 얼굴이 되었다. 당황스러움에 말을 하지 못한 채 유찬의 얼굴만 바라보았다.

"넌, 내가 처음으로 가까워지고 싶은 상대였어."

달아나야 한다. 자신의 본능이 그렇게 외쳤다. 하지만 떨리는 것 같은 유찬의 목소리에 꽉 잡혀서 움직일 수 없었다. 그의 목소리가 자신의 몸을 옭아매 고정시키고 있는 것만 같았다.

"친구가 되고 싶었어. 그래서 무작정 인사를 하고, 말을 걸었지. 선생님께 부탁해서 짝이 되게 해 달라고 했어. 공부는 핑계였고."

유채의 미간이 꿈틀거렸다. 이게 무슨 말도 안 되는 말인가.

"너와 가까워지면서, 나는 이대로 쭉 너와 이렇게 지내고 싶었어. 그래서 너무 늦게 알았어. 처음엔 그저 우정에 가까운 감정이었지만, 종이에 닿은 잉크가 점점 퍼지는 것처럼 너에 대한 마음도 점점 바뀌었던 거야."

"……."

"아주 미세한 변화라 스스로도 알아차리지 못했어. 점차 너는 내 일상에 스며들었으니까. 아주 조금씩, 천천히. 그저 네가 아주 소중한 친구라서 그런 거라 생각했고, 그래서 네가 졸업식 날 고백한 순간…… 우리의 관계가 깨질 거라는 생각이 들어서 친구라는 이름으로 도망친 거야."

그사이 음식이 나왔지만 둘 다 손을 대지 못했다. 돌처럼 굳어 버린 유채를 바라보며 유찬은 씁쓸하게 웃었다. 그가 먼저 숟가락을 들었지만 필라프를 몇 번 건드릴 뿐 먹진 않았다.

그는 그렇게 계속 말을 이었다.

"네가 여자로 보이지 않는다고 한 건 그저 단순한 핑계였지. 고3 때, 나는 네가 너무 귀여워서 꽉 안아 주고 싶다는 생각을 했었고, 몇 번이나 너와 손을 잡고 걸어 다니고 싶었어. 그것이 어떤 의미인지 모르고 말이야."

그가 자조적으로 웃었다. 유채는 입이 떨어지지 않았다. 농담도 과하면 안 된다고 타박을 줘야 하는데, 그의 눈동자와 목소리가 진심이라고 외치고 있어서 도저히 입을 열 수가 없었다.

쩌적. 무언가가 깨지는 소리가 들렸다.

"나는 그 모든 것이 오로지 친구라서 그런 줄 알았어. 여자 친구가 있어도 왜 너를 우선적으로 생각하는지, 나는 왜 모든 것을 너와 함께하고 싶은지 모르고 있었어. 그걸, 이제 깨달았어."

"……."

"너와 원진 형이 같이 있는 걸 본 순간, 난 미쳐 버리는 줄 알았어."

"더 이상 말하지 마."

유채는 입술을 꽉 깨물었다. 그러나 유찬은 그녀의 말을 듣지 않았다.

"널 좋아한다는 걸, 이제야 알았어."

유채는 벌떡 일어났다. 이 자리에 있을 수 없었다. 역시, 이 자리를 벗어나야 한다는 예감이 들어맞았다. 유채는 픽 웃었다.

"못 들은 걸로 할게."

"잠깐…… 유채야!"

유찬은 벌떡 일어나 가게를 나가는 유채의 뒤를 쫓았다. 그녀가 아무리 발이 빠르다 해도 유찬과 신장 차이가 커 금방 거리는 좁혀졌고, 결국 잡히고 말았다.

유채는 격하게 몸을 틀었다. 유찬은 그녀의 눈가에 맺혀 있는 눈물을 보았다. 잠시 손에 힘이 빠졌지만 그 틈에 도망가려는 유채를 꽉 잡았다. 이대로 그녀를 떠나보내면 영영 보지 못할 것 같았다.

"놔!"

"내 얘기 안 끝났어."

"난 할 말 없다고 했어."

"유채야."

"그래, 어차피 나도 할 말 있어서 나왔어. 마무리는 맺고 가야겠지."

어차피 계속 쫓아올 거고, 그 손에서 벗어나지 못할 걸 알기에 유채는 도망가는 걸 체념했다. 이렇게 된 김에 할 말이나 하고 끝내자 싶었다. 하필 길을 잘못 들어서 막다른 골목이지만 이야기하기엔 딱이었다. 유채는 저에게 애원하는 눈으로 바라보는 유찬을 바라보다 손을 뻗었다.

얇은 셔츠를 꽉 잡아 확 끌어당겼다. 순간 얼굴이 가까워졌다. 유찬이 당황스러움에 눈을 크게 떴다. 그 모습을 본 유채는 악동처럼 웃고서 입을 열었다.

"넌 단지 오랫동안 곁에 있던 게 없어져서, 허전해서 그런 거야."

"아니, 그건 아니야. 내가 그걸 착각할 것 같아?"

"아니면……."

말끝을 흐리던 유채는 그대로 유찬의 뒤통수를 끌어당겼

다. 순식간에 코와 코가 부딪쳤고, 입술과 입술이 닿았다. 유채는 그대로 굳어 버린 유찬을 바라보다 그의 입술에 묻은 자신의 립스틱을 엄지로 훑었다.

"아니면 나랑 이런 것도 할 수 있니?"

"……."

"나랑 섹스도 할 수 있을 것 같아?"

말을 하는 유채가 입꼬리를 올리며 조소를 지었다.

6화

유채는 아무 말도 못 하는 유찬을 보며 코웃음을 치다가 그의 표정을 보자마자 뭔가 잘못되었다는 것을 느꼈다. 그녀의 말에 그는 전혀 당황한 표정이 아니었다. 오히려 한 발자국 더 다가왔다. 왠지 모를 오싹함에 뒤로 물러섰다. 그러기를 몇 번 반복했을까, 등에 벽이 닿았음을 느끼곤 살짝 뒤를 돌아보았다.

아, 이런.

속으로 혀를 차며 다시 정면을 보았을 때, 유채는 얼굴마저 벽으로 바싹 붙였다. 바로 코앞에 유찬이 있었다. 어느새 고개까지 숙여 눈높이가 맞은 상태였다.

유채는 입이 바싹 말라가는 것을 느끼며 애써 아무렇지도 않은 척, 입을 열었다.

"좀 떨어져 줄래? 지금은 네 얼굴 별로 보고 싶지 않……
읍!"

순식간에 고개를 틀고서 자신의 입술을 틀어막은 유찬으
로 인해 유채는 더 이상 말을 잇지 못했다.

말을 하느라 입이 벌어진 틈을 타 무언가 말캉한 게 들어
왔다. 정신을 차리고 보니 눈을 감은 채 자신의 뒤통수를 감
싸고 키스를 하고 있는 유찬이 보였다. 자신의 입안으로 침
입해 온 말캉한 것은 그의 혀였다.

그가 자신의 몸에 바짝 밀착해 왔다. 혀와 혀가 닿았다가
치열을 훑었다. 입안 곳곳을 돌아다니며 무언가를 확인하려
는 것처럼 이리저리 움직였다. 그 노골적인 움직임에 점점
숨이 막혀 더 이상 참을 수 없었던 유채는 온몸에 힘이 빠지
는 것을 느꼈다.

겨우 한쪽 발을 들어서 유찬의 발을 밟았다. 입안을 돌아
다니던 혀의 움직임이 멈췄고 그가 눈을 떴다. 그의 한쪽 팔
이 그녀의 허리를 감쌌다.

유채는 몸에 힘이 들어가지 않아 그대로 주르륵 주저앉았
다.

"하아……."

막혔던 숨을 쉬면서 한쪽 팔로 거칠게 입술을 닦았다. 고
개를 들려는데 어느새 또다시 눈높이를 맞추기 위해 주저앉

은 유찬이 보였다.

"너, 이게 무슨……!"

"할 수 있냐고 물었지."

"……."

"응. 할 수 있어."

고요한 눈동자는 아직 못 한 게 있다는 것처럼 보였다. 유채는 침을 꿀꺽 삼켰다.

유찬이 짧게 웃으며 유채의 왼쪽 뺨을 오른손으로 감쌌다. 그러다 엄지손가락을 움직여 그녀의 아랫입술을 손가락으로 훑었다.

겨우 정신을 차린 유채가 유찬의 어깨를 두 손으로 팍 밀어 버리고 자리를 피해 달아났다. 유찬은 천천히 자리에서 일어났다. 그녀의 뒤를 쫓아가지 않았다. 다만, 방금 전 자신을 노려보았던 유채의 표정이 떠올라서 그대로 벽을 잡고 고개를 숙였다.

"하하하."

어째서 몰랐을까.

부끄러워서인지 새빨개진 얼굴을 한 유채는 너무나도 사랑스러웠다.

"왜 이제야 알아서……."

벽을 잡고 있는 손에 힘이 들어갔다. 주먹을 꽉 쥐던 유찬은 반대편 손으로 얼굴을 덮었다.

이제 정말 돌이킬 수 없다. 친구 사이에 누가 키스를 한단 말인가?

이대로 물러서지 않을 것이다. 방금 전 본 유채의 표정을 보고 나니 확고해졌다.

저렇게 사랑스러운 표정을 짓는데, 어느 누구에게 빼앗긴 단 말인가? 원진과 있을 때도 그런 표정을 지을까? 아니, 둘이 키스를 한다면……

퍽 소리가 나게 벽을 주먹으로 내리쳤다. 상상만으로 온몸이 싸늘하게 식었다. 그와 유채가 함께하는 것을 생각만 해도 돌아 버릴 거 같았다. 절대로 유채를 다른 사람의 손에 넘겨줄 순 없다.

이미 늦었을지도 모른다. 그렇다고 해서 손을 놓은 채 유채가 다른 사람의 곁에서 웃게 놔두고 싶지 않았다. 어떻게든 그녀의 마음을 얻고 싶었다. 아니, 반드시 얻어야 한다.

"유채야."

큰일이다. 유채가 더 보고 싶어졌다. 유찬의 얼굴이 울 것처럼 일그러졌다.

"날 버리지 말아 줘……"

그는 길을 잃어버린 어린아이가 된 것만 같았다.

애초에 유찬은 소중히 여겼던 사람과의 관계가 끊어지는 게 두려웠다. 그렇기에 유채와의 관계를 유지하려 자신의 마음을 모른 척했었다.

학창 시절, 귀엽게 느껴지는 그녀를 안고 싶다고 생각했던 것과 그녀의 입술을 빼앗고 싶다는 생각을 했었을 때, 문득 그녀와 다른 관계가 되고 싶다고 생각한 적이 있었다. 다른 관계가 된다면, 잃어버릴지도 모른다.

그래서 무의식중에 그녀와 친구 관계를 유지해야겠다는 생각만 가득했다.

유채와 유찬은 관계를 유지하는 법이 달랐다. 유채는 여전히 그를 좋아했지만 친구로 관계를 계속 이어 갔고, 유찬은 언젠가 이별이 올지도 모르는 연인 관계보다 계속 볼 수 있는 친구를 택했던 것뿐이다.

하지만 지금, 서로의 관계를 향한 마음이 달라지기 시작했다.

유채는 자신을 위해 그 관계를 깨려 했지만 유찬은 '친구'로 이어 온 관계를 다른 이름으로 정리하려 하고 있었다.

＊　　　＊　　　＊

화요일이 되었다.

그사이 유찬에게서 연락은 없었다. 그날의 일이 꿈처럼 느껴졌다.

아무리 생각해도 그는 늘 곁에 있던 친구가 애인이 생겨 자신에게 소홀해진 나머지 외로운 마음에 착각을 한 것 같았다. 몇 번이나 기대했던 행동을 하긴 했지만, 늘 친구라고 끝냈으니까. 그건 벽이었고, 일종의 선이었다.

너와 난 친구라고 그어 놓은 이 선을 넘지 말라는 것 같았다. 그래서 다가갈 수도 멀어질 수도 없는 상태로 자신을 괴롭히며 살았다.

그런데, 이제 와서 뭐?

화가 났다. 바보같이 만나자고 하면 약속이 있어도 뒤로 미루고 유찬을 만났다. 두 사람이 서로 일하는 시간대가 달랐기 때문이다.

밤에 일하는 유찬과 아침에 일하는 유채가 만날 수 있는 시간은 주말뿐이기에 주말은 무조건 유찬을 위해 시간을 비우려 노력했다.

다른 약속을 잡을 때마다 그와 약속이 잡혀 있지 않은지부터 따져 사랑에게 몇 번이나 혼났었다. 가망 없는 짝사랑을 계속하고 있는 저를 안쓰러워했기 때문이다. 그걸 알면서도 매번 유찬을 먼저 생각했었다.

최대한 티를 안 내려고 했었다. 친구마저 못 하게 될까 봐. 그마저도 아니면 못 만나게 되니까.

하지만 이제 됐다. 친구라는 이유로 제 마음에 스스로 상처 주는 일은 그만할 것이다. 서유찬에게 쏟아부었던 10년의 시간을 버릴 거니까, 원진을 핑계 대서라도 그만 만나자고 종지부를 지을 생각이다.

나를 좋아해? 이제 와서? 아니, 그게 문제가 아니었다.

"너와 원진 형이 같이 있는 걸 본 순간, 미쳐 버리는 줄 알았어."

얼굴이 화끈거렸다. 그때의 유찬은 착각에서 나오는 말이 아니었다. 그건 진심이었다.

"그런 표정을 지을 줄도 알았나."

유찬에 대해서 뭐든 다 안다고 생각했는데 아니었나 보다.

질투, 질투라. 서유찬이 질투를 한다라.

그에 대한 생각을 하면서도 전처럼 마음이 아프지는 않았다. 조금씩 유찬에 대한 마음을 버리기 위해 애를 썼던 탓일까.

그에게서 연락이 오면 기대감이 들다가도 이상하게 그때만 그랬을 뿐, 아무 생각도 들지 않았다.

질투는 했을 것이다. 그건 친한 친구를 빼앗아 간, 친구에게 새로 생긴 애인에 대한 질투. 자신이 가지고 놀던 장난감을 빼앗겨서 화가 난 어린아이와 같은 감정일 것이다. 기대했다가 실망하기를 반복한 데다가 그 마음을 버리려고 하니, 이젠 기대조차 들지 않는다.

"하지만 연락은 해야 하는 거 아니야?"

키스에 대한 의미를 듣고 싶었다. 진심이었을까?

유채는 힘없이 앞치마 주머니에 핸드폰을 넣고서 화장실에서 나왔다. 그러자 원진이 곧바로 말을 걸어왔다.

"화장실에서 꽤나 오래 있었다?"

"오빠, 보고할 게 하나 있는데."

"뭔데?"

"며칠 전에 서유찬 만난다 했잖아."

"맞다. 어떻게 됐어?"

걱정스러운 표정으로 묻는 원진을 보니 피식 웃으며 그날 있었던 일을 말하려고 했다. 하지만 순간 유채의 얼굴이 붉어졌다. 키스했던 기억이 떠오른 탓이었다.

그저 홧김에 입맞춤을 저지른 후, 너는 이런 걸 할 수 있느냐면서 부끄러운 단어를 아무렇지도 않게 입에 올렸던 것 같다.

좋아한다는 의미에 키스와 섹스도 담겨 있다는 걸 모르는 것 같아서였다. 그때, 돌아온 건 키스였다.

아, 진짜 서툴렀어. 확실히. 여자 친구가 꽤 있었던 걸 알기에 잘할 거라 생각했는데…… 서툴렀어. 그건 다행인 걸까, 아니면…….

"유채야?"

"어? 그러니까……."

"무슨 일 있었어? 안색이 안 좋은데."

안 좋은 게 아니라 얼굴이 빨개졌을 뿐인데 원진의 입장에서는 굳어진 걸로 보였나 보다. 굳이 정정해 주기 싫어서 유채는 그저 웃기만 했다.

하지만 원진에게는 말을 해야 할 것 같았다. 그는 선뜻 저를 도와준다고 했었으니까.

"유찬이가 날 좋아한대."

"뭐?"

원진은 잘못 들었겠지 하는 표정으로 유채를 바라보았다. 하지만 그녀는 어깨를 으쓱이며 자세한 내용을 덧붙였다. 물론 키스한 것만 빼고서. 차마 그것까지는 얘기할 수 없었다.

가만히 유채가 하는 말을 듣던 원진이 미간을 찌푸렸다. 뭐라고 대답을 하면 좋을지 떠오르지 않았다. 딱히 대답을 바란 건 아닌 것 같아 다행이었지만 원진은 같은 남자로서 유찬의 입장을 생각해 보기로 했다. 다른 건 몰라도 하나는 공감이 갔다.

자신이 유채를 좋아하는 마음이 진행형이었다면, 헤어지고 싶지 않을 만큼 좋아하는 마음이 있다면 자신도 그랬을 거라는 생각이 들었다.

연인 사이란 영원히 함께하는 사이는 아니다. 헤어질 수도 있는 불안전한 사이이다. 그렇기에 연인보다는 친구가 더 안정적이고 더 오래 지낼 수 있다. 일종의 예방 차원에서 우린 친구야, 했을 수도 있지만 그가 놓친 게 있었다.

"유채야."

"응?"

"나는 이해해."

"뭘? 설마…… 서유찬을?"

그런 소리 하지 말라는 듯이 원진을 흘겨보는 유채에게 그
저 웃어 주던 그는 더 말하지 않았다. 어차피 말을 해도 그녀
는 이미 마음을 정리하는 중이었다.

10년을 사랑했으니 10년이 걸릴 지 모른다고 그랬지만, 원
진이 보기엔 그렇지 않았다. 아마도 생각보다 금방 다 잊을
것 같았다. 물론 훗날 기억은 나겠지만 지금처럼 연락 하나
만 받아도 기대하고 들뜬 마음을 가지진 않을 것이다.

"그래도 유채야."

"응."

"유찬이 녀석, 널 너무 소중하게 여겨서 그래."

"그건 또 무슨 말이야."

유찬이 하나 놓친 게 있다면, 친구 관계로는 절대 할 수
없는 것이 있다는 거였다. 친구 사이에서는 스킨십을 할 수
없다.

유찬이 늦게 자각한 탓도 있지만 종종 위기감은 느꼈을 테
다. 하지만 한 치의 의심도 하지 않고 나랑 곽유채는 친구라
며 넘겨 버린 나머지 자각하지 못한 채 지금까지 와 버린 것
이다.

그리고 유채에게 애인이 생겼다는 말에 이제야 아차 싶었

겠지. 친구 사이에 할 수 없는 스킨십을 애인과 하게 될 테고, 그것에 유찬은 질투를 느꼈을 것이다. 연인 사이에나 있을 법한 스킨십, 모두 자신이 유채와 하고 싶었단 걸 깨달았을 지금은 이미 늦어 버린 상태였다.

물론 나랑 유채가 진짜로 사귀는 건 아니지만. 이제라도 자각하게 된 걸 축하해 줘야 할까, 아니면 이미 늦었으니 그만하라고 해야 할까.

머릿속이 복잡했지만 원진은 유채를 도와주기로 하였다. 그녀가 얼마나 홀로 사랑을 하며 외로워했고 슬퍼했고 괴로워하는지 봐 왔기에 그녀의 결심을 무시할 수 없었다.

"넌 만약 유찬이와 사귀었는데 어쩌다가 헤어지게 되었어."

"……."

"그럼 어떻게 될 것 같아?"

"만약이잖아."

"그렇지."

"일어날지 안 일어날지 모르는 거야. 그런 걸로 쓸데없이 시간 낭비하는 거, 별로야."

원진은 유찬과 유채가 기본적으로 하는 생각이 다르다는 걸 알았다.

고생 꽤나 할 유찬이 불쌍하면서도 한편으론 유채는 역시 멋진 여자라고 생각했다. 연인이 된 남녀는 헤어질 수도 있지만 헤어지지 않을 수도 있다. 사람의 일은 알 수 없는 것이기에, 그 알 수 없는 일까지 지금 생각하기엔 시간이 아깝다라니.

"역시 넌 최고야."

"그걸 지금 알았어?"

"그래도 유채야. 유찬이는 너랑 어떻게 될지 모르는 미래가 두려워서 그랬던 것 같아."

"몰라. 서유찬이 직접 말할 때까지, 내가 알 바 아니야."

유채는 유찬의 이름을 중얼거리며 화가 난 표정을 지었다. 하지만 어째서인지 두 뺨이 물들어 있었다. 두 사람 사이에 일어난 일을 몰랐기에 원진은 그저 그녀가 어디 아픈 건가 고개를 갸웃거렸다.

※　　　　※　　　　※

다원이 먼저 인사를 하고 집으로 갔다. 유채는 다원에게 인사를 한 뒤 가게 문을 닫고 셔터도 내렸다. 원진에게 가자고 말하려는 찰나 그가 어딘가 바라보고 있기에 그곳으로 시선을 돌렸다.

시선 끝에는 한 남자가 걸어오고 있었다. 유채는 심호흡을 크게 했다. 원진은 유채의 얼굴을 살피다 귓속말로 물었다.

"자리 비켜 줄까?"

"응. 미안, 오빠."

"좋게 말해. 단단히 화가 나 보이던데."

"알면 얼른 가."

피식 웃으며 유채는 그의 등을 밀었다. 원진은 가기 전, 유찬에게 인사를 했다. 유찬은 그의 인사에 고개만 까딱였다. 원진은 유채의 말에 따라 먼저 가려고 하다가 뒤를 돌아서서 멈췄다.

설마 좋아하는 사람한테 무슨 짓이라도 하겠어? 그럼에도 걱정이 되었다. 유찬과 눈이 마주치자 급하게 고개를 돌려 갈 길을 갔다.

유채는 파카 주머니에 손을 집어넣고 삐딱하게 서서 유찬이 다가오는 것을 바라보았다. 늘 그렇듯 웃는 표정이었다. 하지만 눈빛은 어쩐지 싸늘했다.

요즘 10년 동안에도 보지 못했던 그의 다양한 모습들을 보는 것 같다.

"어쩐 일이래? 일 안 가냐?"

말투도 거칠게 나왔다. 하지만 아랑곳하지 않고 빙긋 웃던 유찬은 사람 하나 들어가지 않을 정도로 가까운 거리에서 멈췄다.

"너 만나려고 일부러 쉬는 날 바꿨어."

"헤에, 그래서? 난 너랑 만날 이유 없는데. 아, 친구라서?"

"비꼬지 마."

하지만 금방 쓴웃음을 지으며 손을 뻗었다. 무엇을 하려는지 눈을 가늘게 뜨고 바라보던 유채는 그가 자신의 머리를 쓰다듬자 의외라는 시선을 보냈다. 그러자 유찬은 피식 웃었다.

"뭔가 바라는 눈빛이네."

"그런 적…… 없거든."

"우리, 아직 할 말 있지 않아?"

"그런 거 없어. 넌 있을지 몰라도 나는 없어."

유채는 냉정하게 그의 팔을 내리고서 그대로 지나가려고 했다. 하지만 어느새 손목이 붙잡혔다. 몸까지 뒤로 휙 돌려졌다.

뭐하는 짓이냐고 화를 내려는 순간, 유찬의 표정을 보고 입을 열었다가 다물었다.

유찬은 상처 받은 표정을 하고 있었다. 유채는 탁 소리가 나게 그의 손을 쳐냈다. 정말 화가 났다.

난 너 때문에 매번 상처 받았는데 너는 고작 이걸로 그런 표정을 짓니?

유채는 다시 주머니 속에 손을 집어넣고서 유찬을 똑바로 노려보았다.

"뭐."

"……"

"얼른 할 말해. 네 친구는 아주 바쁘답니다. 너 때문에 오빠 먼저 보냈다고."

"일단은⋯⋯."

그가 한 박자 쉬었다. 언제 상처 받았냐는 듯이 금방 웃는 얼굴로 바뀌었다. 유채는 그가 무슨 말을 할지 궁금했다.

"배고프지?"

"⋯⋯뭐?"

갑자기 뜬금없는 말에 눈을 깜빡였다. 화를 내려다가도 쑥 가라앉았다. 유찬이 그녀의 등을 떠밀었다.

"국밥 한 그릇 먹자."

"갑자기 무슨⋯⋯."

"먹고 얘기하자. 이 시간에는 늘 배고파하잖아?"

"⋯⋯."

"할 말은 먹고 해도 되잖아."

유채는 유찬을 노려보다 고개를 팩 돌렸다. 그리곤 더 이상 대답하지 않은 채 앞장서서 걷기 시작했다. 유찬은 그녀가 달아날 생각이 없다는 걸 알아차렸는지 그녀의 뒤에 서서 걸었다.

그녀의 뒷모습을 바라보던 유찬은 주먹을 꽉 쥐었다. 무겁도록 가라앉은 표정이었다. 하지만 언제 그랬냐는 듯이 다시 표정을 바꿨다.

"유채야."

"⋯⋯."

"자."

"뭔데."

고개도 돌리지 않은 채 대꾸했다. 유찬은 그녀의 주머니 속에 손난로 하나를 집어넣었다. 갑자기 따듯한 게 손에 닿자 놀란 나머지 재빨리 주머니 속에서 꺼냈다. 그때 마침 유찬과 눈이 마주쳤다. 유찬은 빙긋 웃다가 그녀의 머리를 쓰다듬었다.

"손 많이 차갑더라."

"걱정하지 마."

"걱정되는걸."

"앞으로 미래에 생길 네 여자 친구 걱정이나 해. 내 걱정은 오빠가 잘 하고 있거든."

"……."

잠시 유찬의 눈빛이 낮게 가라앉았지만 주변이 어두워 유채는 알아차리지 못했다. 유찬은 더 말을 꺼내기보다 먼저 앞서서 걸었다. 아까와 달리 유채가 그의 등을 보며 걸었다.

유채는 손에 들린 손난로를 바라보다 휙 들었다. 바닥에 보란 듯이 던져 버리고 싶었다. 하지만 곧 꽉 쥐다가 손을 내려 주머니 속에 집어넣었다. 자신이 하려는 건 이런 게 아니었다. 받은 상처만큼 돌려주는 것이 아니라, 유찬에 대한 마음을 버리는 거였다.

서유찬, 뭐 하자는 거야. 왜 상처를 들쑤시느냐고.

아마도 자신이 여태 얼마나 그를 좋아했는지, 자신의 마음을 유찬이 모르기 때문이라는 생각이 들었다.

할 말이 생겼다. 마침 잘 되었다. 오늘, 아예 결판을 내는 것이 좋겠다.

그래. 아예 끝을 보자.

생각하는 사이, 어느새 국밥집에 도착했다. 유채가 술 마시고 나면 늘 유찬이 포장을 해 오던 국밥집이었다. 단골 가게나 다름없었다. 안으로 들어가자 늘 보던 이모님이 두 사람을 반겼다.

"아이고, 오늘은 커플이 나란히 왔네."

아니라고 해도 자긴 보는 눈이 있다며 그럴 리가 없다 하셨던 분이다. 장난이라는 것을 알고, 또 아니라고 해도 내심 좋았기에 괜찮았지만 오늘은 불편했다. 유찬을 바라보자 그는 짧게 웃으며 늘 앉던 자리에 앉았다.

"이모, 국밥 두 그릇 주세요."

"조금만 기다려."

"유채야, 얼른 올라와. 바닥 따듯하다."

"그래."

뭔가 이상하다고 생각했더니, 이모님의 말 뒤에 따라붙어야 하는 것이 없었다. 이모님이 저 말을 하면 아니라고 부정하던 건 유찬이었다. 오해라도 그렇게 보이는 것이 좋아 가만히 있던 자신과는 다르게 그는 항상 변명하곤 했다. 하지만 오늘은 전혀 부정하지 않았다. 갑작스러운 변화에 익숙하지 않아 불편했다. 이 상황을 어떻게 받아들여야 할지 모르겠다.

입을 다문 채 국밥이 나오기를 기다렸다. 그러나 기다리는 것도 마음대로 할 수가 없었다. 자꾸 건너편에서 시선이 느껴졌기 때문이다.

참고 참다 결국 한마디를 하려고 고개를 들었을 때 마침 국밥이 나왔다. 유채는 뒷머리를 신경질적으로 긁다가 한숨을 푹 쉬었다.

"자."

뜨거운 걸 못 먹는 유채는 자연스럽게 접시를 내미는 유찬을 바라보다 혀를 차며 접시를 뺏었다. 그럼에도 뭐가 좋은지 여전히 웃고 있었다.

유채의 마음 한쪽이 불편해졌다. 지금 이 상황이 모두 마음에 들지 않았다.

배는 고팠다. 그가 말을 한 것처럼 항상 가게 마감을 하고 나면 허기져 편의점에서 간단히 먹을 것을 사 가곤 했다. 그것조차 너무 잘 아는 유찬이 얄미웠다.

접시에 국밥을 덜어서 식힌 후에 먹었다. 유찬이 짜증 나는 건 그거고, 밥은 밥이었다. 일단 밥부터 먹고 생각해야겠다. 배가 고파 무아지경으로 퍼먹다시피 하는 유채는 더 이상 유찬의 시선을 신경 쓸 겨를이 없었다. 반대로 그는 유채를 바라보며 밥을 먹을 수 있었다.

먹는 속도가 비슷해서 둘 다 국밥 한 그릇을 뚝딱 비웠다. 물을 먹고 나서 입을 닦다가 유찬과 눈이 마주쳤다. 유채는 일부러 시선을 살짝 내렸다. 별로 눈을 마주치고 싶지 않았다.

"유채야."

"다 먹었으면 일어나. 아니면, 여기서 말할 거야?"

"아니."

고개를 팩 돌린 유채는 먼저 신발을 신고 카운터에 섰다. 계산을 해 달라고 크게 외치고서 카드를 내밀었다. 그러나 유채의 카드는 금방 유찬의 손에 들어갔고, 대신 유찬이 내민 카드로 계산이 되었다. 갑작스러운 일에 유채가 눈을 깜빡이며 고개를 들었다.

"자."

유채는 입을 열었다가 꾹 닫았다. 유찬이 건네는 카드를 받아 핸드백에 대충 집어넣었다.

"여전히 둘 다 선남선녀네."

"그런 거 아⋯⋯."

"감사합니다. 다음에 또 올게요."

"그려. 예쁘게 사귀어."

입이 딱 벌어졌다. 늘 아니라고 하기 바쁠 땐 언제고, 이제 와서 이러는지 모르겠다.

186

정말로 날 좋아한다는 거야? 그래서 키스를 한 거야?

문 앞에 가만히 서서 유찬을 내려다보았다. 유채가 오지 않자 고개를 든 유찬이 손을 내밀었다. 그 손을 물끄러미 바라보았다.

"잠깐 걸을까?"

"······."

"유채야."

"서유찬."

"응."

"너 진짜 할 말 없게 만든다."

"내가?"

어이가 없어서 웃음도 안 나온다. 유채는 유찬의 손을 툭 치고 지나쳤다. 허공에 떠 있던 손이 힘없이 떨어졌다. 하지만 이대로 물러날 수는 없었다. 그녀의 마음을 얻어야 한다. 그러기 위해선 결코 이 정도에 기가 죽어선 안 된다.

유찬은 금방 그녀의 옆에 따라붙었다. 그녀는 집으로 가는 길로 가고 있었다. 유채를 내려다보았다. 얼굴이 다 보이지 않았다. 항상 바로 옆에서 발을 맞춰 걸었는데 지금은 한없이 멀게 느껴졌다.

"유채야."

"······."

"곽유채."

"자."

유채는 저가 사는 원룸 건물 앞에서 뒤돌아섰다. 유찬은 그녀를 가만히 바라보았다.

"할 말해."

"음."

유찬은 머뭇거렸다. 이내 뒷머리를 긁적거리다 하하 웃었다.

"미안."

"……."

"할 말은 없어."

"뭐?"

어이가 없어서 기가 찼다. 그때 유찬이 그녀의 손목을 잡았다. 그에게 잡힌 자신의 손목을 바라보다 다시 고개를 들었다. 그 시선이 너무 애틋해서 하마터면 넘어갈 뻔했다. 잡히지 않은 반대쪽 손에 힘을 꽉 주었다.

"그냥, 보고 싶어서 찾아왔어."

"뭐……?"

"아니, 그래. 할 말."

"그래, 할 말 있으면 해 봐."

힘을 주었던 손을 펴고 잠시 관자놀이를 문질렀다. 유찬으로 인해 두통이 생긴 것 같았다. 어차피 그가 할 말이 없더라도 이쪽이 생겼다. 오래된 감정을 끄집어내 그만 없앨 차례였다. 없애기 위해서 그에게 한마디는 해야 할 것 같았다. 나는 이만큼 괴로웠으니 더 이상 너를 보기가 힘들다고.

단순히 화풀이로 들릴지 모르겠다. 하지만 이 말만큼은 꼭 하고 싶었다. 또다시 거절당할 것 같아 몇 번이고 고백을 하려다 말았던 그 간절한 마음을, 이젠 작별 인사 대신 해야겠다. 내가 너를 여태껏 사랑했음을 고해야겠다.

"잠깐 들렀다 가."

자신의 집을 엄지로 가리켰다.

"네가 할 말 없어도 내가 있으니까."

"……그래."

유찬은 조용히 그녀의 뒤를 따랐다.

그 뒷모습을 바라보며 닫아 두었던 옛 기억이 떠올랐다. 고3, 그녀와 단둘이 자신의 방에서 공부를 하면서 좀 더 가까이 다가가고 싶었던 적이 있었다. 서로 마주 보며 공부하는 것이 아닌, 나란히 앉아 있고 싶었다. 어깨가 살짝 닿을 정도로 가까웠으면 좋겠다는 생각을 했었다.

때론 나란히 걷다가 손을 잡고 걷고 싶었다. 흔들거리는 작은 손을 보며 잡아도 되지 않을까, 하는 생각을 했다가 스스로 타박한 다음 머릿속에서 싹 지워 버렸다.

무의식중에 방어한 거나 다름없었다. 그런 생각을 하게 되면 점점 더 그녀와 하고 싶어지는 것들이 많아진다. 그런 마음이 커지면 커질수록 친구를 하지 못하게 된다고 다잡으며 금방 지워 버렸었다.

"앉아."

"응."

자신의 말에 얌전히 바닥에 앉는 유찬을 내려다보며 유채
는 어쩐지 묘한 기분이 들었다. 평소보다 더욱더 조용하고
차분한 상태였다. 굉장히 이상했다.

차라리 뭐라도 말을 하면 좋겠다는 생각을 하며 커피를 끓
였다. 커피포트 속 물이 끓기 시작하자 작은 소리가 방 안을
가득 채웠다.

문득 정신을 차려 보니 유찬의 전용 컵이 자신의 집에 있
는 게 웃겼다. 주말에 함께 쇼핑했을 때 유찬의 전용 컵을 샀
었다. 무늬는 자신의 컵과 같았고 색만 다른 커플 아이템이
었다.

저절로 웃음이 나와 갑자기 웃기 시작한 유채가 의아해서
그가 고개를 들었다.

"유채야?"

"야, 이것 봐."

"……."

"이렇게 떡하니 커플 아이템을 사 뒀어. 알아?"

"그건……."

"난 사면서 기뻤어. 넌 어땠어?"

자조적으로 웃는 유채의 표정이 너무나도 슬퍼 보였다. 유

찬은 뭐라고 말을 하면 좋을지 알 수 없었다. 무슨 말을 하더라도 유채가 저런 표정을 짓지 않을 거란 확신이 서지 않았다.

"난……."

"됐어. 지금 와서 뭐, 들어 봤자."

"그게 무슨 소리야."

"일단 받아."

유찬에게 그 컵을 내밀었다. 조용히 컵을 받은 그는 그녀가 자신의 건너편에 앉을 때까지 입을 열지 않았다.

저만 바라보는 그의 시선이 오늘따라 서글펐다. 이미 자신은 정리를 시작했는데, 유찬은 이제야 시작하는 것만 같았다.

그래. 그의 마음이 착각이 아니라는 건 알겠다. 이렇게까지 유찬이 우긴 적은 없었다. 그는 쓸데없는 것에 고집을 부리지 않았다. 근거 없는 걸로 우기지도 않았다. 그런 그가 이렇게까지 고집을 부리고 붙잡고 늘어지는 건 그만큼 진심이라는 의미였다. 하지만 지금 와서 그래 봤자 달라지는 것은 없다.

"어디부터 이야기를 해야 할까."

"……."

"넌 나를 열여덟 살에 처음 알았지만, 난 아니야. 난 열일곱 살 때부터 널 봤어. 그러니까, 뭐더라."

"……."

"그때는 인식하지 못했지만 지금 생각해 보면 첫눈에 반했나 봐. 입학식 날 운동장에서."

"……!"

유찬의 눈이 동그랗게 떠졌다. 예상하지 못한 이야기가 그녀의 입에서 흘러나왔기 때문이다. 그의 입이 살짝 벌어졌다가 닫혔다. 섣불리 말을 하기가 힘들었다. 뭐라고 대답을 해야 할 것 같지만 할 수 없었다. 그런 유찬을 가만히 바라보던 유채가 피식 웃었다. 이번에는 유찬의 눈동자가 흔들리고 있었다.

아아, 지금 보는 것처럼 진작 나를 좀 봐 주지 그랬어.

유채는 눈을 감았다가 떴다.

"이대로 있다가 그냥 끝날 것 같아서 졸업식 날 고백했던 거야. 밑져야 본전이니까. 혹시 알아? 네가 오케이할지."

"유채야."

"알아. 넌 내게 상처 주지 않기 위해 돌려서 말했지. 사실 난 네가 날 거절하면 그대로 끝내려고 했어. 하지만 순간 네가 한 말에 혹시나 하는 기대가 들더라. 같이 지내다 보면 정들고 그래서 언젠간 네가 받아 주지 않을까, 하는 생각."

"……너."

"맞아. 나, 얼마 전까지만 해도 널 계속 좋아했었어."

물론 지금도 그런 것 같아.

그 말은 덧붙이지 않았다. 이미 지쳐 버린 마음은 그가 지금 자신을 좋아한다 한들, 쉽게 나을 것 같지 않았다. 무엇보다 유찬이 자신을 좋아한다고 해도 이미 조금씩 버리기 시작한 마음에 다시 그 감정을 채워 넣을 수가 없었다.

그러니까, 곽유채는 이미 서유찬을 과거의 첫사랑으로 간주하기 시작했다.

"유채야."

"할 말 있으면 해."

"난 할 수 있어."

"갑자기 그게 무슨 소리야."

진지하게 털어놓은 감정과는 다른 뜬금없는 말이었다. 그러나 유채의 머릿속을 스쳐 지나가는 며칠 전 대화에 그대로 굳었다.

유찬은 두 손을 뻗어 유채의 한쪽 손을 조심스럽게 감쌌다. 손바닥이 무척 뜨거웠다. 유채는 입술을 깨물었다. 당장 뿌리치려고 손에 힘을 주었다. 그러나 유찬도 손에 힘을 주었다.

"키스는 해 버렸고. 너랑 섹스도 할 수 있어."

"너⋯⋯!"

"알아. 내가 많이 늦은 거."

그가 천천히 고개를 숙였다. 두 손으로 감싼 손을 옆으로 치워 드러난 유채의 손등 위에 조심스럽게 입을 맞췄다. 촉

소리가 났다가 다시 고개를 들었다. 유채는 멍한 표정으로 그를 내려다보고 있었다.

"정말, 아주 순식간에 네가 내 마음으로 스며들어서 알아차리지 못했어. 간혹 무의식중에 깨달았지만, 모르는 척 외면했어."

"……"

"일어나지 않을 미래를 걱정했으니까. 만약 너와 헤어지게 되면 영영 못 보는 거잖아. 난 그게 두려웠던 거야. 그래서 방어했어. 곽유채를 보지 못하는 삶은 싫었어. 아니, 끔찍해. 그래서 차라리 친구를 택한 거야."

"넌 이미 늦었어."

"맞아."

그는 유채의 손을 놓아주었다. 유채는 방금 전까지만 해도 뜨거웠던 자신의 손을 내려다보았다. 어쩐지, 허전했다. 그 생각을 하자마자 퍼뜩 정신을 차리고 고개를 들었다.

유찬은 희미하게 웃고 있었다. 그는 지금 아무것도 바라지 않는다는 표정이다. 할 말을 잃은 유채는 입을 들썩이다 결국 닫아 버렸다. 지금 말을 했다간, 수많은 감정들이 튀어나올 것만 같았다. 그래선 안 된다.

"내가 널 많이 괴롭게 했구나."

"알면 됐어."

"내가 많이 늦은 건 알아. 이미 너에게는 애인이 생겼지."

"그래. 너도 알다시피 나한테는 이제 오빠가 있어."

"알지."

무척 질투가 나지만, 어쩔 수 없는 일이다. 전부 제 탓이었다.

유채에게서 모든 것을 듣고 나니 이상하게 한결 차분해졌다. 오히려 머릿속이 개운해졌다.

더 이상 그녀를 붙잡고 늘어질 순 없었다. 아마 서로가 힘들어지겠지. 그러니 지금 자신이 할 수 있는 것을 하는 게 옳았다.

"많은 것을 안 바라. 넌 열일곱부터 날 좋아했다고 했지? 딱 그만큼만 나도 네 곁에서 매달려 볼게."

그러지 마. 그러지 말아 줘.

유채는 그렇게 말을 하고 싶었지만 목소리가 나오지 않았다. 손을 뻗어 애틋하게 자신의 뺨을 어루만지던 유찬이 입꼬리를 겨우 끌어다가 웃는 것이 보였다.

"날 너무 외면하지만 말아 줘. 그거면 돼."

"……."

"늦은 시간에 미안해. 가 볼게."

자리에서 일어난 유찬은 그녀의 머리 위에 살며시 손바닥을 얹었다. 쓱쓱 머리를 쓰다듬다 현관문으로 향했다.

그 자리에 굳어 버린 유채는 문이 닫히는 소리에도 정신을 차릴 수 없었다. 유찬이 떠난 한참 뒤에야 유채는 바닥에 무너지듯 주저앉았다. 온몸에 힘이 쫙 빠져나간 기분이 들었다.

그대로 바닥에 드러누워서 천장을 바라보았다. 이 모든 게 꿈이었으면 좋겠다. 하지만 고개를 돌려 바닥에 놓여 있는 컵을 보니 현실이라는 게 실감되었다. 결코 꿈이 아니었다.

"하……."

나보고 대체 어쩌라는 거야.

유채는 망설이다 손을 들어 심장 위에 얹었다. 두근거리며 뛰는 심장에 입술을 짓이겼다. 한쪽 팔로 눈을 가렸다. 가려지지 않은 얼굴은 새빨개져 있었다.

"아아, 젠장!"

이제 와서 왜 이러는 걸까. 10년이나 지난 지금 뭘 어쩌자고.

유채는 가슴이 답답했다. 결국 벌떡 일어나 냉장고에 넣어둔 맥주 캔 하나를 따서 벌컥 들이마셨다. 시원한 느낌에 등골이 오싹거렸다. 정신이 번쩍 들면서 머릿속도 차분하게 가라앉았다.

유채는 복잡한 머릿속을 정리하며 천천히 생각해 보았다. 과연 내가 서유찬을 잊을 수 있을까. 그것부터 다시 생각하기 시작한 유채는 곧 한 가지 결론을 내렸다. 눈에 안 보이면 잠시 망각할 순 있지만 완전히 지우지는 못할 것이고, 유찬은 계속 자신의 앞에 나타날 것이다.

"아으…… 진짜, 이게 뭐야."

두 손으로 머리카락을 마구 헝클어뜨리던 유채는 다시 드러누웠다. 문득, 마음속 깊이 묻어 둔 자신의 본심이 속삭이는 것 같았다.

서유찬이 마음을 자각했으니, 어떻게 나올지 궁금하지 않느냐고.

7화

유찬이 저를 좋아한다고 말하는 장면을 몇 번이고 상상해 본 적 있었다. 하지만 곧 허무해져서 그만뒀었다. 그런 생각을 하는 자신이 너무 불쌍하게 느껴졌었기 때문이다.

그런데 자신을 좋아한다니. 마음을 확인한 서유찬이 어떻게 달라질지 궁금했다.

"그래. 궁금하지."

지금은 상황이 반대가 되었잖아? 전전긍긍하는 건 곽유채가 아니라 서유찬이라고. 어때? 넌 안 궁금해? 널 원하는 서유찬의 모습이?

"그래서 뭐 어쩌라고."

유채는 눈을 깜빡이다 저절로 풀어지는 입가를 막지 않았다. 자문자답하다 상체를 벌떡 일으켰다. 이거 아주 끝내주는 상황이잖아? 유채는 침대 위에 벌러덩 드러누웠다.

처음엔 그가 자신을 좋아한다는 말을 의심했다. 당연히 그럴 수밖에 없었다. 8년 동안 친구라고 하던 남자가 갑자기 좋아한다고 고백하면 누가 단번에 믿을까?

어쩌면, 그가 자신을 좋아하는지도 모른단 의심을 했었지만 그게 진짜가 되어 버리니 쉽게 받아들일 수 없었다.

"하지만……."

그럼에도 유찬이 하는 말은 너무 큰 유혹이었다. 게다가 저는 아무것도 해 주지 않아도 되니까 외면하지만 말아 달라고 했다.

유채는 고민을 거듭한 끝에 결론을 내렸다.

"좋아."

유채의 얼굴에 싱글벙글 웃음이 가득 찼다. 그녀는 결국 방방 뜨는 마음을 부여잡고 싱글벙글한 얼굴로 밤을 새우고 말았다.

＊　　　＊　　　＊

"……우와."

다원은 출근하자마자 화들짝 놀라며 한 발자국 물러났다. 인상을 팍 쓴 채 빗자루로 바닥을 쓸던 유채가 어색하니 웃

으며 고개를 들었다. 다원은 입을 들썩이다 조용한 목소리로
유채에게 물으며 다가왔다.

"누나, 무슨 일 있어?"

"아니."

"그런 것치곤 눈이 너무 살벌한데."

"알아."

한숨과 함께 빗자루를 내려놓으며 눈을 문질렀다.

10년 묵은 체증이 쑥 내려가는 기분에다가 자신이 그토록
보고 싶은 장면을 마음껏 볼 수 있다는 생각에 기쁜 나머지
잠을 이룰 수가 없었다. 새벽 4시에 잠이 들어 몸 상태가 말
이 아니었다. 결국 졸지 않기 위해 눈을 부릅뜨거나 인상을
쓸 수밖에 없었다.

큰일이다. 27년 인생 살면서 이렇게 들떠 본 적은 처음이
었다. 마치 소풍 처음 가는 초등학생이 전날 잠을 못 이루는
것과 똑같았다.

"뭐 좋은 일 있었어요?"

"아니."

딱 잘라서 아니라고는 하지만 은근슬쩍 올라가는 입꼬리
를 보면 그건 또 아닌 것 같았다. 다원은 유채의 얼굴을 지적
해 줄까 하다가 왠지 계속 놀릴 수 있을 것 같아 그만두기로
했다. 나중에 본인이 알아차릴 때까지 가만히 둬야겠다.

"빨리 청소나 해."

"넵."

다원은 총총거리며 안으로 들어가다가 슬쩍 뒤를 돌아보았다. 바닥에 떨어진 빗자루를 줍기 위해 고개를 숙였던 유채가 피식 웃었다. 화들짝 놀란 다원이 실수로 테이블을 건드려 덜컹이는 소리가 크게 났다. 고개를 드는 유채를 발견하곤 다원은 눈이 마주칠세라 재빨리 탈의실로 도망갔다.

유채는 콧노래를 흥얼거리며 바닥을 쓸고 난 뒤 대걸레를 가지러 여자 화장실에 갔다. 그때 앞주머니에 넣어 두었던 핸드폰에서 진동이 울렸다.

"어디 보자."

유채는 핸드폰을 꺼냈다. 연락을 해 온 사람은 유찬이었다. 가만히 유찬이 보낸 내용을 확인했다. 미리 보기로 설정을 해 놓길 잘했다.

〈오늘은 날이 좀 풀렸네.〉

〈혹시 모르니 따듯하게 입어.〉

메시지를 확인하지 않고 주머니에 집어넣었다. 어디 애 좀 타 보라지.

유채는 흥얼거리며 대걸레를 적당히 빤 후 밖으로 나갔다. 마침 출근한 원진이 보였다. 그에게 인사를 한 뒤 대걸레를 넘겨주었다. 그는 기분이 좋아 보이는 유채를 보며 의아한 표정을 지었다. 겉옷을 벗으며 유채에게 물었다.

"기분 좋은 일이라도 있어?"

"아니. 그런 거 없는데. 다원이도 그렇고, 왜 다 물어보지?"

"너 그거 알아?"

"뭘?"

겉옷을 옷걸이에 걸고서 원진이 씩 웃었다. 유채의 머리를 툭툭 두들겼다.

"입꼬리, 아까부터 계속 올라가 있고 콧노래 흥얼거리는 거."

"뭐?"

유채는 허겁지겁 한 손을 올려 입가를 만졌다. 정말로 올라가 있었다. 유채의 얼굴색이 변했다. 두 손으로 입꼬리를 내리고서 한숨을 푹 쉬었다.

고작 이거 가지고 들뜨기는!

유채는 자신을 나무라며 헛기침을 했다.

"그런 거 없으니까 오해하지 마셔!"

몸을 팩 돌려서 성큼성큼 주방으로 향했다. 그러다 다시 원진에게로 돌아왔다. 진열대에 기댄 채 대걸레질을 하는 원진을 바라봤다. 그가 고개를 들어 왜 그러냐며 유채에게로 시선을 잠깐 돌렸다.

유채는 머뭇거렸다. 독하게 잊어 보기로 해 놓고 그의 말에 잠깐 귀를 기울여 보기로 했다고 하기가 민망했다. 한 입 가지고 두말한 셈이다. 하지만 유찬에게 자신의 '애인'이라고 밝힌 원진에게는 미리 알려 다시 말을 맞춰야 할 것 같았다.

"오빠, 사실."

"유찬이, 용서해 주기로 한 거야?"

"만약."

유채는 잠깐 말을 끊었다. 바닥을 바라보는 유채의 표정이 잠시 어두워졌다. 그 표정을 바라보던 원진은 그녀의 대답을 재촉하지 않기로 했다. 잠시 기다리면 유채가 생각을 정리해 답을 줄 것이다.

조금 뒤, 유채가 다시 입을 열었다.

"서유찬이 일어나지도 않은 일을 가지고 먼저 겁을 먹었던 거라면."

"……."

"이제야 깨닫고 먼저 나에게 올 준비를 하는 거라면."

"그렇다면?"

"얼마나 전력으로 다가오는지 보려고."

그는 곽유채에게 아무것도 바라지 않는다 했다. 대신 딱 하나, 외면하지만 말아 달라고 했다. 그러니 유채는 그가 어떻게 다가오는지, 어떻게 시들기 시작한 자신의 마음을 다시 살릴 수 있는지 두고 보기로 했다.

과거에 짝사랑하던 시절, 곽유채가 을이었다면 지금은 반대로 갑이 되었다.

"너, 그 말은……."

"서유찬 하는 거 보고 생각할래."

"그래. 너무 빨리 받아 주지는 말고."

"설마."

유채는 산뜻하면서도 후련한 얼굴을 하고 있었다. 그 얼굴을 보자 원진은 왠지 미래가 보이는 것 같았다. 아마도 유채는 그의 마음을 받아 줄 것이다. 설령 시간이 오래 걸리더라도. 그리고 유채는 비로소 웃을 수 있겠지. 지금은 비록 피곤해 보이는 얼굴이지만.

원진은 피식 웃으며 테이블 아래 구석구석을 마저 닦기 시작했다.

주방으로 간 유채는 저를 놀리는 다원과 장난치며 영업 준비를 시작했다. 케이크를 굽고 오늘 내놓을 쿠키도 만들었다. 오늘 아침은 간단하게 토스트를 먹자고 제안하기에 유채는 자신이 만들겠다고 했다.

여태 앓던 문제를 해결하고 나니 마음이 한결 가벼워졌다. 이제 유찬이 어떻게 나올지 기다리기만 하면 됐기에.

그나저나…… 그건 정말 의외였어.

자신이 홧김에 꺼낸 말에 착각해서 고백을 한 게 아니라며 유찬이 해 온 행동 때문이었다.

짧은 입맞춤을 키스로. 어제는 키스보다 윗 단계인 섹스도 할 수 있다고 망설임 없이 대답을 했다.

그걸 과연, 착각만으로 할 수 있는 행동과 대답인가?

유찬의 그 행동은 지금 다시 생각해도 깜짝 놀랄 만한 일이다.

적어도 저는 친구라고 여긴 적 없었다. 곽유채에게 있어서 서유찬은 오로지 좋아하는 남자, 그뿐이었다. 하지만 유찬은 저를 계속 친구로 여겼다. 그런 상대에게 키스를 했고, 섹스도 할 수 있다고 했다.

충동적으로 한 게 아니었다. 저를 찾아와 피하지만 말아 달라는 요구를 했으므로.

"누나."

"……응?"

"멍 때리고 있다가 토스트 다 식겠어요. 가요."

자신과 원진의 몫이 담긴 접시를 들고 다원이 먼저 나갔다. 피식 웃으며 그 뒤를 따라나서던 유채는 주방에서 나가자마자 멈칫했다.

카운터 앞에서 한 남자가 난감하다는 표정을 짓는 원진과 마주하고 있었다.

"영업 아직 시작 안 했는데요."

"알아."

푹 한숨을 쉰 유채는 계산대에 접시를 내려놓으려다 그 위에 놓인 토스트를 바라보았다.

"아침 먹으러 왔어?"

"아니. 그냥 너 보려고."

얼씨구. 속으로 중얼거리던 유채는 접시를 든 채 그의 앞으로 다가갔다. 유찬의 팔목을 끌고 가장 가까운 테이블에 앉혔다. 앞에 접시를 내려놓고 다원을 향해 고개를 돌렸다.

"다원아, 가서 토스트 하나만 더 만들어 와."

"내가 왜!"

"좋은 말로 할 때 시키는 대로 해. 안 그러면 네 몫의 커피는 없다."

"나빴어! 나는 카페오레."

"오냐."

다원을 시킨 유채는 그가 두고 간 접시를 가져다가 유찬을 앉혀 놓은 테이블 위에 내려놓았다. 멀뚱히 서 있는 원진을 바라보며 유찬이 앉은 곳에서 멀찍이 떨어진 테이블을 가리켰다.

"오빠는 저쪽 구석진 테이블 가서 다원이 오면 같이 먹어."

"뭐?"

유채는 더 이상 말하지 않았다. 대신 카운터 쪽으로 가 익숙한 손놀림으로 커피를 내리기 시작했다. 유찬은 그녀의 뒷모습을 가만히 바라보았다. 원진은 멍하니 두 사람을 번갈아

보다 한숨을 쉬며 유채가 앉으라는 구석진 곳에 자리를 잡았
다.

잔에 커피가 채워지자 다원이 홀로 나왔다. 원진은 쑥 튀
어나온 다원에게 이쪽으로 오라고 손짓했다. 상황 파악을 하
던 다원은 후다닥 달려가 원진의 옆에 찰싹 붙었다.

"형, 지금 이건……."

"쉿. 이따가 유찬이 녀석 가면 유채한테 물어봐. 지금은
그냥 시키는 대로 하자."

잠시 후, 유채는 두 사람 앞에 커피를 먼저 놔 준 뒤 다시
돌아가 나머지 두 잔을 들고 유찬이 앉아 있는 테이블로 갔
다. 저를 바라보는 유찬의 시선을 내려다보며 유채는 컵을
내밀었다. 고맙다고 인사하는 그 소리에 유채는 대꾸하지 않
고 건너편에 앉았다.

커피를 마시다 인상을 쓰고서 잔을 내려놓았다. 역시 막
내린 커피는 뜨겁다. 식혔다 마셔야지. 대신 토스트를 한 손
으로 집었다. 그때 저를 빤히 바라보는 시선이 느껴져 고개
를 들었다. 또다시 시선이 마주치자 유채는 그의 앞에 놔 준
자신이 만든 토스트를 가리켰다.

"내 몫으로 만든 거. 주는 거니까 군말 말고 먹어."

"아침에 불만은 없어. 오히려 감사해."

"그럼?"

"그냥."

"나 밥 먹는 데 누가 보면……."

"부담스러워서 못 먹는 거."

"아는데 그래?"

유찬은 대답 대신 실없이 웃었다. 미간을 찌푸리던 유채는
더 이상 말은 걸지 않고 토스트를 물었다.

아, 어떻게 하지. 유찬이가 왜 찾아왔는지 모르겠지만 그
를 보고 있자니 잠이 오기 시작했다. 인상을 쓰며 어떻게든
눈을 뜨려 애를 썼지만 전혀 듣지 않았다. 유채는 앞으로 미
련하게 밤을 새우는 일은 없도록 해야겠다는 다짐을 했다.
이러다가 유찬의 앞에서 꼴사납게 졸지도 모른다.

그러나 유찬은 그녀의 안색을 살피며 졸음이 가득한 눈동
자를 바라보다 손을 뻗었다. 아주 자연스러운 행동이었다.
유채가 말리기도 전에 그의 손은 그녀의 뺨에 닿았다. 말캉
거리는 뺨을 감싸고 엄지로 눈 밑을 쓱쓱 문질렀다.

"……다크서클."

유채는 픽 웃으며 입안에 있던 걸 마저 씹고서 입을 열었
다.

"좋은 말로 할 때 놔라."

"응. 미안."

유찬이 손을 떼어 냈다. 유채는 토스트를 새로 한입 베어
물려다 느껴지는 시선에 멈칫했지만 무시하고서 토스트를
먹었다.

더 이상 시선이 느껴지지 않을 때쯤 고개를 들었다. 배가 고파서 그런지 토스트 하나가 순식간에 사라졌고 커피만 남았다. 의자에 편안하게 기대어 커피를 마실 때 유찬이 고개를 들었다.

아, 깜짝이야!

속으론 놀랐지만 겉으론 놀라지 않은 척, 눈이 마주치자마자 빙긋 웃으며 말했다.

"뭘 봐."

"하하."

"뭘 웃어."

어쩐지 유찬의 표정이 서글퍼 보였다. 한쪽 팔꿈치를 의자 위쪽에 올리고 턱을 괸 채 유찬을 바라보던 그녀는 커피만 마셨다. 그가 토스트를 마저 먹은 뒤에야 다시 말을 꺼냈다.

"아침엔 오지 마."

"……왜?"

유찬의 눈동자가 흔들리고 있었다. 자신의 말 한마디에 좌지우지되는 서유찬을 볼 날이 올 줄은 몰랐다. 기대했던 장면이었지만 썩 유쾌하지는 않았다. 하지만 유채는 머릿속이 싹 정리되는 것을 느꼈다.

"넌 이 시간에 자야 하잖아."

핸드폰을 꺼내 시간을 확인했다. 10시 50분이다. 밤 늦게까지 일하는 유찬은 이 시간엔 자야 했다. 늦으면 12시, 보통

은 11시 30분쯤에나 일어난다. 새벽 4시 다 되어서야 자는 유
찬은 이 시간이 아니면 잠을 잘 수 있는 시간이 없었다.

"지금 가게에 오려면 9시에 일어났을 거 아니야."

"……."

"연락하면 답할게. 가게 올 시간에 차라리 자."

"미안, 폐를 끼쳤네."

"아."

유채는 일어나려는 유찬을 한 단어로 다시 돌아보게 했다.
커피 한 모금을 마신 뒤 유채는 고개를 들었다.

"너 먹고 싶다던 타르트, 싸 줄 테니까 가서 먹어."

유찬의 대답을 바랐던 말이 아니어서 그의 대답이 돌아오
든 돌아오지 않든 일어나 진열대로 갔다. 팔리기를 기다리는
딸기 타르트 중 두 개를 꺼내서 포장용 상자에 넣었다. 곧 자
신의 앞에 다가온 유찬에게 불쑥 내밀었다.

"대답."

"……알았어."

"가."

"응."

어쩐지 서먹한 분위기였다. 하지만 유채는 전혀 신경 쓰지
않는 얼굴로 유찬이 가는 모습을 바라보았다. 그가 점점 멀
어져서 더 이상 보이지 않게 되자 한숨을 푹 쉬며 보조 의자
에 앉았다. 벽에 기댄 채 머리를 툭 기댔다. 그때 원진의 목

소리가 들렸다.

"너무 퉁명스러운 거 아니냐?"

"오빠."

"뭐."

"봤지?"

"봤지."

"다원아, 봤지?"

"그럼."

눈을 번쩍 든 유채가 씩 웃으며 자리에서 벌떡 일어났다. 신나 보이는 그녀의 얼굴에 두 사람은 서로를 바라보다 고개를 갸웃했다.

유채는 빈 접시와 잔을 들고 주방으로 들어갔다. 잔과 접시를 씻은 뒤, 선반 위에 올려 두었다. 물 묻은 손을 탈탈 털고 나오자 저를 기다리는 두 사람과 마주쳤다.

"누나 설마……."

다원이 먼저 입을 열었다. 그러나 끝까지 말하지 않고 말끝을 흐리기에 유채는 씩 웃으며 다원의 어깨를 토닥였다.

"이제 내가 갑이란다."

"얼씨구. 좋단다."

"다르게 생각해 봤거든."

카운터 앞 보조 의자로 돌아온 유채가 털썩 소리가 나게 주저앉았다. 다원은 원진의 접시와 컵을 들고 후다닥 주방으로 들어갔다가 싱크대에 내려놓고 달려 나왔다. 그러든지 말든지 유채는 원진에게 말을 했다.

"나한테 좋아한다고 다가오는 유찬이를 내가 과연 독하게, 매몰차게 밀어낼 수 있을까."

"음…… 누나라면 할 수 있지 않을까?"

"이걸 확!"

"으악!"

다원을 향해 주먹을 들어 보인 유채가 엑스자로 열심히 몸을 방어하기에 팔목을 꼬집어 주고서 다시 자리에 앉았다. 원진은 그런 다원을 보며 킥킥 웃었다.

"무리란 걸 알았어. 유찬이, 정말이더라고."

"어떻게 알았는데?"

어느새 진지한 표정으로 돌아온 원진이 물었다. 유채는 볼을 손가락으로 긁적이다가 대답하지 않았다.

수상해 보였지만 원진은 더 이상 묻지 않았다. 대신 피식 웃으며 유채의 머리를 쓱쓱 쓰다듬었다. 힐끔거리며 그를 올려다보던 그녀는 조용히 미소를 지었다.

"오빠."

"응?"

"고마워."

"이 정도로 뭘."

"뭐 먹고 싶어?"

"비싼 거 먹어도 돼?"

"우리 같이 돈 버는 처지인데, 너무 그러지 맙시다."

서로를 바라보며 키득거리며 웃던 유채와 원진은 곧 손님
이 오자 밝게 인사를 하며 가게 문을 열었다.

✳   ✳   ✳

태건은 유찬에게 먼저 만나자고 연락했다. 유찬과 유채의
사이가 어떻게 달라졌을지 궁금했다. 유채는 독하게 마음먹
고 유찬을 잘라 낸다고 했다. 하지만 유찬은 이제 막 알에서
깨어난 것처럼 눈을 떴다.

끝내려는 유채와 시작하려는 유찬.

두 사람이 어떻게 될지 당연히 궁금했다. 하지만 유찬은
절대로 먼저 말을 하지 않기에 궁금한 사람이 연락해야 했
다. 유찬과 만나기로 한 건 그가 일을 좀 더 일찍 끝낸 새벽
1시였다. 유찬과 태건은 밤새 영업하는 고깃집으로 향했다.

"너 요즘 잘 먹고 잘 자냐?"

물컵에 물을 따라 주는 유찬의 안색을 살피며 태건이 물었
다. 유찬은 물을 건네며 피식 웃었다. 뭘 새삼스럽게 그런 걸
묻느냐는 표정이었다. 태건은 괜한 말을 꺼냈다는 생각이 들
었다. 하지만 이미 엎질러진 물이다. 태건은 숟가락과 젓가
락을 꺼내며 다시 말을 이었다.

"그래도 밥은 챙겨 먹어."

"네가 말 안 해도 잘 챙겨 먹거든."

"어휴, 말이나 못 하면. 자."

태건이 소주병을 들자 유찬은 잔을 들었다. 잔이 채워지는 걸 멍하니 바라보다 유찬은 저도 모르게 한숨을 푹 쉬었다. 태건은 뭔가 잘 안 풀리고 있음을 직감했다. 뭐라고 위로를 해 줄까 하다가 잔만 쭉 내밀었다.

"마셔."

"그래."

유찬은 실없게 웃으며 소주를 들이켰다. 태건은 또다시 한숨을 쉬며 멍하니 불판 위를 바라보는 그의 모습에 소주잔을 탁 소리 나게 내려놓았다. 그러자 유찬이 고개를 들었다. 왜 그러냐는 듯이 바라보기에 태건은 유찬의 앞에 둔 집게를 들고 고기를 뒤집었다.

"너 한숨 쉬는 거 듣다가 내 복이 다 달아나겠다."

"미안. 내가 그렇게 한숨 쉬었나."

"네가 지금 겪는 거, 곽유채는 진작 겪었다."

"……."

아차. 태건은 자신이 실수했음을 느꼈다. 미간을 찌푸리는 유찬을 보던 태건은 어색하게 웃다가 고개를 숙여 삼겹살을 잘랐다.

정수리에서 유찬의 강렬한 시선이 느껴졌다. 그는 속으로 유채에게 사과했다. 이걸 말할 생각이 아니었는데. 그때 들려온 유찬의 목소리에 천천히 고개를 들었다.

"너도 알고 있었어?"

태건이 멍청한 표정을 지으며 뭐? 하고 물었다. 유찬은 곧바로 대답하지 않았다. 착잡한 표정인 것을 보아하니 아무래도 복잡한 모양이다. 태건은 그가 이미 알고 있음을 알아차렸다. 유채가 말을 한 모양이다.

"열일곱 살 때부터 나 좋아했다던데."

"……."

"역시, 맞나 보구나."

"뭐."

어깨를 으쓱이던 태건은 고기를 뒤집다 어깨를 으쓱였다. 유찬은 다시 심각한 표정을 짓더니 이내 입을 다물었다.

태건은 굳이 대화를 이어 나가지 않았다. 어차피 오늘 만난 건 그가 어떤 상태인지 보기 위해서였다.

바보 같은 놈이 이제야 깨닫고 말이지. 진작 말해 주려고 했지만, 그래도 어느 정도 시간이 되면 스스로 깨달을 줄 알았다.

마음을 정리하려는 유채를 과연 어떻게 잡을지도 궁금했다. 하지만 지금 보니 전혀 길을 못 잡고 있는 것 같았다. 어떻게 보면 사귀는 거나 다름없는 두 사람이 이제 각자 갈 길 가는 거나 마찬가지였다.

여기서 두 사람이 진짜 연인이었다면 답이 없지만…….

두 사람은 연인이 아니었다. 연인처럼 보여도 사실은 친구 사이였다.

거기다 유채 녀석, 아직도 미련이 있을 텐데.

8년은 결코 짧지 않은 시간이다. 그 시간 동안 유채는 그의 곁에 함께 있었다. 고등학교 때 동성 친구보다 이성 친구가 훨씬 많았는데, 졸업하고 나서 만나거나 연락하는 건 보지 못했다. 물론 여전히 동성보다 이성과 사이가 더 좋았지만 그때 친하게 지냈던 친구들과 연락하는 건 못 봤다.

그런 것만 봐도 그녀는 졸업식 날 유찬에게 거절당하고도 마음을 접지 못한 것처럼 보였다. 귀찮아도 먼저 연락을 해주고, 꾸준히 유찬과 만나고, 놀러 다니고.

"넌 정말 미련한 놈에다가 멍청한 놈이다. 알아?"

자신이 봐도 알아차릴 법한 행동을, 유찬은 당연하게 여겼었다.

"알아."

"안다고?"

"그래. 내가 방어하는 것처럼 유채에게 친구의 선을 계속 그어 왔던 것 같아서…….

"그럼 하나만 묻자."

태건은 물을 마신 후 질문을 했다.

"너, 여자 친구는 왜 만났었냐? 지금 생각해 보면 전부 여자 쪽에서 먼저 고백했었지만."

유찬은 대답을 망설였다. 입을 들썩이다 곧 질문에 대답을
했다.

"유채가 지방으로 대학을 다니게 되어서 자취했잖아."

"그랬지. 너 그때 침울했던 거 생각나는데."

"그건 잊어 줘."

"왜. 그거 곽유채에게 말해 봐. 그러면 플러스 점수가 될
지도 몰라."

키득거리며 농담을 하는 태건을 바라보다 유찬도 더불어
피식 웃어 버렸다. 어쩐지 힘은 빠지지만 그럴 수도 있나 하
는 생각이 들었기 때문이다. 유채는 한 번 하면 끝장을 보는
성격이라는 걸 알기에, 그녀가 정말 자신을 돌아봐 주지 않
을까 겁이 났다. 그래서 하나라도 더 좋게 보이고 싶었다.

그녀의 마음을 돌리려면 무엇을 해야 할까. 역시 동정일
까. 그런 생각을 했었기에 태건이 하는 말에 솔깃했다.

"그때 나도 첫 학기에다 이것저것 바빠서 한동안 유채를
못 봤을 때였어."

태건은 그때의 서유찬이 떠올랐다. 당시 유찬은 유채를 보
지 못해서 언제 보러 갈까, 틈을 엿보고 있었다.

"캠퍼스 안에 커플들이 많잖아. 커플들이 손잡고 다니는
모습을 보는데 문득 유채가 떠올랐어."

태건은 그때 자각했더라면 얼마나 좋을까 싶었다.

"아마, 유채가 내게 고백한 지 얼마 되지 않아 괜히 그런 생각이 드는 건가 싶었어. 그날 유채의 마음을 받아 줬으면, 우리도 저렇게 하고 다닐 수 있었을까."

"……."

"손을 잡고 싶었고 입을 맞추고 싶은 생각도 들었어."

잠시 하던 말을 멈춘 유찬이 물을 벌컥 들이마셨다. 괜히 목이 타는 기분이 들었다.

태건은 입을 쩍 벌리다 한숨을 푹 쉬었다. 저런 등신 같은 놈. 제 친구가 미련해도 참 미련하다 싶었다. 계속 유찬을 바라보자 그는 약간 빨개진 얼굴로 혼자서 술을 따라 마신 후에 다시 말을 이었다.

"이대로 있다간 안 되겠더라고. 그래서 다른 여자들을 사귀게 된 거야."

"이야……."

"이렇게 가다가는 유채와 친구를 못 하겠다는 생각이 들었지."

"친구를 안 하면 됐잖아?"

쉽게 말하는 태건을 바라보던 유찬은 쓴웃음을 지으며 고개를 저었다.

유채와 친구가 아니라면 남은 건 하나였다. 캠퍼스에서 보았던 여느 커플처럼 되는 것이다. 그러다 나중에 혹시라도 우리 사이에 끝이 보이면?

유찬은 미리 겁을 먹었던 것이다. 그와 동시에, 유채의 고백이 자신의 안에서 제 마음을 이상하게 만든 거라는 생각이 들었다. 자신의 순수한 마음이 아니라, 그녀의 고백에 동요했던 거라고 결론을 지었다.

"한마디로 겁쟁이였네."

다 익은 고기를 옆으로 밀다 빈 접시에 고기를 덜었다. 태건은 고기 하나를 입에 넣으며 우물거렸다. 멍하니 태건과 시선을 마주치던 유찬이 피식 웃었다. 아마도, 그랬을 거다. 일어나지도 않은 미래 가지고 지레 겁을 먹었다.

"맞아. 은연중에 유채를 여자로 보는 걸 막으려고 여태 친구라 선을 그었던 것 같다."

"그래서 유채는 뭐래?"

유찬은 한숨과 함께 그녀가 했던 말, 행동, 전부 다 털어놓았다. 태건에게 전부 말하고 나니 마음이 조금은 가벼워졌다. 태건은 키득거리며 웃었다. 지극히 곽유채다운 행동이었다.

그간 쌓인 게 있어서 그런가. 역시 만만하지 않아.

유찬에게는 미안한 말이지만 왠지 통쾌했다.

그건 그렇고. 유찬이 그렇게 겁쟁이인 줄 몰랐다. 이미 상황을 알고는 있지만, 직접 들으니 참 어리석었다. 끝이 올 때가 되면 그건 그때 가서 생각하면 된다. 하지만 유찬은 끝이날 것부터 생각하여서 지금까지 오게 되었다.

유찬은 이제 어떻게 해야 하는지 알 수 없어서 걱정인 모양이다. 태건은 유찬에게 뭐라고 말을 하면 좋을지 알 수 없었다. 아무리 봐도 유채가 단단히 마음을 먹었는데. 그 마음을 돌리기에 유찬은 이미 늦은 것 같았기 때문이다.

"그래서 이젠 어쩔 거야?"

"유채의 마음을 돌리고……."

홀로 묵묵히 술을 마시던 유찬이 대답했다.

"원진 형과 헤어지게 하고 싶은데 유채의 마음을 생각하면 그럴 수가 없어."

다시 술잔에 술을 채우던 유찬은 병을 내려놓으며 한숨을 쉬었다. 그녀의 마음을 되돌릴 방법 같은 건 사실 생각나지 않았다. 하지만 중요한 건 하나였다.

"하지만 이대로 물러날 순 없어."

유찬은 깊은 생각에 잠겼다. 그런 유찬을 보며 태건은 진실을 말해 주고 싶은 걸 꾹 참았다. 사실 그 두 사람은 진짜 사귀는 게 아니라고. 하지만 제삼자인 자신이 그런 말을 할 필요는 없다. 무엇보다 유찬이 알아서 해야 하는 일이다.

그나저나 곽유채 쪽은 어떻게 되었을까. 아무래도 내일 다시 한 번 르 씨엘에 가 봐야겠다.

"서유찬."

"응?"

"내가 보기에 지금 넌 절대로 가만히 있으면 안 돼."

"알아."

그래서 지금 방법을 생각 중이다. 하지만 도통 생각이 나지 않았다. 이미 자신이 한 말도 있지만, 섣불리 다가갔다간 그대로 끝일 것 같았다.

✻　　　✻　　　✻

다음 날.

태건은 잠깐 외출한다고 하고 사무실을 나왔다.

르 씨엘은 막 문을 열어서 손님이 별로 없는 상태였다. 차에서 내린 태건은 싱글벙글 웃고 있었다. 유채는 원진과 대화를 나누다 반가운 얼굴이 들어오자 손을 흔들었다.

"김태건! 또 왔네?"

"목소리는 반가운데, 어째 말투는 왜 왔냐는 것 같다?"

"예리한데?"

유찬은 심란해서 쓰러지기 직전인데 어째서인지 유채는 밝아 보였다. 다행이라고 해야 할까, 안 됐다고 해야 할까. 태건은 그저 웃다가 진열대 앞에 섰다. 유리 너머로 보이는 맛있는 빵들이 태건을 유혹하고 있었다.

"나 추천 좀."

"그래."

태건의 옆에 선 유채는 2주 만에 내놓은 레몬 마들렌을 가리켰다.

"이거 추천. 그리고 할 말 있지?"

"……어라?"

그는 뜨끔해서 고개를 돌리지 않은 채 빵을 바라보았다. 옆에서 키득거리며 웃는 소리가 들렸다. 워낙 예리해서 유채에게 웬만한 건 숨기지 못하겠다. 어쩐지 등에 식은땀이 흐르는 기분이 들었다. 태건은 아랑곳하지 않고 빵을 골랐다. 옆에 있던 유채가 상체를 일으키며 원진에게 말했다.

"오빠, 방금 말한 거 포장. 그리고 넌 커피 한 잔 줄게. 마시고 가. 곧 점심시간이라 무리인가?"

"하하."

"오빠. 나 미리 점심 먹고 와도 돼?"

"그래, 그럼."

원진에게 허락을 맡은 유채는 멍하니 자신을 바라보는 태건에게 말했다.

"나랑 오랜만에 점심이나 먹자."

얼떨결에 유채와 밥을 먹게 된 태건은 고개를 끄덕였다. 그저 얼굴만 보고 갈 생각이었는데. 밥까지 먹을 필욘 없었지만 친구끼리 밥 한 끼 먹는다고 생각하고 가볍게 가기로 하였다.

태건과 밖으로 나와 10분쯤 걸었다. 오가는 말은 없었다. 유채의 뒷모습을 보며 태건은 뭐라도 말을 꺼내야 할 것 같았다.

"유찬이 말이야."

갑자기 유채의 걸음이 우뚝 멈췄다. 태건은 말을 잘못 꺼
냈음을 알았다. 유채와 자신 사이에 오갈 수 있는 공통적인
이야기라고는 유찬뿐이었지만 지금 꺼낼 말은 아니었나 보
다.

"뭐."

유채가 천천히 뒤를 돌았다. 한마디라도 더 꺼냈다간 아작
을 낼 것 같은 눈빛에 태건은 침을 꿀꺽 삼켰다. 어색하게 웃
으며 입을 열었다.

"잘 지내는 것 같지 않다고."

"그래서?"

"그냥…… 그래서 점심은 뭐 먹을 거야?"

"파스타. 싫어?"

"싫을 리가. 파스타 완전 좋아해."

김태건이 아니라 서유찬이겠지.

하지만 유채는 말하지 않았다. 지금 하는 말을 태건이 일
부러 꺼낸 것을 알고 있기 때문이다. 친구라고는 하지만 태
건과 그렇게 친한 편은 아니었다. 친한 사이는 오히려 자신
이 아니라 유찬이다. 그렇기에 유찬이 걱정되어서 자신의 마
음을 돌려 보려고 하는 게 더 설득력 있었다.

어차피……

유채는 가던 길을 다시 걷기 시작하며 속으로 한숨을 푹 쉬었다.

태건이 그렇게 하지 않아도 마음을 쉽게 버릴 수 없었다. 유찬이 저를 좋아한다는 말을 할 때부터 흔들렸다. 하지만 쉽게 받아 주고 싶지 않았다. 이제 와서라는 생각도 든 게 사실이다. 하지만 마냥 그렇게 유찬의 마음을 외면할 수가 없었다.

좋아하는 사람과 서로 사랑할 수 있는 것은 기적에 가깝다고 들은 적이 있다. 그런 일이 자신에게도 일어났다. 좋은 기회였다. 이런 기회를 쉽게 버릴 순 없다. 다만 그동안의 상처들로 인해 쉽게 받아 줄 수 없는 것뿐이다.

"김태건."

"으, 응?"

"서유찬, 밥은 챙겨 먹어?"

이건 물어보고 싶었다. 얼마 전 아침에 보았을 때 살이 좀 빠진 것 같았다. 원인이 자신이라는 걸 알기에 기분이 좋다가도 걱정이 되었다. 자신의 마음을 돌리기 위해 유찬이 고민을 하는 건 좋지만 밥까지 안 먹는다면 그거 나름대로 죄책감이 들었다.

"음…… 그게."

태건은 유채의 목소리에 가던 걸음을 멈췄다. 이건 좋아해야 하는 게 맞겠지. 태건은 실실 웃는 모습으로 뒷머리를 긁적거렸다.

여기서 말을 잘해야 한다. 태건은 긴장되었다.

"글쎄."

유채가 천천히 고개를 돌렸다.

"안색이 안 좋아 보이는 것도 같고."

"……흐음."

"뭐, 나도 전보다 더 챙기고 있으니까. 그런데 너는 이제 어쩔 생각이냐?"

태건의 질문에 유채는 잠시 생각했다. 뭐라고 대답을 해줄까. 괘씸하게 유찬의 입장을 대신 변호하려는 것 같았다. 그런 태건에게 넘어가는 척을 해야 할까.

유채는 입꼬리를 천천히 올렸다. 태건은 유채에게 자신의 꾀에 안 넘어갔음을 알았다. 한숨을 푹 쉬다 걸어서 유채의 옆에 나란히 섰다.

"가자. 우리, 밥 먹기 전에 너무 생각이 많다."

"먼저 시작한 건 김태건입니다만."

"그래도 그건 진짜야."

"뭐가?"

"손을 좀 다쳤었거든."

"……뭐?"

태건은 순식간에 안색이 안 좋아지는 유채를 보며 이거다 싶었다. 나중에 잘 되면 유찬에게 잔뜩 얻어먹어야지, 생각하며 유채에게 비밀 이야기를 하는 것처럼 귓속말을 했다.

"너 생각하다가 잔을 깨 먹었는데 거기에 왼손을 사악. 뭐, 지금은 이상 없지만."

말을 마친 태건이 먼저 앞서갔다. 유채는 멍하니 있다가 얼른 안 오냐는 태건의 목소리에 정신을 차리고 가게로 들어 갔다. 하지만 온통 신경은 유찬에게로 향해 있었다.

8화

　아침에 찾아오지 말라고 했더니 유찬은 그 뒤로 한 번도 오지 않았다. 처음엔 그냥 안 오는구나, 가볍게 생각했다. 애초 자신이 오지 말라 했는데 신경을 쓸 이유는 없었다.

　그럼에도 꼬박꼬박 연락은 했다. 오늘은 완전히 봄 날씨다, 그래도 아침엔 쌀쌀하다, 오늘은 뭘 할 예정이다 등등. 어느 순간부터 얼굴 한 번 안 보이면서도 메시지를 보내는 게 어쩐지 거슬리기 시작했다.

　그렇게 일주일이 넘어가자 유채는 왠지 모르게 짜증이 났다.

　"오빠."

　"응?"

전화로 주문받은 케이크를 포장하고 있던 원진이 고개를
들었다. 턱을 괸 채 멍하니 밖을 바라보고 있는 유채를 보아
하니 이미 정신이 어디로 가 버린 것 같아 고개를 저었다. 원
진이 포장을 하며 손을 바삐 움직였다.

"내가 미친 거겠지?"

"너 그런 거 내가 하루 이틀 보나?"

"와, 너무하네."

"이번엔 또 뭔데."

"엎드려 절 받기처럼 관심 주는 거, 사양할래."

막 리본을 묶고 있던 원진이 고개를 숙였다. 생각보다 잘
묶어지지 않았다. 케이크 상자와 리본을 유채에게 넘겼다.
한숨을 푹 쉬며 유채는 리본을 예쁘게 묶기 시작했다. 능숙
하게 묶는 것을 보며 원진은 뒷머리를 긁적였다.

어차피 유채가 하는 고민이 무언지 알고 있기에 굳이 묻지
않으려 했지만 유채가 물어보길 원하는 것 같아 결국 물었
다.

"그래서, 이번엔 뭔데?"

새삼 또 묻는 걸 알기에 유채는 리본을 다 묶은 뒤 원진의
팔을 때렸다. 아프지도 않으면서 아야 소리를 내던 그는 다
시 말을 걸려다가 마침 손님이 들어와 잠시 대화는 중단됐
다. 유채도 손님이 주문한 음료를 들고 커피를 내리기 시작
했다.

오지 말란다고 진짜 안 와?

이게 대체 무슨 마음인지 모르겠다. 언제부턴가 감정이 전부 뒤죽박죽되어 제대로 생각할 수 없었다.

머릿속은 하나도 정돈이 되지 않았고, 마음은 자꾸만 술렁였다. 자꾸만 눈앞에 보이는 기적을 향해 손을 뻗고 싶었다. 기적이 쉽게 이뤄지지 않음을 알면서 이것이 진짜 기적인지 아닌지 모르겠는데도 자꾸만 손을 뻗고 싶어진다.

좋아하는 사람과 이루어지는 기적.

그간 앓았던 것에 대한 보답인 양 다가왔다. 하지만 이제 겁이 나는 건 이쪽이다. 이 이상 힘든 건 사양이니까.

"유채야."

"응?"

"손님 없으니 지금 하는 말인데⋯⋯."

어느새 가게가 텅 비었다. 급하게 진열대를 확인하니 재고도 얼마 없었다. 아무래도 다원에게 더 만들어 달라고 말을 해야겠다. 하지만 원진은 다원에게 가려는 유채를 막았다.

"그건 내가 아까 말했어."

"어? 미안. 내가 멍 때리고 있었구나."

"한 5분 서 있었나."

"미안, 미안."

뒷머리를 긁적이던 유채는 한숨과 함께 보조 의자에 앉았다. 원진은 방금 전 하려는 말을 다시 이어서 했다.

"솔직히 널 계속 옆에서 봐 온 나로는, 곧바로 그 녀석 마음을 받아 주라는 말은 안 할게."

유채는 고개를 끄덕였다. 피식 웃으며 원진은 그녀의 머리를 쓰다듬었다.

"너 편하게 했으면 좋겠다. 너무 복잡하게 생각하지 말고. 유찬이 녀석도 이제 너한테 제대로 잘해 줄 것 같기도 하고."

"저번에 그랬지. 오빠는 유찬이 마음을 이해할 수 있을 것 같다고."

"응."

"만약 오빠라면 이렇게 된 상황에서 나중에라도 도망갈 마음이 들까?"

어려운 질문이다. 어떻게 말을 하면 유채가 마음에 들어 할지 모르겠다. 하지만 원진은 유채의 마음에 드는 말보다는 자신의 입장에서 솔직히 말을 하기로 했다.

"아니. 도망가면 이제 끝이라는 걸 아니까 절대 안 그래."

"그래?"

"왜?"

"오빠는 좋은 사람을 만날 수 있을 거야."

"그러니까 좋은 여자 소개해 줘."

"사랑이 아는 모델 물어볼게!"

진짜? 진짜지? 하고 묻는 원진의 표정이 정말로 기뻐 보여서 유채는 그냥 해 본 말이라고는 차마 할 수 없었다. 아무래도 오늘 사랑에게 정말 물어봐야겠다. 유채는 메시지를 보내기 위해 앞치마 주머니에서 슬쩍 핸드폰을 꺼냈다. 그러다 30분 전에 보낸 유찬의 메시지가 있었다.

〈유채야.〉

그리고 지금 막 유찬에게서 메시지 하나가 더 왔다.

〈밥 잘 챙겨.〉

유채는 미간을 팍 찌푸리고서 답장하지 않은 채 뒤로 가기를 눌렀다.

좋아.

유채는 마음을 정했다.

❋　　　　❋　　　　❋

토요일.

두 사람은 주말마다 만났지만 유채가 애인이 생겼다고 한 이후로는 보지 않았다.

거의 두 달 만에 만나는 날이다. 유채는 심호흡하며 떨리는 마음을 진정시켰다. 왠지 어려운 상대를 만나러 가는 기분에 가던 걸음을 멈췄다.

유찬의 쉬는 날이 토요일로 정해졌던 날, 유채도 그날로 쉬는 날을 잡았다. 서로 일하는 시간이 달라 쉽게 만날 수 없으니 차라리 쉬는 날을 맞춰서 보기로 했다. 덕분에 토요일은 온전히 두 사람이 만날 수 있는 시간이었다.

영화를 보러 가는 게 아니면 점심때쯤 유찬이 그녀의 집으로 찾아오곤 했었다. 처음엔 당황했지만 이제 그가 올 시간이면 알아서 씻고 맞이할 준비를 했다. 반면 유채가 그의 집에 찾아가는 일은 몇 번 없었다.

오늘, 그녀는 유찬의 집으로 찾아가기로 결정했다.

"오랜만에 서유찬의 집이라."

유채는 한숨을 푹 쉬다 다시 걷기 시작했다.

"……좋아."

심호흡한 뒤 횡단보도를 건너서 택시를 탔다. 유찬의 집은 그렇게 가까운 편이 아니었다. 택시로 20분은 가야 했다. 유채는 오랜만에 읊어 보는 그의 집 주소를 택시 기사에게 말한 뒤 등받이에 기댔다.

연락 안 해도 되겠지?

답답한 서유찬이 아무것도 안 할 생각인 것 같아서 먼저 발을 뗀 것이다. 물론 이제 어떻게 할지 고민하는 걸 수도 있지만.

아니지. 주기적으로 얼굴은 안 보이고 연락만 하는 것도 전략 중 하나일 수도 있어.

어쨌든 유찬을 보고 대화를 나눠야겠다는 생각이 들었다.

멍하니 창밖을 내다보며 생각을 하다 보니 벌써 도착해 있었다. 오랜만에 보는 빌라였다. 가만히 올려다보다 피식 웃었다.

"가 볼까."

유채는 힘차게 걸었다. 유찬이 사는 건 3층. 꽤나 좋은 빌라지만 엘리베이터는 없었다. 3층까지 단숨에 계단을 올라 문 앞에 섰다. 가만히 바라보다 심호흡을 크게 했다.

"어디 보자……"

유채는 문을 두들길까 고민하다가 손을 뻗어 초인종을 가볍게 눌렀다.

유채는 일부러 인터폰에 비치지 않도록 옆으로 섰다. 처음에는 아무런 소리도 들리지 않았다. 아직 자는 건가 싶어 시간을 확인했다.

오전 11시. 주말이라고 아주 늘어져 자는구나. 속으로 중얼거리고서 다시 한 번 초인종을 눌렀다. 이번에는 안에서 목소리가 들렸다.

"누구세요."

잠에 잔뜩 잠긴 목소리였다. 정말 자고 있었구나. 피식 웃으며 유채는 손으로 노크를 하며 말했다.

"나다."

"......."

"나라고."

"......어?"

당황한 목소리가 들렸다. 유채가 뭐라고 더 말을 덧붙이려할 때 안에서 쿠당탕탕 소리가 들렸다. 문에 귀를 기울이고있어서 그런지 소리가 고스란히 다 들렸다. 키득거리며 웃던유채는 다섯 발자국 정도 물러났다. 아니나 다를까 문이 벌컥 열리며 까치집 진 머리로 자신이 사 준 잠옷을 입고 허둥지둥 나온 유찬을 볼 수 있었다.

"안녕?"

유채는 유찬을 위아래로 훑어보다 피식 웃었다. 멍하니 유채를 보고 있던 그의 얼굴이 새빨개졌다.

"좀 들어간다."

유채는 그 반응에도 아랑곳하지 않고 불쑥 안으로 들어갔다. 신발을 벗고 거실에 들어선 순간, 잠시 멈췄다. 한 바퀴쭉 둘러본 거실은 새로울 만큼 낯설었다.

전에는 이렇게까지 안 심했던 것 같은데.

물건이 여기저기 널려 있기는 기본이고, 다 마신 맥주 캔은 탁자 위에 올려 있었다. 쓰레기통은 꽉 차서 옆에 검은 비닐봉지를 쓰고 있었고 빨래는 안 갰는지 수북하게 쌓여 있었다.

담배를 피우지 않아서 다행인 걸까. 만약 유찬이 담배라도 피웠다면 꽁초가 수북했을 터였다.

"유채야."

뒤에서 당황한 목소리로 자신을 부르는 그의 목소리가 들렸다. 유채는 픽 웃다가 몸을 틀었다.

"늦잠?"

"아, 그게……."

두 눈이 마주쳤다. 엉망인 유찬의 모습을 보니 저절로 웃음이 새어 나오려고 했다. 그걸 아는지 모르는지 유찬은 눈이 마주치자마자 허둥지둥 화장실로 뛰어가며 외쳤다.

"일단 씻고 올게!"

쾅 소리가 나게 문을 닫고 난 뒤 곧바로 물소리가 들렸다. 웃던 유채는 우두커니 거실 한가운데에 서 있다가 바닥에 벌러덩 누웠다.

"말까지 더듬다니."

유채는 멍하니 천장을 바라보다 화장실 쪽으로 고개를 돌렸다. 안에서 쿠당탕거리는 소리가 나는 것을 보니 어지간히 당황한 모양이다. 어느새 유채의 얼굴에 웃음이 가셨다.

화장실 문을 바라보던 유채는 고개를 돌려 천장을 멍하니 바라보았다.

곽유채의 인생에 서유찬은 너무 깊숙이 들어와 있었다. 어느 날 갑자기 나타나 자신의 마음속에 쏙 들어와서 나가지 않고 더욱 깊게 박힌 유찬을 쉽게 빼낼 수 없었다. 빼내려면 아예 그를 보지 않는 방법뿐이었다.

안 보려고 하면 안 볼 수 있지.

하지만 유찬이 그렇게 하지 않을 것을 안다. 이제 막 깨달았다며, 자신에게 다가오기 시작한 그는 어떻게 해서든 저를 보려 할 것이다. 다 괜찮으니 오직 자신을 외면하지 말아 달라 했던 모습이 아직도 아른거렸다.

아아. 결국 내가 져 줄 수밖에 없잖아.

유채는 천천히 눈을 감았다.

비로소 마음이 편안해진 기분이 들었다. 유채에게 있어서 유찬의 존재는 그랬다. 늘 함께 있어야 하는 존재였다. 신체의 일부인 것처럼 되어 버렸다.

멍하니 유채가 눈을 감고 생각할 때, 어디선가 물이 뚝뚝 떨어지는 것 같았다. 천천히 눈을 뜨자 막 씻고 나와 머리 위에 수건을 얹은 유찬이 고개를 숙여 자신을 내려다보고 있었다.

"아, 미안."

유찬은 그녀가 눈을 뜨자 얼른 물러나려고 했다. 하지만 유채가 더 빨랐다. 유찬이 머리에 두르고 있는 수건 양쪽을 잡아당겼다.

순식간에 몸이 앞으로 쏠린 유찬은 휘정거리다 두 팔로 바닥을 짚었다. 유채는 그를 올려다보았다. 서로의 코가 닿기 직전이다. 아주 가까운 거리가 되자 어쩐지 묘한 분위기가 형성되었다.

눈을 깜빡일 수도, 숨을 쉴 수도 없었다. 유채는 서서히 뺨이 붉어지는 그를 보며 천천히 손을 떼어 냈다. 유찬이 재빨리 일어났다.

"……옷 갈아입고 올게."

유찬은 서둘러 방으로 들어갔다. 귀까지 붉어진 것 같아 유채는 멍하니 있다가 상체를 일으켰다. 이내 고개를 돌려 그가 들어간 방을 바라보았다.

"뭐야?"

얼떨떨한 표정을 짓던 유채는 한 손으로 헝클어진 머리카락을 정리하다 픕 웃었다.

"아, 맙소사."

서유찬이 저렇게 귀여웠어?

유채는 한 손으로는 입을 틀어막고 다른 한 손으로는 바닥을 쾅쾅 쳤다. 그를 만나고 난 뒤 처음으로 보는 모습이었다. 그러다 두 손으로 바닥을 치며 킥킥거리기 시작했다. 저렇게 귀여운 모습이라니, 고민거리와 걱정거리가 단숨에 날아가는 것만 같았다.

난생처음 보는 헝클어진 모습에 새빨개진 얼굴, 아무것도 준비하지 않은 모습 등. 유찬의 새로운 모습을 보니 마음이 한결 가벼워졌다.

"……웃지 마."

뒤에서 유찬의 목소리가 들렸다. 웃음을 잠시 멈추고 뒤를 돌아보았다. 흰 셔츠와 청바지를 입고 나온 그의 모습이 왠지 아쉬웠다. 좀 더 풀어진 모습을 보고 싶었는데. 아쉬운 마음을 뒤로한 채 유채는 두 팔을 바닥에 짚고 몸을 기댔다.

"이젠 좀 평소랑 비슷하네."

"어쩐…… 일이야?"

곧바로 돌아오는 말에 유채는 부엌으로 가는 유찬의 뒷모습을 쫓았다. 귀가 아직도 빨갛다. 유채는 피식 웃으며 그 등을 바라보며 물었다.

"서유찬. 너는 나 안 반갑냐."

달그락거리던 소리가 멈췄다. 그러나 다시 움직여 커피포트 전원을 킨 유찬이 대답했다.

"반갑지, 물론."

작은 소리여서 잘 들리지 않았다. 유채의 미간이 잠시 찌푸려질 때, 유찬이 몸을 틀어 그녀를 내려다보았다. 시선이 마주치자 유채가 손을 흔들었다. 이리 좀 와 보라는 뜻이다. 유찬은 커피포트를 힐끔 바라보다가 그녀의 앞에 앉았다. 두 사람이 들어갈 정도의 거리가 생겼다. 유채는 그 거리가 마음에 들지 않아서 다시 손을 까딱였다.

"좀 더 가까이 앉아 봐. 내외하니?"

"……."

"오늘 온 이유가 궁금하지? 할 말이 있어서."

"응."

얌전히 대답을 하는 게 마치 혼나고 난 뒤의 애완견 같았다. 유채는 어쩐지 이 상황이 마음에 들었다. 저절로 입꼬리가 올라가는 걸 막을 수 없었다.

"사실."

"응."

"원진 오빠랑 사귀는 거, 거짓말이야."

"응. 그래…… 잠깐, 뭐?"

유찬은 원진의 이름이 나오자 뒷말을 지레짐작했는지 의기소침하게 대답하다 유채의 말을 되새겨 보고는 당황한 목소리로 되물었다. 눈이 튀어나올 것처럼 동그랗게 뜬 모습이 귀여웠다.

유찬은 다시 말을 해 보라는 것처럼 저를 바라보았지만 유채는 꿈쩍도 하지 않았다. 두 번 말 안 한다는 듯이 입을 닫았다.

유찬은 아무 말도 못 하고 눈을 크게 뜬 채 가만히 있었다. 커피포트가 탁 소리를 내며 물이 다 끓었음을 알렸다. 하지만 유찬은 일어나지 않았다. 그런 그를 신기하다는 듯이 바라보던 유채가 대신 일어나서 잔에 물을 부었다. 미리 꺼내 놓은 티스푼으로 여러 번 젓다가 잔을 양손에 들고 왔다.

"자."

"고맙…… 아니, 잠깐."

유찬은 잔을 내려놓으며 유채에게 좀 더 가까이 다가갔다. 아까 유채가 더 가까이 앉으라고 해서 한 사람 들어갈 정도의 거리를 두고 당겨서 앉았었다. 이제 한 사람도 들어오지 않을 정도로 가까운 거리가 되었다.

"잠깐, 유채야. 지금 그게 무슨……."

"바보야. 너 때문에 거짓말한 거잖아."

유채의 어깨를 잡으려 했던 유찬의 손이 허공에서 멈칫하더니 곧 아래로 툭 떨어졌다. 그대로 굳어 버린 유찬을 보며 유채는 생각보다 격한 반응에 즐거워졌다. 피식 웃으며 그를 불렀다.

"유찬아."

굳어 버린 유찬은 그녀의 부름에도 미동조차 하지 않았다.

"야."

이번엔 거칠게 불러보았다. 그러나 역시 돌아오는 대답은 없었고 굳은 자세도 그대로였다. 유채는 유찬의 어깨를 잡고 흔들었다.

"야, 서유찬."

그제야 유찬이 움찔거렸다. 유채가 다시 입을 열기 전에 유찬이 먼저 두 팔을 뻗어 그녀를 와락 껴안았다.

"야아……."

유채는 뭐라고 말을 꺼내야 할지 몰라 입을 들썩이고 있었는데 유찬이 그녀의 어깨에 고개를 파묻었다. 그의 몸이 살짝 떨리는 것 같았다. 유채는 망설이다 두 손을 그의 넓은 등에 올렸다. 그가 눈에 보일 정도로 움찔거렸다. 그리고 유찬이 입을 열었다.

"이거……."

목소리도 떨리는 것 같다.

"꿈…… 아니지?"

세상에. 서유찬이 이런 귀여운 반응을 보이다니.

저를 올려다보는 시선도 흔들리고 있었다. 유채는 등을 토닥이며 대꾸했다.

"글쎄다."

"……."

"너 하는 거 보고."

"유채야."

유채는 그의 눈동자를 똑바로 바라보았다. 어쩔 줄 몰라 하는 모습이 서유찬 같으면서도 아닌 것 같았다. 유채는 키득거리며 웃어 버렸다.

"일단."

"응."

그가 재빨리 대답해 왔다. 어라. 그러고 보니 아까보다 거리가 더 가까워진 것 같았다. 아까 전 가까이 오라고 했던 말을 철회하고 싶을 정도였다.

하지만 유채는 말하지 않았다. 그와 가까이에 있는 것이 좋았다. 애원하는 것처럼 저를 뚫어져라 바라보는 그 눈동자에 유채는 마저 말을 했다.

"친구는 그만하자."

유찬의 눈동자가 불안에 흔들렸다.

"바보냐."

유채는 유찬의 이마를 손가락으로 탁 튕겼다. 그러자 유찬이 뭔가를 깨달았다는 표정을 지으며 손을 뻗었다. 뭘 하려고 그러는 건가, 싶어 가만히 놔뒀더니 제 뒤통수를 살며시 감쌌다. 그리곤 그녀의 이마에 입을 맞췄다. 쪽 소리와 함께 두 사람의 시선이 마주쳤다.

지금 무슨 일이 일어난 건가. 눈을 깜빡이던 유채가 어처구니가 없다는 듯이 유찬을 바라보았다.

그가 히죽 웃고 있었다. 귀엽게 웃으면 단가. 유채는 피식 웃었다.

"친구랑은 이런 거 못 하지."

"이제 알았냐. 그건 그렇고, 좀 떨어져 주지 않을래?"

더 다가가면 서로의 코가 닿을 것 같은 거리였다. 유채가 시선을 내렸다가 다시 위로 올렸다. 유찬은 홀린 것처럼 그녀를 바라보고 있었다. 유채가 입꼬리를 살짝 올리며 그의 팔을 아래로 툭 내렸다.

"너 하는 거 보고 결정할 거라니까."

"나……."

"응."

"정말 안 되나 싶었어."

"그래, 그래."

유채는 손을 뻗어 유찬의 머리를 쓰다듬었다. 천천히 눈을 감은 채 그 손길을 느꼈다. 손이 떨어지자 눈을 뜬 유찬은 커피를 마시고 있는 유채의 옆모습을 바라보았다.

아직도 꿈인 것처럼 느껴졌다. 이대로 자신이 손을 대면 사라지는 것이 아닐까 싶었다. 그래서 조심스럽게 뻗던 손을 거두어들였다. 유찬의 움직임을 알아차린 유채가 고개를 돌렸다.

유찬의 손끝에서 따뜻한 온기가 느껴졌다. 멍한 표정으로 고개를 숙이자 유채의 손이 자신의 손끝을 덮고 있는 것을 발견했다.

"바보야."

"……."

"진작 좀 그러지."

"……하하."

힘 빠진 것처럼 웃던 유찬이 유채의 손등을 덮었다.

"그러게 말이야."

피부에 맞닿아 느껴지는 온기가 따뜻했다. 그녀는 작게 웃으며 손을 돌렸다. 그러자 손바닥과 손바닥이 마주쳤다.

유찬은 크게 웃었다. 정말, 유채에게는 당해 낼 수가 없었

다. 이렇게나 소중한 존재를 친구라는 틀 안에 가둬 두려고
했다니.

"유채야."

"왜."

"곽유채."

"그만 불러."

"응. 유채야."

"어휴."

어쩔 수 없다는 듯이 유채는 머그컵을 내려놓고 고개를 돌
렸다. 자신을 바라보던 유찬과 눈을 마주했다. 이내 잡았던
손을 빼내며 두 손으로 유찬의 얼굴을 움켜잡았다. 갑작스러
운 그녀의 행동에 놀란 그가 잠시 굳었다. 오늘따라 그의 재
미있는 모습을 참 많이 보는 것 같았다.

"바보 같다니까."

유채는 자신의 이마를 유찬의 이마에 부딪쳤다. 살짝만 부
딪칠 생각이었는데 생각보다 힘이 들어가서 머리가 울렸다.
뭐하는 거냐고 따지려던 유찬은 자신의 가까이에 있는 유채
의 얼굴을 보며 입을 닫았다. 진지한 얼굴로 자신을 응시하
는 그녀의 얼굴을 놓치고 싶지 않았다.

"한 번만 말한다. 잘 들어."

"응."

이마뿐만 아니라 코도 닿았다. 서로의 숨결이 고스란히 느

껴졌다. 하지만 유채는 그에게서 떨어지지 않았다. 유찬도 굳이 떨어질 생각을 하지 않았다.

"난 이제 너랑 절대 친구 안 해. 알겠어?"

"응. 나도 그건 싫어."

"그래?"

"응."

"그럼 넌 뭐가 좋은데?"

유채가 물었다. 유찬은 그녀의 대답에 말 대신 행동으로 보여 줬다.

유채가 한 것처럼 그녀의 두 뺨을 손바닥으로 감쌌다. 서로를 똑바로 바라보며 맞닿았던 코 다음으로 입술이 살며시 닿았다가 떨어졌다.

"이런 거, 할 수 있는 사이."

"……."

"너무 기다리게 해서 미안."

"이제 너한테 나, 여자로 보여?"

유채의 목소리가 떨렸다. 유찬은 마치 그날로 돌아간 것 같았다. 그녀에게 고백을 받았던 어느 겨울, 고등학교 졸업식이 스쳐 지나갔다.

그날도 유채의 목소리는 떨렸었고, 두 뺨이 불그스름하게 물들어 있었다. 평소 시원시원한 말투에 호쾌하던 그녀가 그런 모습을 보이니, 당황했지만 가슴이 설레기도 했었다. 그날, 유채에게 했던 말은 자신의 마음을 감추기 위해서 둘러친 말이었다.

"이미 그때부터 여자로 보였어."

"그런데 왜 거짓말한 건데."

다시 한 번 이마를 부딪쳐 왔다. 유찬은 미안한 표정을 지으며 한쪽 팔은 그녀의 허리를 감싸고 다른 한 손으로는 그녀의 뒤통수를 감쌌다.

"……미안."

자신을 내려다보는 유채의 눈동자가 살며시 젖어 있는 것 같았다. 유찬은 어쩐지 갈증을 느꼈다. 살며시 고개를 들어 다시 한 번 입을 맞췄다.

"미안해."

"그런 말 듣기 싫어."

"그럼…….."

잠시 망설이던 유찬이 귓가에 속삭였다.

"사랑해."

잠시 눈을 크게 뜨던 유채가 입술을 꽉 깨물었다. 어깨를 툭 치던 유채는 그를 꽉 끌어안고 고개를 푹 숙였다. 등 뒤로 넘긴 손에 힘을 주어 그의 등을 툭툭 쳤다.

"왜, 왜 이제야……!"

"내가 너무 늦었지."

유찬은 그녀의 주먹질을 묵묵히 받아 줄 뿐이었다. 오히려 괜찮다는 듯이 그녀의 등을 토닥이다 덩달아 꽉 껴안았다.

"유채야."

"너는, 왜……!"

"나를 포기하지 않아 줘서 고마워."

그 말에 행동을 멈춘 유채가 유찬의 옷깃을 꽉 움켜잡았다. 유찬은 그녀가 고개를 파묻었던 어깨 부근이 축축해짐을 느꼈지만 그저 가만히 있었다.

유채가 울고 있었다. 이렇게 힘들게 만든 자기 자신이 원망스러웠다. 제 자신이 너무 미웠다. 전부 자신의 탓이었다. 이제부터 해야 할 일은 하나였다. 어떤 반응을 보여도 그녀가 여태 자신을 사랑해 준 것 이상으로 사랑하면 되는 것이다.

"유채야."

유찬은 억지로 유채를 품에서 떼어 낸 후 그녀의 얼굴을 바라보았다. 울지 않으려고 입술을 꽉 깨물고 있었다. 안타깝다는 표정을 지으며 엄지손가락으로 입술을 문질렀다. 그제야 물고 있던 입술을 떼어 냈다.

"사랑해."

"너……."

"응."

"얼마나 잘 하는지, 두고 볼 거야."

"응. 마음에 안 들면 언제든지 때려도 돼."

"나 그렇게 폭력적인 애 아니거든?"

눈물이 그렁그렁 맺혀 있음에도 소리를 지르는 유채가 귀여웠다. 유찬은 짧게 웃으며 눈가에 맺힌 눈물을 엄지로 닦아 주었다. 유채는 됐다는 듯이 그의 손을 툭 쳐내며 옷깃으로 거칠게 눈가를 닦았다.

유찬은 거친 행동을 하지 못하게 두 팔을 잡았다. 이내 고개를 쭉 내밀어 그녀의 입가에 입을 맞췄다.

"눈가에 상처나."

"상처 나든지 말든지."

"안 돼."

"내 몸 내 맘대로 하겠다는데 네가 무슨 상관이야."

"그건⋯⋯."

"할 말 없지?"

다시 눈가를 문지르며 유채는 일어났다. 그러나 여전히 손목을 잡고 있던 유찬이 쑥 잡아당기자 결국 다시 앉게 되었다. 유찬은 그녀를 조심히 끌어안았다.

머뭇거리던 유채의 손이 조심스럽게 올라와 유찬의 머리를 꽉 껴안았다. 그녀의 품에 갑자기 안기게 되자 유찬은 눈을 동그랗게 떴지만 곧 짧게 웃으며 유채의 허리를 감쌌다.

"곽유채."

"왜. 서유찬."

"코 빨개졌다."

"보지 마."

유찬의 뺨을 밀어낸 유채는 다 마신 머그컵을 들고 일어났다. 유찬은 그녀를 잡지 않았다.

유채는 싱크대 안에 머그컵을 집어넣고 씻기 시작했다. 유찬은 그녀의 뒷모습을 바라보다 두 손으로 얼굴을 덮었다.

꿈은 아니겠지?

만약, 이게 꿈이 아니라면. 이것이 현실이라면.

……더 이상, 놓치지 말자.

※　　　　※　　　　※

친구에서 다른 사이가 되고 나니 문제가 생겼다.

"저기, 유찬아."

"응."

"미안. 침대 뺏어서."

"아니, 괜찮아."

나가서 영화를 보고 점심을 먹은 뒤 집에 들어왔다. 같이 TV를 보며 깔깔거리다가 배가 고파져서 간식으로 떡볶이를 사 먹고 헤어지기 아쉬워 저녁까지 먹다 보니 기분이 좋아져 맥주를 사 술판을 벌였다.

늦은 밤이 되어서 자고 갈 거냐는 말에 그래, 하고 대답을 하고 나니 아차 싶었다. 전에는 쉽게 하룻밤 신세를 지고 갔는데 이제는 그럴 수가 없었다. 어쩐지 자꾸 의식하게 되고 긴장되었다.

유채는 그의 침대 위에 누워서 벽을 향해 보았다. 반대쪽으로 돌리면 바닥에 이불을 깔고 누운 유찬을 곧바로 볼 수 있었다.

왠지 민망했다. 연인 사이가 되고 싶어 했는데, 막상 그 상태가 되니 쉽지 않았다.

"미안."

침대 밑에서 작은 목소리가 들렸다. 그녀가 몸을 확 틀어 그를 보았다. 자신의 등을 계속 바라보고 있었는지 유찬과 눈이 마주쳤다.

"뭐가."

퉁명스러운 목소리가 튀어나왔다. 유찬은 그저 웃었다. 유채의 미간이 점점 찌푸려질 때 입을 열었다.

"괜히 자고 가라 한 것 같아서."

"아냐. 됐어."

유채는 몸을 다시 틀어 천장을 바라보았다. 그러다 무언가 생각이 났는지 씩 웃으며 자신의 팔을 벤 채 유찬을 내려다보았다.

천장을 바라보던 유찬이 시선을 느끼고 고개를 돌렸다. 다시 눈이 마주치자 이번엔 그가 시선을 피했다.

"유찬아."

"······응?"

"춥다. 올라와."

자신의 옆자리를 팡팡 쳤다. 그러자 움찔거리던 유찬이 시선을 슬그머니 돌렸다. 아예 등을 돌린 채 싫어, 하고 단호히 대답했다.

그 모습이 귀여워서 속으로 킥킥 웃다 다시 한 번 침대를 팡팡 소리 나게 치며 말했다.

"좋은 말로 할 때 올라와."

"너······."

"얼른."

"하아."

한숨을 쉬며 고민을 하던 유찬이 일어났다. 추임새를 넣던 유채가 뒤로 물러섰다. 베개를 들고 올라온 유찬은 그녀를 벽 쪽으로 밀어 버리고서 베개를 최대한 떨어지게 놨다.

그가 눕기 전에 유채는 베개를 자신과 가까이 가져다 놓았다. 덕분에 베개 없이 누웠다가 다시 일어났다.

"유채야."

"내가 두고 본다고 했잖아."

"이것도 포함되는 거야?"

"응. 본능을 얼마나 참을 수 있는가."

"고문이 따로 없군."

배를 잡고 낄낄거리며 웃던 유채가 먼저 눕자 한숨을 쉰 유찬이 결국 그 옆에 누웠다. 유찬은 그녀가 잠들기를 기다렸다가 내려가야겠다는 생각을 했다. 그걸 알아차렸는지 유채가 먼저 말을 했다.

"나, 아침에 일어났는데 내 옆에 너 없으면 끝이야."

"너 너무하다."

"전혀."

유채는 그의 팔을 툭 치다 이불을 끌어 올렸다. 유찬은 한 손으로 얼굴을 가렸다. 그 반응에 유채는 킥킥거렸다.

"이제 앞으로 도망가거나 그러면, 절대 용서 안 해."

귓가에 들려오는 목소리에 유찬은 손을 떼어 냈다. 그제야 유찬은 몸을 틀어 유채 쪽으로 향해 자리했다.

그녀는 진지한 표정을 짓고 있었다. 유찬은 유채의 왼쪽 뺨 위에 자신의 손을 내려놓았다. 그 위에 유채의 손이 얹어졌다.

"절대 안 그래."

그의 대답에 유채는 고개를 끄덕였다. 그럼에도 아직 성에 찬 표정은 아니었다. 유찬은 그녀의 뺨을 어루만지다 손을 맞잡았다.

"다행이야."

"뭐가."

"원진 형이랑 연인 사이가 아니라."

"그니까. 평소에 잘하지."

"질투 나서 미칠 것 같았어."

"그러면서 잘도 날 친구라 여겼어."

"그러게."

유찬은 중얼거리며 눈을 깜빡였다. 정말, 어떻게 내내 그녀를 친구라 여겼던 걸까. 이렇게나 소중한 사람인데.

"고마워."

"뭐가."

"날 계속 좋아해 줘서. 포기하지 않아 줘서, 고마워."

"흥."

몸을 팩 돌린 유채의 등을 바라보던 유찬은 잡고 있던 손이 풀어지자 아쉬움을 느꼈다. 이번에는 왼쪽 손이 아닌 반대쪽 손을 잡았다. 움찔거리던 유채가 손을 맞잡아 주었다. 그녀를 바라보다 입꼬리를 살며시 올렸다.

"팔베개해 줄까?"

"팔 저려."

"유채야."

"이제 잘래. 그만 불러."

"잘 자."

"너도."

유채가 갑자기 상체를 일으기더니 그의 이마에 입술을 쪽 맞췄다. 그리고는 아무렇지도 않게 다시 누웠다. 유찬은 눈을 깜빡이다 하하 웃었다. 유채는 웃지 마, 하며 잡고 있던 팔을 잡아당겼다. 그럼에도 웃음은 멈추지 않았다. 그녀는 됐다는 듯이 손을 확 놔 버렸지만 금방 다시 잡혔다.

"빨리 자."

"나보다 네가 더 일찍 일어나잖아. 얼른 자."

"나 자는데 덮치면 안 돼."

"못 하는 소리가 없어."

눈을 감고서 킥킥거리던 웃음소리가 더 이상 들리지 않을 때쯤, 유찬은 고개를 옆으로 돌렸다. 그새 잠이 든 모양이다. 그녀의 옆모습을 바라보던 유찬은 아예 몸까지 틀었다.

저로 인해 먼 길을 돌아왔다. 많이 아파했음에도 자신을 받아 주었다. 낮에 뜨겁던 그녀의 눈물이 떠올랐다.

가슴이 지끈거리며 아파 왔다. 그녀의 눈물이 적셨던 어깨가 뜨거운 것 같아 유찬은 저도 모르게 어깨를 만지작거렸다.

이제 더 이상 친구가 아니다. 그러나 아직 연인 사이도 아니다. 자신이 하는 행동에 따라 받아 줄지 말지 결정한다 했다. 그럼에도 좋았다. 유채가 자신을 외면하지 않는 것만으로도 다행이었다. 미안하고 또 고마웠다.

이젠, 절대 아프지 않게 할게.

유채가 없으면 안 된다는 걸 알았다. 그리고 그녀의 옆에 자신이 아닌 다른 누군가가 있는 것도 싫었다. 그녀의 시선이 다른 사람에게 닿는 것도, 미소를 짓는 것도, 다정하게 이야기하는 것도 싫었다. 오로지 자신에게만 닿았으면 좋겠다.

질투에 이어 이젠 그녀를 독점하고 싶다는 생각이 온몸을 휘감았다. 아직 그녀가 완전히 저를 받아 주지 않았는데 벌써부터 소유욕이 몰아친다. 게다가 이성과 본능의 사이에서 아슬아슬한 줄타기를 하고 있었다. 총체적 난국이 따로 없었다.

9화

　르 씨엘은 본래 일주일 내내 영업을 했지만 충원 없이 셋이서 일을 하기 때문에 결국 하루를 정규 휴무로 정하기로 하였다.

　정규 휴무는 대부분의 약속이 주말에 몰리는 것을 염두해 일요일이 되었다. 일요일에 가게 문을 닫고 각자 쉬었던 날들은 그대로 유지하기로 하였다.

　혹시나 정규 휴무에 손님들이 찾아와 헛걸음하지 않도록 최대한 미안한 마음을 담아 적은 글을 뽑아 가게의 문 양옆에 붙였다.

　마침 르 씨엘에 들어오려던 유찬은 공고문을 보고 저도 모르게 입가에 미소를 지으며 안으로 들어왔다.

막 청소를 끝낸 뒤 아침을 먹으려고 하던 참이었다. 유채는 유찬이 들어오는 걸 보자마자 벌떡 일어섰다.

"내가 아침에 오지 말라고 했지?"

"미안."

"어휴, 말도 안 듣지."

유찬은 그저 하하 웃을 뿐이었다.

원진은 두 사람 사이에서 맴돌던 어색한 공기가 사라졌음을 알아차리고 유채를 바라보았다. 그러나 그녀는 아무 설명 없이 자신의 자리에 앉히고 나서 원진에게 말했다.

"오빠, 대화 상대 좀 해 주고 있어. 다원이 도와주고 올게."

"어? 잠, 잠깐만…… 유채야!"

원진이 허둥지둥 유채를 불렀지만 그녀는 재빨리 주방으로 들어갔다. 덕분에 어색한 공기가 내려앉았다. 원진은 뭐라도 말을 하고 싶었지만 유채가 가자마자 표정을 굳힌 유찬에게 뭐라고 말을 하면 좋을지 알 수 없었다.

비록 유채가 타박하긴 했어도 분위기는 전보다 나아진 걸 보니 오해를 푼 모양인데.

원진은 헛기침을 하며 유찬을 향해 고개를 들었다. 마침 저를 가만히 노려보고 있는 그와 눈이 마주쳤다. 괜히 잘못한 것도 없는데 몸이 움찔 떨렸다.

자식, 노려보기는. 다 오해인 걸 뻔히 알면서.

괜히 등골에 식은땀이 흐르는 것만 같았다.

"뭐 너도 들었겠지만."

"……"

"그건 유채를 도와주기 위함이었고."

"그래서 천만다행이지요."

"아. 그러냐."

그 말을 끝내고 나니 더 이상 할 말이 없었다. 원진은 뭔가 더 이야기를 할까 하다가 그만두었다. 유찬의 눈치를 보아하니 자신과 말을 하기 싫어하는 기색이다.

결국 유채가 오기 전까지 두 사람 사이에 오가는 말은 없었다.

유채는 손에 접시 하나씩 들고 와 두 사람의 앞에 하나씩 놔 주었다. 접시 위에는 베이컨과 계란 프라이, 밥과 샐러드가 있었다.

"아침 안 먹었지?"

"응."

"먹고 가서 잠깐 눈이라도 붙여."

"그럴게."

원진은 밥을 먹으며 두 사람의 대화를 엿들었다.

역시, 전보다 사이가 좀 더 나아졌다. 조금 더 진전된 것도 같았다.

"그런데 앞에 붙어 있는 건 뭐야?"

조용히 밥을 먹던 유찬이 불쑥 말을 꺼냈다. 유채는 입에 있던 걸 오물오물 씹어 넘기며 대답해 주었다.

"몇 달 전부터 가게 정규 휴무를 만들자고 생각했거든. 나만 그런 게 아니라 오빠나 다원이도 같은 생각이었고. 그치?"

다원과 원진이 밥을 먹으며 고개를 끄덕였다.

"우리 셋이서 꾸려 나가고 싶어서 사람을 구하는 건 좀 그렇고. 지금 이대로 끌고 가자니 좀 힘들었거든. 일주일에 한 번 쉬니까 아주 죽겠더라. 그래서 일주일에 하루는 가게 문을 닫는 걸로."

"그게 일요일?"

"응."

"……그렇구나."

유찬은 속으로 잘 되었다는 생각을 했다. 이로써 일요일 오전까지도 그녀를 볼 수 있게 되었다. 물론 허락을 해 줘야 가능하겠지만.

유채는 그가 말을 하지 않자 다시 밥을 먹기 시작했다. 다 먹은 뒤, 유찬이 일어났다. 그녀는 잠깐 기다리라는 말을 남기고 커피를 내리러 갔다. 금방 커피 한 잔을 만들어 와 유찬의 손에 쥐여 주었다.

"집 가서 눈 붙이라고 많이 주진 않았어. 추우니까 마시면서 가."

"고마워."

어쩐지 유찬의 목소리가 살짝 잠긴 것 같았으나 유채는 모르는 척 웃었다. 대신 이렇게 말을 했다.

"자주 안 온다고 약속하면 아침에 와도 돼. 너 힘들잖아. 와서 아침이나 먹고 가."

"응, 그럴게."

유찬을 향해 손을 흔들다가 다시 가게로 들어왔다. 빈 접시를 치우던 원진이 곧바로 말을 걸었다.

"너 쉬는 날 유찬이 녀석 만났어?"

"그렇지, 뭐."

어깨를 으쓱하던 유채는 자신들이 마실 커피를 내리기 시작했다. 기계가 돌아가는 소리에 원진은 잠시 하던 말을 멈췄다.

다원이 접시를 들고 갔다가 막 완성이 된 타르트를 들고 나왔다. 진열대 안에 넣어 두며 유채의 옆에 찰싹 붙었다.

"누나, 알려 줘. 응? 형이랑 화해한 거야?"

"글쎄."

"글쎄라니! 한 거면 한 거고 안 한 거면 안 한 거지!"

"일단, 서유찬 하는 거 보고 결정하기로 했어."

그러자 다원의 입이 떡하니 벌어졌다.

이미 좋아서 입꼬리가 휙 올라갔으면서!

하지만 그 모습이 나쁘지 않아 더 말은 하지 않았다. 대신 다른 걸 물었다.

"원진 형이 가짜 애인인 거 어떻게 알았어?"

"내가 말했지."

"왜?"

"들어 봐, 다원아."

머그컵 세 잔에 커피를 담아 하나씩 내밀었다. 다원은 아메리카노를 보고 미간을 찌푸렸지만 불만 없이 받았고, 원진은 고맙다고 대답했다.

"유찬이가, 생각보다 많이 귀엽더라고."

"그래?"

다원은 시큰둥하게 답하며 커피를 들고 일어났다. 어디 가냐고 묻는 유채의 물음에 주방이라고 했다. 유채가 무슨 말을 할지 예상이라도 했다는 듯이 자리를 떠났고, 원진은 조용히 다원을 대신해서 그녀의 말을 들었다.

말을 하며 유채의 입가에 연신 미소가 얹어져 있어, 원진은 안심했다.

"그래서 언제 허락하려고?"

"서유찬 하는 거 보고?"

"하하. 여태 마음에 담아 뒀던 거 다 풀 생각이구나."

유채는 원진의 말에 그저 웃었다.

전보다 마음이 더 가벼웠다. 고민거리가 하나 줄어서 그럴지도 모르겠다.

✳　　　　　✳　　　　　✳

　수요일 저녁.

　바쁜 일은 마무리됐는지 오랜만에 사랑이 르 씨엘에 놀러
왔다. 마감할 때쯤 문을 벌컥 열고는 쓰고 있던 선글라스를
머리 위로 올렸다.

　"이 몸이 오셨도다!"

　"백사랑, 오랜만이다?"

　"그러는 너야말로. 뭐야, 그게!"

　사랑은 미리 준비했는지 핸드백 속에서 핸드폰을 불쑥 꺼
냈다.

　원진과 다원이 화면을 보다가 웃어 버렸다. 화면에는 유채
가 보낸 메시지가 떠 있었다.

　〈나 그냥 마음 편하게 유찬이 마음 받아 주기로 했어.〉

　사랑은 저를 바라보다 다시 설거지를 하는 유채의 뒤통수
에 대고 말했다.

　"그동안 나한테 아무 말도 안 했지? 이 나쁜 것!"

　"미안, 미안. 너 바쁜데 괜히 신경 쓰게 하면 안 되잖아."

　사랑이 뭐라고 하려 했지만 맞는 말이라 할 말이 없어 쿵

쾅거리며 아무 테이블이나 가 앉았다.

"그래도 나한테 제일 먼저 말해 줬어야지!"

"그래서 너 바쁜 일 끝날 때쯤 연락한 거잖아."

"타르트나 내놔!"

"딱 네 몫 남겨 놨지."

다원이 옆에서 듣다가 접시에 타르트 한 조각을 들고 왔
다. 포크를 들고 신나는 표정으로 딸기 타르트를 먹던 사랑
이 빙긋 웃었다.

역시 이 맛이야! 감탄사를 내뱉는 사랑을 보며 유채는 설
거지거리 하나 더 생겼다 싶었다.

금방 다 먹어 버린 사랑이 접시와 포크를 유채에게 내밀었
다. 그녀는 말없이 설거지를 한 뒤 시계를 바라보았다. 오늘
은 수요일. 월요일에 한 번 얼굴 보고 어제는 못 봤으니 오늘
은 봐도 되지 않을까 싶었다.

"버키 가자."

유채가 말한 버키는 버터플라이 키스를 뜻했다. 마음대로
줄여서 말했지만 사랑은 어디를 말하는지 아는 듯 고개를 끄
덕였다.

"서유찬 보고 싶어서 그러냐?"

"딱히 그런 건 아니고……."

"보고 싶으면 보고 싶다고 해라. 그리고 가면서 무슨 일이
있었던 건지 얘기 좀 해 주고."

"그러지, 뭐."

사랑에게 대충 대꾸한 유채는 원진과 다원에게 인사를 했다.

두 사람이 먼저 가고 난 뒤 옷을 갈아입고 나왔다. 무슨 중요한 메시지라도 보는지 얼굴도 들지 않은 채 사랑이 물었다.

"그래서. 서유찬이 잘못했다고 빌든?"

"그런 건 아니고. 그냥, 늦어서 미안하다고."

"그걸로 끝?"

핸드폰을 테이블 위에 내려놓은 사랑이 고개를 들었다. 유채는 고개를 저었다. 하지만 덧붙여 이야기하지는 않았다. 좀 더 자세한 이야기를 바라는 눈치였지만 유채는 그저 웃었다.

"호구 짓은 안 했지?"

"그럴 리가."

그렇게 말을 한 유채가 의미심장한 미소를 지었다. 사랑은 더 이상 설명을 하지 않아도 알 것 같은 기분이 들었다. 하긴. 유채가 가만히 그의 마음을 받아 줄 리가 없었다. 사랑은 제 친구를 잘 알기에 더 이상 묻지 않기로 했다.

"왠지 서유찬이 불쌍해지려고 하는데."

"내가 아니라?"

"아무튼, 가자. 나 내일도 일 나가야 하니까."

유채가 가게 불을 다 끄고 다시 한 번 점검을 하는 동안 사랑은 밖에 나가 있었다. 가게 문을 잠근 뒤 셔터를 내렸다. 완벽하게 잠겼나 다시 한 번 확인하고 두 사람은 큰길로 향했다. 거기서 택시 한 대를 잡아 익숙한 주소를 부른 뒤 등받이에 편안하게 기대었다.

"얘기는 하고 가는 거야?"

사랑의 물음에 유채는 고개를 저었다.

"아니."

"와우, 서프라이즈?"

"그렇지."

키득거리며 웃던 유채는 그가 과연 어떤 표정을 지을까 궁금해졌다.

이젠 상황이 뒤바뀌었다. 유찬이 제 마음을 알아차릴까 봐 전전긍긍하던 곽유채는 이제 없다. 자신의 마음을 받아 주길 바라는 서유찬이 있을 뿐.

그 마음을 받아 줄지 안 받아 줄지 마음대로 결정할 수 있는 권리는 오직 그녀에게만 있었다.

"곽유채."

"왜."

"행복해야 해."

"그럼."

사랑은 굳이 자신이 말을 하지 않아도 될 것 같았다. 지금 표정만으로도 이미 묵은 체증이 쑥 내려간 것처럼 시원해 보였기 때문이다.

어느새 택시가 버터플라이 키스 근처에 도착했다. 유채가 먼저 내리고 사랑이 택시비를 지불한 뒤 내렸다.

걷기 시작한 지 얼마 지나지 않아 나무 문 위에 영어 필기체로 Butterfly Kiss라고 적힌 간판이 보였다.

오랜만에 들르네. 유찬과 살짝 틀어지고 나서 한 번도 가지 않았으니 당연한 건가.

"짜잔!"

문을 벌컥 열고 들어간 사랑이 성큼성큼 걸어갔다. 유채는 어쩔 수 없다는 듯이 웃고서 그 뒤를 따라 들어가며 문을 닫았다. 들어가자마자 놀란 눈을 하고 있는 유찬이 보였다.

"겸아!"

"사랑 누님! 오랜만이에요."

여전히 사랑의 등장에 아니꼬운 눈빛을 한 채경이 보였다. 채경은 사랑에게는 인사를 하는 둥 마는 둥 했지만 유채에게는 제대로 인사했다.

언제쯤이면 두 사람의 사이가 좋아질까?

"누님도 오랜만! 그동안 뭐하고 지내셨어요?"

유겸의 물음에 사랑의 옆에 앉으며 대답했다.

"그냥, 이것저것?"

"언제 한 번 가게 놀러 가야 하는데 말이죠."

"그러게. 다음에 올 때 케이크 가져올게."

"정말이죠? 꼭이에요!"

유채가 오자마자 유겸과 대화를 나누는 모습을 아니꼽게 바라보는 시선이 있었다. 그걸 알아차린 건 백사랑, 한 명뿐이었다. 사랑은 손등 위에 턱을 올려놓고 유찬을 불렀다.

"서유찬."

"……응?"

"질투하냐?"

"그…….."

"뭐? 형님이 질투한다고요?"

그걸 들은 유겸이 목소리를 크게 냈다. 유채가 고개를 돌려 유찬을 봤다.

시선이 자신에게로 집중되자 유찬은 헛기침을 하며 고개를 숙였다.

칵테일을 만들기 시작하는 모습을 빤히 바라보던 유채가 일어나서 유찬의 가까이에 앉았다. 그가 시선을 슬쩍 피하는 게 보였다. 이제부터 유찬의 이런 모습을 자주 볼 수 있는 건가? 기분이 좋아진 유채는 히죽 웃었다. 유찬에게 시선을 고정하며 사랑의 팔을 툭툭 쳤다.

"사랑아, 봤어?"

"그래. 봤다."

"얼마 전부터 유찬이 귀여워졌지 뭐야?"

유채의 목소리에 움찔거리던 유찬이 당황한 표정으로 고개를 들었다.

"유채, 너……."

"이제야 날 봐 주네."

또다시 히죽 웃는 모습에 유찬은 한숨을 쉬다 입꼬리를 올렸다. 어쩔 수 없다는 듯 미소 짓고 낮으면서도 부드러운 목소리로 말했다.

"어서 와."

유찬은 체리 콕 두 잔을 만들어 테이블 위에 놓았다. 목이 탔는지 두 사람은 순식간에 눈앞에 있던 칵테일을 마셨다. 빈 잔을 내려놓기 무섭게 칵테일을 새로 시켰다. 세 번째부터는 보드카가 들어간 칵테일만 연이어 주문했다.

사랑은 네 잔을 다 마신 후 그만해야겠다며 고개를 저었다. 하지만 유채는 계속해서 마셨다.

기분이 좋은 데다가 술기운이 올라오니 나중엔 실실 웃게 되었다. 유찬이 말리려고 했지만 그녀는 손을 밀어내며 거절했다.

"어라라."

손을 밀어낸 건 자신이면서 다시 그 손을 잡았다. 그리곤 다른 쪽 손으로도 잡았다. 눈을 희미하게 뜨다 생긋 웃었다.

"이게 누구야."

유찬은 어떻게 해야 하는지 모르겠다는 표정이다. 한편으로는 난감해하는 것 같아 유채는 그를 좀 더 놀려 주고 싶었다. 눈가를 휘며 웃어 보였다.

"거기, 바텐더 오빠."

평소와 달리 사근사근한 목소리여서 유찬이 그대로 굳었다. 맞잡은 손에서 그가 긴장했음을 느꼈다. 쿡쿡 웃던 유채가 말을 이었다.

"좀 마음에 드는데 내 거 할래요?"

그 말에 눈을 크게 뜨던 유찬이 짧게 웃었다. 그런 농담을 한 사람이 유채라 그런지 마음에 쏙 들었다. 수줍게 웃으며 유찬이 고개를 끄덕였다.

"기꺼이."

가벼운 농담에 저렇게 수줍은 반응을 보이니 말문이 막힌 건 오히려 그녀였다. 뭐라고 대답을 해야 할까, 잠시 머뭇거리던 유채는 옆에서 헛구역질 소리를 내는 사랑 덕분에 대답할 기회를 놓쳐서 다행이라는 생각을 했다. 유채는 사랑의 두 팔을 덥석 잡고 획획 흔들었다.

"너! 어떻게 그럴 수가 있어?"

"아, 진짜. 눈꼴 시려서. 내 앞에서 그런 커플 놀이 하지 말아 줄래?"

"커, 커플 놀이라니!"

두 사람의 대화를 듣던 유찬은 쓴웃음을 짓다가 마침 들어온 점장에게 갔다. 유채를 살며시 가리키며 아무래도 오늘 많이 취했으니 집에 데려다주고 돌아오겠다고 했다.

12시가 살짝 넘은 시각. 얼른 갔다 오면 적어도 가게 마감은 도와줄 수 있을 것 같았다. 얼마 전 손을 다쳐 며칠 동안 일찍 퇴근했기 때문에 그냥 이대로 조기 퇴근을 하겠다는 말은 나오지 않았다.

하지만 점장은 유찬이 내내 앓다가 유채가 오니 비로소 표정이 환해진 것을 알고 있기에 그냥 보내 주기로 하였다.

"됐어. 뭘 다시 와? 번거롭게."

"그래도."

"그냥 퇴근해. 어차피 오늘 손님도 별로 없고."

유찬은 감사합니다, 인사를 하고 유채가 있는 쪽으로 다시 돌아왔다. 턱을 괸 채 웃고 있는 유채가 얄미웠다. 아까 전 말에 가슴이 철렁했다. 졸업식 날 들었던 고백이 더 설레었지만 방금 것도 못지않았다.

장난스러운 말투라는 걸 알면서도 그랬다. 아니, 유채가 자신을 허락해 주는 것으로 잠깐 착각했었다. 아쉬웠고 얄미웠다.

"유채야."

"왜에?"

확실히 취한 게 맞나 보다. 유채의 말꼬리가 늘어졌다. 피식 웃던 유찬은 옷 갈아입고 오겠다고 말을 한 뒤 사랑을 향해 시선을 돌렸다.

사랑은 얼른 갔다 오라는 듯이 손을 휙휙 흔들었다. 유찬은 재빨리 탈의실로 향했다. 허겁지겁 옷을 갈아입고 나오자 유채는 엎드려 있었다.

"유채야. 가자."

"으응……."

"야. 내가 도와줄 테니까 유채 좀 업어서 데리고 가."

"응."

사랑의 도움으로 유찬은 그녀를 등에 업었다. 사랑도 집에 가야 했기에 같이 밖으로 나온 뒤 택시를 잡아 먼저 태웠다. 사랑은 혼자 갈 수 있다고 걱정 말라며 손을 휙휙 저었다.

"기사님, 잘 부탁합니다."

사랑을 태운 택시가 먼저 출발했고, 10분 뒤에야 겨우 택시 한 대를 다시 잡을 수 있었다.

그사이 유채는 유찬의 등에 업혀서 얌전히 자고 있었다. 유찬은 그녀가 전보다 가벼워진 것 같아 아무래도 맛있는 걸 많이 먹여야겠다는 생각이 들었다.

유채를 먼저 태운 후 그 옆에 앉은 유찬은 그녀의 집 주소를 불렀다. 택시가 출발하자 고개가 왼쪽으로 쏟아지려는 걸 재빨리 오른쪽으로 끌어당겨 어깨에 기대게 하였다.

유채야.

그녀와 조금이라도 더 함께 있으면 좋을 것 같아서, 혹시 깨어 있나 싶어서 속으로 유채의 이름을 부르자 그녀가 몸을 뒤척였다. 괜히 나쁜 짓을 한 것처럼 느껴졌다.

어느새 유채의 집 앞에 도착했다. 택시비를 먼저 지불한 후 문을 열어서 먼저 내렸다. 그리고 뒤로 돌아앉아 유채를 다시 등에 업었다. 워낙 가벼워서 혼자서도 충분했다.

"유채야."

유채가 깨지 않게 천천히 걸어가며 이번에는 그녀의 이름을 입 밖에 꺼내 보았다. 어느새 정신을 차린 유채가 왜, 하고 대답을 해 왔다.

다만 아직도 취해 있는지 목소리는 평소보다 한 톤 높아져 있었고 여전히 기분도 좋은지 다리를 덜렁덜렁 흔들고 있었다.

그 모습이 귀여워서 유찬은 피식 웃었다.

"왜 웃어."

유채는 장난으로 그의 목을 팔로 감싸며 힘을 살짝 주었다. 유찬이 아프다며 엄살을 부렸다.

"언제 깼어?"

"택시 내릴 때."

"내가 깨웠구나. 미안."

"아냐. 잠은 집에 가서 잘 거야."

"내릴래?"

"싫어. 계속 업고 걸어. 이건 명령이야!"

술에서 좀 깼나 싶더니 아니었나 보다. 마지막 말투가

아직 덜 깬 듯이 느껴졌다. 이때다 싶어 유찬이 냉큼 말을 했다.

"유채야."

"왜."

"언제쯤 허락해 줄래?"

그 말에 잠시 유채가 말이 없어졌다. 유찬은 속으로 혀를 찼다. 너무 섣부른 말인가 싶었다. 하지만 마음이 급했다. 유채가 내내 자신의 곁에 있어 주었으니 그 사랑을 돌려주고 싶었다. 그녀 혼자 아파했던 만큼 그 상처를 치료해 주고 싶었다.

"내 마음대로. 그건 왜?"

돌아오는 대답에 유찬의 발걸음이 잠시 멈췄지만 다시 걷기 시작했다.

그의·등에 업힌 유채는 고개를 파묻었다. 입꼬리는 올라가 있었다. 술은 아까 깼지만 그를 더 놀려 주고 싶어서 일부러 취한 척하고 있었다. 마음 졸여 보라고 일부러 모르는 척 왜 그러냐고 물었다.

예상대로 유찬은 당황했는지 아무 말도 하지 않았다. 유채는 큰 소리로 웃고 싶은 것을 꾹 참았다.

"이젠…… 안 되겠어."

유찬의 목소리가 들려오자 유채는 고개를 들었다. 업힌 상태라 그의 뒤통수만 보였다.

"내가 더 이상 참을 수가 없어서……."

"뭘?"

"알면서 묻는 거 무지 심술궂어."

"나 원래 이런 성격이야. 알면서."

"맞아. 그것도 포함해서 내가 좋아하는 곽유채지."

갑작스럽게 공격해 오는 말에 유채는 그의 목을 두른 팔에 힘을 주었다. 장난스럽게 아프다며 엄살을 부리는 유찬으로 인해 진지했던 공기가 좀 풀어졌다.

"너와 나를 묶어 둘 무언가가 필요해. 지금 우린 아무 사이도 아니잖아."

"친구, 연인 모두 아니지."

정곡을 찌르는 말에 유찬의 몸이 눈에 띄게 움찔거리곤 다시 축 처졌다. 유채는 낄낄거리며 그의 어깨를 손바닥으로 내리쳤다.

유찬은 순식간에 새빨개진 얼굴을 하고선 유채를 내려주었다. 몸을 휙 틀어 그녀를 바라보았다. 눈이 마주쳤을 때 잠시 웃음을 멈췄지만 결국 배를 잡고 웃으며 바닥에 쭈그려 앉았다.

"아, 너무 귀여워!"

"곽유채, 너!"

"너 그렇게 귀여워도 돼?"

"진짜…… 난 진지한데. 계속 그렇게 웃을 거야?"

"아, 아학!"

유찬은 결국 유채를 말리지 못하고 언제까지 웃나 보자 하는 얼굴로 한숨을 쉬며 손을 내밀었다. 계속해서 웃던 유채가 그의 손을 잡고 일어났다. 여전히 얼굴색이 빨간 유찬을 올려다보았다.

"잘해야 해."

"응?"

"난 아직도 너 보면 짜증나. 내가 그만두려니까 이제 와서 그러는 거, 아직도 짜증나."

"응."

유찬은 두 손을 뻗어 그녀의 오른쪽 손을 감쌌다. 유채는 그가 하는 대로 가만히 있었다.

"얼마나 잘하는지 볼 거야."

"고마워."

"마음에 안 들면 내가 먼저 버릴 거야."

"그럼 난 버림받지 않도록 노력할게."

"그래."

유채가 손을 까딱였다. 의아한 표정으로 유찬이 고개를 갸웃거리다 고개를 숙였다. 가까이 오라는 건가 싶어서였다. 그게 맞는지 그녀가 살짝 웃었다. 그 웃음이 귀여워서 홀린 것처럼 그녀의 얼굴을 빤히 바라보았다.

그때였다. 쪽 소리와 함께 무언가 말캉한 게 입술을 스치고 지나갔다.

"어?"

"뭘 멍하니 있어."

"그……."

말을 잇지 못하던 유찬이 고개를 천천히 숙여 조금씩 다가왔다. 유채는 싱긋 웃다가 손을 들어서 입을 막았다. 덕분에 유찬의 입술이 닿은 곳은 그녀의 손바닥이었다.

"안 돼."

"어째서?"

충격 받은 그 표정에 유채는 깔깔거리며 웃고 싶었다. 하지만 여기서 또 크게 웃었다간 유찬이 진짜 삐칠지도 모른다는 생각이 들었다.

"넌 안 돼."

단호하게 말을 한 유채가 손을 뻗어 그를 뒤로 밀었다. 힘없이 뒤로 밀린 유찬은 입을 꾹 다물고는 성큼성큼 다가왔다.

유채가 당황한 사이 유찬은 그녀를 꽉 껴안았다. 고개를 어깨에 파묻고서 한숨을 푹 쉬었다.

"맞아. 난 아직이지."

"본인을 잘 알다니. 아주 훌륭한 남자야."

"언제쯤이면 되는 거야?"

"음."

잠시 뜸을 들이던 유채는 그의 등을 마주 안으며 대답했다.

"내가 허락할 때."

"그 전까지, 넌 되고 난 안 되고?"

"그래."

"그렇다면."

그가 고개를 들었다. 콩 소리를 내며 이마가 부딪쳤다. 너무 가까운 거 아닌가 하는 생각이 들었지만 유찬은 착하게도 유채가 허락하기 전까진 다가오지 않을 것 같았다. 순한 대형견처럼 변한 모습에 유채는 기분이 더 좋아졌다.

"유채 네가 키스해 올 때 내가 주도권을 빼앗으면 되지 않을까?"

뒤통수를 맞은 것처럼 얼얼한 기분이 들었다. 지금 자신이 무엇을 들었는지 이해하려고 눈을 깜빡였다. 이내 유채의 얼굴이 화끈 달아올랐다.

"내가 뭐, 키스해 줄 것 같아? 안 해."

"정말……?"

"그래!"

"뽀뽀는?"

"다 큰 어른이 뽀뽀 조르지 마!"

있는 힘껏 그를 밀어 버리고 씩씩거리며 집을 향해 걸었다. 곧 빌라 입구가 보였고 안으로 들어가려는데 뒤에서 유찬이 강하게 손목을 잡아 왔다. 휘청거리다 겨우 중심을 잡았다.

몸을 팩 돌려서 하마터면 뒤로 넘어질 뻔했다며 한마디 하려는데 순식간에 입술에 뜨거운 무언가가 닿았다가 떨어졌다. 눈을 크게 뜨고 있던 유채가 잡혀 있던 손을 급하게 떼어 냈다.

"유채야."

"너, 이제 집으로 돌아가."

"정말 좋아해."

유찬이 손을 뻗어 그녀를 꽉 안았다. 여전히 눈을 크게 뜨고 있던 유채는 어쩔 수 없다는 듯이 웃어 버렸다.

"하여튼……."

그의 등을 토닥이며 말을 이었다.

"바보 서유찬."

"알아."

유찬은 스스로 바보임을 알고 있었다. 하마터면 자신의 어리석음으로 인해 이렇게 사랑스러운 여자를 놓칠 뻔했다.

다시는 절대 어리석은 행동으로 인해 곽유채를 놓치지 않아.

그녀를 안은 팔에 살짝 힘이 들어갔다. 그걸 느꼈지만 유채는 숨이 막히지는 않았기에 그냥 그러려니 하고 가만히 놔두었다.

"토요일에 봐."

"……."

"대답."

"그래. 내일 출근해야 하니까. 들어가야지."

유채를 떼어 낸 유찬은 아쉽다는 듯이 가만히 섰다. 유채는 건물로 들어가려다 다시 돌았다. 왜? 하는 눈동자가 보였다. 유채는 손을 까딱이며 그를 불렀다. 제 가까이 다가온 유찬에게 고개를 숙여 보라고 했다. 유찬은 그녀의 말에 얌전히 고개를 숙였다. 그러자 두 손으로 신나게 그의 머리카락을 헝클었다.

"말 잘 듣네."

"마음에 들지 않으면 안 되니까."

"좋아. 잘 알고 있군!"

유채는 손을 흔들었다. 아무래도 먼저 가지 않으면 밤새도록 여기서 있을 것 같았다.

그는 아쉬운 표정으로 유채가 점점 멀어지는 것을 보았다. 곧 고개를 들어 그녀의 집을 올려다보았다. 조금 뒤, 어두운 집에 불이 켜졌다. 그제야 안심을 하고 돌아섰다.

그리고 그런 유찬을, 창문에서 유채가 가만히 보고 있었다. 그녀가 창문을 닫은 건 그가 멀어져 보이지 않을 때쯤이었다.

*　　　　*　　　　*

　꿈꾸던 일이 드디어 이루어졌다. 하지만 이루어지고 나니 고민이 생겼다. 직접적으로 말하진 않았지만 연인 사이가 되었는데, 막상 무엇을 해야 하는지 떠오르지 않았다.

　"다원아."

　오늘은 다원과 함께 홍차 스콘을 만들고 있었다. 열심히 만든 반죽을 밀대로 밀고 겹치기를 세 번 반복한 후 쿠키 틀을 가져왔다.

　"왜?"

　가져온 쿠키 틀로 쿡쿡 찌른 뒤 오븐 팬 위에 올려 두었다. 유채가 반죽을 올리자 다원은 우유를 윗면에 얇게 바르기 시작했다. 다원을 보고 머뭇거리던 유채가 다시 반죽을 하며 말했다.

　"넌 여자 친구랑 만나면 뭐해?"

　순간 덜그럭거리는 소리와 동시에 다원의 뒤에 있던 의자가 뒤로 밀려났다. 유채는 그럴 줄 알았다는 듯이 한숨을 쉬었다.

　다원이 뚫어져라 저를 바라보는 시선을 보내기에 다시 입을 열었다. 물론 시선은 스콘 반죽에 가 있었다.

　"유찬이가 내 말 잘 들어서 받아 줬거든."

　"진짜야……?"

"그럼."

도마 위에 팍 소리를 내며 반죽을 던진 유채가 고개를 들었다.

"내가 언제 거짓말하는 거 봤니?"

"아니."

작게 들려오는 다원의 목소리에 만족했다는 듯 다시 반죽을 하다 밀대로 쭉 폈다.

다원은 이게 대체 무슨 일인가 싶었다. 오랫동안 받아 줄 듯 말 듯 밀당을 즐길 것 같더니, 이렇게 빨리 받아 주었다니. 하긴. 할 일이 없을 만하지.

누가 봐도 사귀는 사이 아니냐고 그간 숱하게 오해를 받았었다. 그 정도로 연인 사이 같았는데 이제 와서 연인이 되면 할 일이 당연히 없을 터였다.

사귀기 전에 이미 다 했을 테니까.

다원은 난감했다. 유채에게 뭐라고 말을 하면 좋을지 모르겠다. 그러나 어차피 거짓말은 통하지도 않을 테니 사실대로 말하는 편이 더 나을 것이다.

"누나. 솔직히 누나랑 형이랑은 평소에도 오해 많이 받았잖아?"

"응, 그랬지."

잠시 쿠키 틀을 내려놓은 유채는 다원과 딱 눈이 마주치자마자 고개를 숙였다. 어쩐지 죄를 지은 기분이 들었다.

"그건 정말 누나랑 형이랑 사귀는 사이 같았기 때문이야. 나도 처음 왔을 때 물었는데 아니라 해서 놀랐잖아. 기억하지?"

"뭐⋯⋯."

유채는 점점 할 말을 잃어 갔다. 왠지 다원이 하려는 말이 뭔지 알 것 같았기 때문이다.

"그 정도로 애인끼리 할 걸 누나랑 형은 다 해 버렸는데, 이제 와서⋯⋯ 아니다, 하나 있다."

"뭔데?"

아직 할 수 있는 게 하나라도 남아 있다니. 다행이다 싶어 유채가 냉큼 물었다. 그런데 어째서인지 다원의 표정이 싱글벙글 즐거워 보였다. 자신에게 유쾌한 것은 아니란 의미였다. 유채는 미간을 찌푸리며 안 듣겠다고 하려는 순간 다원이 검지 손가락을 펼쳐 대답했다.

"안 한 거, 결혼."

"뭐?"

"결혼 남았네!"

"너 반죽으로 맞아 볼래!"

"으아악! 잘못했어!"

그때 주방 문이 쾅 열리고 원진이 걸어왔다.

"밖에 다 들리니 조용히 좀 만들어 줄래?"

"아, 예⋯⋯."

"죄, 죄송합니다."

유채와 다원이 나란히 원진에게 사과를 했다. 곧 문이 다시 닫히자마자 서로를 노려보다 고개를 팩 돌렸다.

묵묵히 스콘 반죽을 계속 만들며 유채는 생각했다. 그간 했던 게 정말 애인끼리 하는 거라면, 이제 정식으로 만나게 되었으니 그걸 반복하면 되는 게 아닌가? 아무래도 다원에게 다시 물어야겠다.

"야, 정다원."

"왜."

"주둥이 내밀지 말고."

"말 좀 예쁘게, 고운 말 바른말 예쁜 말 쓰면 안 됩니까? 거 참, 여자가 주둥이라니."

"불만?"

"……아뇨."

꼬리를 내린 다원이 왜, 하고 다시 대꾸했다. 헛기침을 하던 유채가 쿠키 틀로 찍어 낸 반죽을 오픈 팬 위에 올려놓으며 말했다.

"밥 먹고, 영화 보고, 놀러 가고, 주말마다 꼬박꼬박 보고…… 뭐 이런 것들 말하는 거야?"

"응."

"아니, 친구랑 할 수 있는 거잖아."

"거기다 옵션."

"옵션?"

다원이 잠깐 가까이 와 보라고 하기에 유채는 의심쩍어 하면서도 가까이 다가갔다. 그리고 귀를 쭉 내민 순간, 다원이 귓가에 속삭였다.

"스킨십."

그 순간 유채가 눈을 깜빡이다 천천히 입꼬리를 올렸다.

빙고, 그거구나.

유채는 답을 찾았다는 듯이 눈을 반짝였다.

10화

유채가 고민하는 문제를 유찬도 똑같이 고민하고 있었다.
그녀가 자신을 봐 주기로 한 것은 정말, 너무나도 기쁜 일이
었다. 매일 꿈이 아닌가 확인하고 있었다. 그 정도로 기쁘고
믿기지 않은데 문제가 있다는 걸 알았다.

대체 연인 사이에는 뭘 하면서 지내야 하는 건가.

친구에서 연인이 되었다. 뭔가 달라져야 한다는 생각은 들
었지만 어떻게, 무엇이 달라져야 하는지 도통 모르겠다. 유
채에게 딱히 티를 내진 않았으나 내심 계속해서 고민했다.

고민하고 또 고민을 거듭한 끝에 결국 아르바이트 생인 유
겸과 채경에게 물어보기로 하였다.

"저기."

머뭇거리던 유찬이 멋쩍게 두 사람을 불렀다. 동시에 유겸과 채경의 시선을 한 몸에 받은 유찬은 어색하게 웃으며 뒤통수를 긁적였다. 이런 것에 대해서 물으려니 여간 쑥스러운 게 아니다.

스물네 살인 유겸과 스물두 살인 채경이라면 분명 잘 알 것 같았다. 저보다는 어린 데다 연애도 곧잘 하는 것 같으니 말이다.

하지만 막상 불러 놓고 말을 하려니 입이 떨어지지 않았다. 둘 다 저를 보며 왜 불렀냐는 듯한 눈빛을 보내니 다시 입을 들썩이며 유찬이 한숨과 함께 입을 열었다.

"물어볼 게 하나 있어서."

"뭔데요?"

유겸이 먼저 대꾸를 해 오자 유찬이 머뭇거리며 말했다.

"보통 커플들은 만나면 뭘 하나 해서."

눈을 깜빡이던 유겸의 눈이 크게 떠졌다. 더불어 요상한 소리를 내며 믿기지 않는다는 표정을 지은 채경이 한 발자국 다가가 물었다.

"그건 왜…… 설마 그 언니랑."

"맞아."

쑥스럽다는 듯이 웃는 표정은 그가 다른 사람들에게 처음 보여 주는 표정이다.

유겸과 채경은 서로를 바라보다 피식 웃었다. 그리곤 유겸이 하나씩 설명하기 시작했다. 그 중간중간 채경도 덧붙이며 열심히 알려 주었지만 듣는 유찬은 고개를 갸웃거리며 물었다.

"그건 친구끼리도 할 수 있는 것들 아냐?"

실제로도 유채와 해 오던 것들이다.

"물론 그렇죠. 하지만 커플에게 추가되는 건, 바로 이거!"

두 사람이 덥석 손을 잡았다. 채경이 부끄럽다는 듯이 웃었다. 그걸 본 유찬의 눈이 조금 커졌다가 빙긋 웃었다.

그렇구나. 어느새 마음이 맞은 모양이네.

유찬의 시선이 두 사람이 맞잡은 손에 닿았다. 유겸이 시선을 느끼고 손을 흔들어 보였다.

"스킨십이죠."

"음."

"친구 사이에 손을 잡거나 팔짱을 낄 수도 있지만 느낌이 다르죠."

"뭐……."

그렇지.

유찬은 유겸의 말에 고개를 끄덕이다 문득 유채가 떠올랐다. 아니, 그녀가 자신에게 했던 키스가 떠올랐다. 키스라고 하기엔 부족했기에 입맞춤 정도일까. 그녀는 분명 스킨십을 할 수 있는 건 본인뿐이라고 했다. 분하긴 하지만 당돌한 그녀가 귀여웠다.

유겸과 채경은 갑자기 키득거리며 웃는 유찬을 의아하게 보았으나 곧 무슨 생각을 하는지 눈치챘다.

"형님."

유겸의 목소리에 정신을 차린 유찬이 응? 하고 대꾸했다.

"이제 사귀신다고 해서 놀랐습니다."

장난스럽게 자신의 팔을 팔꿈치로 툭툭 치는 유겸의 말에 유찬은 그저 미소만 지었다. 뭔가 민망했다.

유채와 친구 사이라고 말했을 땐 거리낌 없었다. 그 이상의 사이가 되어서 자랑하고 싶은 마음도 들지만 막상 말을 하려면 말문이 막혔다. 그저 웃음만 지을 뿐이었다.

그에 비해 유채는 아무렇지도 않아 보였다. 문득 유채가 부끄러워하는 모습을 보고 싶었다.

"형님, 연인들 사이엔 말입니다."

"응?"

"이런 것도 좋지만."

유겸이 채경의 이마에 쪽 소리를 내며 입을 맞췄다. 채경의 얼굴이 점점 새빨개지는 것 같더니 유겸을 팍 밀며 몸을 팩 돌렸다.

그 광경을 바라보던 유찬은 고개를 끄덕였다. 바로 저거구나. 하지만 유채는 오히려 먼저 키스를 하고 아무렇지도 않게 웃어 보였다. 어쩌면 저는 유채가 부끄러워하는 모습을 보기는 힘들겠다는 생각이 들었다.

"이런 스킨십도 있고."

유겸의 목소리가 점점 작아지더니 유찬에게 귓속말을 했다.

"그 이상도 있고 말이죠."

"그 이상이라 하면⋯⋯."

"그만해, 오빠! 내가 다 부끄러워."

채경이 유겸을 억지로 떼어 냈다. 유찬은 감을 잡을 것 같으면서도 명확히 와 닿진 않은 얼굴이었다. 채경은 새빨개진 얼굴로 유찬에게 말했다.

"일단은요."

"아, 응."

유겸과 채경은 흔히 볼 수 있는 커플들의 모습이었다. 보통의 커플은 저렇구나 생각하다 자신과 유채를 떠올려 보았다. 고등학교 졸업을 했을 무렵부터 저렇지 않았나 싶었다.

그리고 또 새삼 깨닫는다. 자신은 입으로만 유채와 친구라고 주장하고 다녔다는 것을.

"요즘은 커플들이 해야 할 100가지, 이런 리스트가 있거든요."

"그거, 나랑도 하는 거야?"

뒤에서 유겸이 눈치 없이 끼어들었다. 채경은 살그머니 발을 밟고서 말을 이었다.

"정 모르겠으면 그거 한 번 찾아보세요."

"아, 그래."

"네! 그게 오빠가 하기엔 유치해 보일 수도 있지만 참고는
될 거예요."

"고마워, 채경아."

✳   ✳   ✳

유찬은 집에 가자마자 컴퓨터를 켰다. 인터넷으로 들어가
커플이 해야 할 100가지를 치니 많은 정보가 나왔다. 우연찮
게 찾아낸 블로그에서 목록을 뽑았다. 인쇄가 되는 동안 유
찬은 이런 자신이 어색해 저절로 웃음이 나왔다. 연필꽂이에
꽂아 둔 볼펜 하나를 꺼냈다.

"어디 보자……."

그리곤 1번부터 유채와 했던 걸 체크하기 시작했다. 처음
엔 무덤덤하게 시작하던 유찬의 얼굴이 굳어졌다. 100번까지
체크한 후, 낮게 한숨을 쉬며 볼펜을 내려놓았다. 양손을 얼
굴에 올려 마른세수를 하며 입을 꾹 닫았다.

항목들을 보며 이건 언제 했었다, 하는 기억들이 새록새록
떠올라서 저도 모르게 의식의 흐름대로 유채를 갈망했다. 유
채의 밝은 얼굴이, 통통 튀는 목소리가 맴돌았다. 이렇게나
함께 한 추억이 많았다.

"유채야."

그녀가 너무 보고 싶어졌다. 당장이라도 만나러 가고 싶었다. 그러나 매일 만나지 못하니 보통 메시지를 보냈다. 자신이 한참 일을 할 때 유채는 퇴근한다. 그리고 자신이 퇴근할 때는 유채가 한창 잠들었을 때라 전화를 할 수가 없었다.

깨우기 미안했지만 전화를 해서 목소리라도 듣고 싶었다. 유찬은 망설이다 단축번호를 눌렀다. 연결음이 한참 들려왔다. 아무래도 자는데 깨우는 것 같아 그냥 끊으려던 찰나 잠이 잔뜩 서려 있는 유채의 목소리가 들렸다.

―뭐야…… 서유찬?

막상 유채가 전화를 받으니 미안해졌다. 전화를 끊어야겠다 싶었지만 유채의 목소리가 다시 들려와서 말을 하려다 그대로 멈췄다.

―어라 진짜네. 꿈인 줄 알았는데. 안 들려? 여보세요?

"아, 그게……."

―전화를 걸었으면 말을 해야지.

"하하."

멋쩍다는 듯이 웃으며 괜히 머리 뒤를 만지작거렸다.

"유채야."

―응. 왜.

잠에서 깨지 않은 목소리지만 그래도 좋았다. 미안한 마음은 여전했지만 전화 걸길 잘했다는 생각이 들었다.

전에 없던 애틋함이 물씬 풍겨 났다. 자신의 마음을 인정하고 나니 이렇게 순식간에 달라질 수가 있구나 싶었다. 언제든지 볼 수 있으니 며칠 연락 안 해도 된다고 생각했던 때와 달리 지금은 조금이라도 더 보고 싶었고 목소리라도 듣고 싶다는 생각이 강했다.

"……깨워서 미안."

흐암, 하품을 하던 유채가 대답했다.

─괜찮아. 어디 보자, 시간이 지금 막 퇴근했겠네?

"그렇지."

─수고했어. 배는 안 고프고?

"배고프면 와서 라면 끓여 줄 거야?"

─아니.

너무 단호하다고 대꾸를 하니 키득거리며 유채가 웃는 소리가 들렸다.

유겸과 채경에게 들었을 땐 잘 몰랐는데 지금은 왠지 알 것 같았다. 연인이 되면 무엇을 해야 하는지, 친구와 연인이 어떻게 다른지.

여태 억눌러 감췄던 감정을 고스란히 드러내니 자연히 와닿았다. 연인 사이에 해야 할 100가지 같은 건 없어도 될 것 같았다.

"유채야."

─왜.

"보고 싶어서 전화했어."

—오.

"응?"

—네가 그런 말도 할 수 있구나!

유쾌하게 웃는 목소리를 들으니 잠이 깬 모양이다. 잠을 깨웠음에도 짜증 하나 부리지 않고 저를 받아 주는 유채의 마음에 괜히 울컥했다. 자신이 프린트한 종이를 내려다보던 유찬이 말했다.

"사실, 연인은 뭘 해야 하는 건가 고민을 했었거든. 유겸이랑 채경이한테도 물어봤고."

—아, 그건 나도. 뭐랄까.

유찬은 가만히 들려오는 유채의 목소리를 들었다.

—생각해 본 적 없는 일이라서. 좋아하는 사람이랑 이루어지는 게. 아, 부끄럽다!

유찬의 손이 움찔 떨렸다. 그녀가 아무렇지도 않게 말을 했지만 속은 아니라는 것을 잘 알았다. 유찬은 문득 미안해졌다. 저런 말을 하게 된 건 전부 그녀의 감정을 외면했던 자신의 탓이었다.

새삼 또 다짐했다. 유채에게 잘해 주자. 많이 사랑해 주고 소중하게 대하자.

—그래서 뭐랄까. 너랑 사귀면 뭘 해야 하나, 그런 거 하나도 생각 안 해 봤거든.

"……응."

―목소리 봐라. 미안하게 생각하지 마. 차였는데도 포기 못 한 내 탓…….

"아니, 내 탓이야."

―…….

"넌 내게 있어서 친구 그 이상이었는데, 그걸 애써 밀어내려고 했던 내 탓이야."

―유찬아.

"지금 말이야."

프린트한 종이를 펄럭이며 바닥에 펼쳐 놓았다. 두 장 되는 종이를 내려다보던 유찬이 다시 말을 이었다.

"채경이 조언으로 내가 뭘 뽑았거든. 이게 요즘 유행이라는데."

―뭔데?

"연인이 되면 해야 할 100가지."

―뭐? 그런 것도 뽑고. 우리 유찬이 장하네, 장해.

"놀리지 말고."

저도 민망했다. 이런 걸 뽑아야 할 정도로 연애라는 것에 무지하구나 싶기도 했다. 하지만 체크하면서는 다른 부분 때문에 멍해졌다. 체크 안 한 걸 세어야 할 정도로 한 게 더 많았다.

"우리가 안 한 것들은 얼마 없고 한 게 더 많아서…… 갑자기 네가 보고 싶어졌어. 그래서 전화했어."

─그래? 그거 궁금하네. 안 한 거 말이야.

유채의 대답에 유찬은 멍해졌다. 뒤통수를 한 대 맞은 것만 같은 기분이 들었다. 그러니까, 유채는 알면서도 여태 자신과 함께 이 모든 것을 해 준 것이다. 유찬은 목이 막혀 왔다. 머뭇거리다 대답을 했다.

"불러 줄게. 잘 들어 봐."

─그래. 덕분에 잠이 확 깼으니까.

"그건 좀 미안한데."

─얼른 말하기나 해.

재촉하는 목소리에 체크 안 한 쪽을 훑었다.

"커플 아이템은 산 적 있으니 했다고 하지 뭐."

─맞아. 공책이나 펜 같은 거. 운동화도 그랬지. 내가 지금 와서 말하는데.

"응."

─다 내가 노려서 산 거다?

할 말을 잃은 유찬은 입을 들썩이다 천천히 눈을 감았다가 떴다.

"로맨틱한 키스하기."

─키스는 했는데?

"로맨틱하지 못했잖아? 내가 할 거야. 그러니까 허락해 주실래요?"

─싫은데요.

장난스럽게 웃는 유채를 직접 보고 싶었다. 지금 당장 찾아가고 싶은 충동이 들었지만 꾹 참고 다음 걸 얘기했다.

"만날 때마다 천 원씩 모아서 그 돈 가지고 여행 가기."

—뭐야. 언제 모아? 그건 안 할래. 다음.

"우리끼리만 부르는 애칭 만들기. 교환 일기 쓰기."

—애칭이야 뭐…… 근데 교환 일기라니. 안 해. 일기는 초등학교 때 졸업했습니다!

"그럼 애칭은 뭐?"

유찬의 말에 유채가 입을 다물었다. 조금 뒤, 계속하라는 목소리가 들렸다. 유찬은 피식 웃으며 그 항목에 별 두 개를 그린 후 작게 적었다. 반드시 할 것. 그리고 유채가 안 한다고 했던 두 가지에는 엑스를 그렸다.

그 밖에도 남산 가서 사랑의 자물쇠 걸기, 친구 커플과 더블 데이트하기, 이벤트로 감동 주기, 자기 전에 서로 자장가 불러 주기, 커플 속옷 맞추기, 서로 귀 청소해 주기, 새벽에 몰래 나와 공원 가서 놀기.

—우리 내일 커플 속옷 맞추러 갈래?

"곽유채, 너……."

—이야, 그거 재미있겠네. 아니, 좀 바꿔서 해 볼까? 넌 내가 골라 주는 거 입고, 나는 네가 골라 준 거 입고.

부끄러운 말을 서슴없이 하는 유채에게 유찬은 피식 웃으며 입을 열었다. 이렇게 당당한 유채가 참 좋지만 가끔 제가 해야 할 말을 죄다 빼앗기는 것만 같았다.

"유채야. 그러면…… 보여 줄 거야?"

—물론, 내가 보여 주고 싶을 때.

"그런 게 어디 있어."

—여기 있어. 자, 다음.

유찬은 한 방 먹었다는 듯이 피식 웃다가 다시 말을 이었다.

손잡거나 팔짱 끼고 돌아다니기, 서로만의 은밀한 암호 만들기, 둘만의 사진 앨범 만들기, 사주 카페 가서 궁합 보기, 커플 통장 만들기 등등.

가만히 듣던 유채가 말했다.

—그래. 우리, 다 해 보자. 안 한 것들도 하고, 해 본 것들도 다시 해 보자.

"이것도 해 줄 거야? 아직 말 못 한 거 있는데."

—뭔데?

씩 웃던 유찬이 낮은 목소리로 조용히 속삭이듯이 말했다.

"여자가 먼저 덮치기."

—야!

엄청난 소리가 들려왔다. 킥킥 웃던 유찬은 핸드폰을 잠깐 귀에서 떨어뜨렸다가 다시 갖다 대며 말했다.

"농담."

—너 두고 봐.

그 말을 끝으로 유채의 목소리는 뚝 끊겼다. 뭔가 아쉽기도 하고 장난도 더 치고 싶어서 전화를 다시 걸까 했지만 여기까지만 하기로 했다.

종이를 내려다보던 유찬은 했던 것들을 보았다. 아무렇지도 않게 했던 행동들이, 친구 사이엔 다 하는 것처럼 느껴졌던 부분이 흔히 하는 게 아니라는 걸 알았다. 주변에서 오해할 만했다.

그때 마침 유채에게 메시지가 하나 도착했다.

〈잘 자.〉

간단한 말이지만 유채가 쑥스러워하는 것 같았다. 유찬은 괜히 그녀의 이름이 떠 있는 화면을 쓰다듬었다.

❋　　　❋　　　❋

이제 완전한 봄이 되었다. 날은 따듯했고 봄바람이 살랑살랑 불었다. 옷을 얇게 입고 다녀도 될 만큼 포근한 날씨가 이어졌다.

"아, 따듯해."

"그러고 보니 누나는 봄에 커플된 거네?"

유채의 고개가 확 돌아갔다. 다원은 자신의 양어깨를 잡고 노려보는 그 시선에 움찔거렸다. 무슨 말을 잘못 꺼냈나 생각하며 말을 되새겼다. 하지만 유채는 눈을 빛내며 다원의 어깨를 흔들었다.

"다시 한 번 말해 봐."

"그러니까 봄……."

"그래!"

"아하, 커플이란 단어가 좋은 거구나?"

"그렇지!"

다원을 밀다시피 확 놔 버린 유채가 씩 웃었다. 그리곤 원진을 향해 몸을 틀었다.

"오빠."

"왜?"

"그냥, 고맙다고. 그런 의미에서 오늘 내가 일 끝나고 술 살게!"

옆에 있던 다원이 앓는 소리를 냈다. 왜 그러느냐고 원진이 물어보기에 다원이 얼굴을 한 손으로 덮으며 한숨을 쉬었다.

"나 오늘 예진이 만나기로 했는데……."

다원의 여자 친구 이름이 나오자 유채가 혀를 끌끌 차며 '다음 기회에!' 라고 외쳤다. 그러자 다원이 유채의 양팔을 덥석 잡고서 눈물 글썽이는 표정으로 말했다.

"누나. 내일. 응?"

"어디서 귀여운 척이야. 안 돼. 아, 돈 굳었다."

"누나! 응?"

"안 들려."

두 사람이 한참 장난칠 때, 문에 달린 종이 울렸다. 둘은 동시에 방긋 웃는 표정으로 앞을 바라보았다. 익숙한 얼굴이 보이자 금방 편안한 표정으로 돌아갔다.

유찬이었다. 유채는 자연스럽게 가게 벽에 붙은 벽시계를 바라보았다. 4시 15분. 아마 출근하기 전에 잠깐 들린 모양이다.

"왔어?"

"진후 형이 여기 타르트 먹고 싶다고 해서."

"커피는? 괜찮아?"

"주면 좋지."

다원은 유채의 보조 의자를 빼앗아서 앉았다. 그때 유찬과 눈이 마주쳤다. 방금 전 신나게 유채와 장난을 치고 있었던 터라 어쩐지 그의 시선에 몸이 저절로 움찔거렸다. 눈빛이 싸늘해진 것 같은 기분이 들어서 속으로 비명을 지르며 시선을 피했다.

그사이 유채는 다른 케이크를 추천하고 있었는데 유찬이 듣고 있지 않은 것 같아 고개를 들었다. 그의 시선은 다른 곳을 향해 있어 그녀가 말을 멈춘 줄도 모르는 눈치였다.

유채는 진열대에 팔꿈치를 기대고 턱을 괴며 유찬의 이름을 불렀다.

"유찬아."

그녀의 목소리에 유찬이 퍼뜩 놀라 고개를 돌렸다. 저를 바라보는 시선을 느낀 유찬이 움찔 떨다 빙긋 미소를 지었다.

"응. 그거로 줘."

"내 설명 하나도 안 들었으면서?"

"아니야. 들었어."

"거짓말."

"……미안."

"거봐! 근데 다원이는 왜 그렇게 잡아먹을 것처럼 노려보는데?"

다원은 이때다 싶어서 재빨리 주방으로 들어갔다. 그가 달아나는 뒤꽁무니를 바라보다 고개를 돌렸다. 히죽 웃고 있는 유채와 시선을 마주쳤다. 유찬은 이제 그녀에게 숨길 수 있는 일이 없다는 걸 알았다. 눈치가 빨라 원래도 거짓말이 통하지 않았다. 물론 그녀 자체가 거짓말을 싫어하긴 했지만 말이다.

고등학교 때 처음으로 시험을 망친 후 위로가 필요했다. 뭐라고 하는 이는 없었지만 자괴감에 빠져 주변에 그 어떤 것도 눈에 들어오지 않았다. 그때 제 마음을 알아챈 건지 유채는 아무런 말없이 자신을 꽉 안아 주었었다. 그때 알았다.

그녀는 정말로 고마운 존재이며 숨길 수 있는 일이 없다는 사실을.

"둘이 친해 보여서 말이야."

유찬이 그 말을 꺼내자 옆에서 가만히 듣던 원진이 피식 웃었다.

"이젠 질투도 대놓고 잘하네."

"그게……."

원진의 말에 찔린 유찬이 입을 들썩이다 다물었다. 하지만 곧 멋쩍다는 듯이 웃으며 뒷머리를 긁적였다. 유찬을 빤히 바라보던 유채는 그의 팔을 손등으로 툭 쳤다.

"조만간 도시락 싸 들고 꽃놀이 가자."

"아, 응."

"뭐, 매년 가던 거지만."

그렇긴 하지만. 유찬이 작게 중얼거리자 키득거리며 웃던 유채가 타르트를 꺼내서 원진에게 내밀었다. 원진이 받은 타르트를 상자 안에 예쁘게 넣었다.

"매년 갔던 거라도 어때."

유찬은 고개를 잠깐 숙이다가 무슨 말이냐는 듯이 들었다. 시선이 마주치자 유채가 눈꼬리를 예쁘게 휘며 웃었다. 유찬은 무의식중에 손을 뻗어 유채의 얼굴을 만질 뻔했다.

요즘 들어 자주 그랬다. 유채를 생각하면 심장 박동이 쿵 쾅거리며 빨라지고 눈앞에 있으면 손이 인식하기도 전에 먼저 나갔다. 이러면 안 되는 걸 알면서도 자꾸만 움직였다.

예전엔 어떻게 버텼더라. 기억이 나질 않았다. 본인의 마음을 깨닫고 난 뒤로 특히 더 했다. 감정이 급격하게 빨라져서 어쩔 줄 모르겠다.

"하긴."

유찬이 머뭇거리다 말을 꺼냈다. 커피를 내리던 유채가 되묻기에 유찬은 미소를 지으며 대답했다. 유채는 그의 미소를 보며 잠시 그대로 멈췄다.

"그땐 친구로 간 거고, 지금은 다르니까."

유채는 그 말에 뭐라고 대답을 할까 고민하다 입을 닫았다. 마저 커피를 내린 후 들고 가기 쉽게 캐리어에 넣어 건넸다.

"도시락은 이제 네가 싸."

"자신 없는데."

"기대할게."

유찬은 더 이상 뭐라 하지 못했다. 그녀의 기대한다는 말한 마디에 열심히 도시락을 쌀 수밖에 없을 것 같았다. 아무래도 요리를 배우거나 레시피를 보고 집에서 연습이라도 해야겠다.

✳　　　✳　　　✳

토요일.

두 사람의 주말은 평소와 다름없었다. 유채가 보고 싶다던 영화가 개봉을 해 같이 영화관을 찾았다. 영화를 보고 난 뒤, 방금 전 보았던 영화에 대해 유채가 재잘재잘 떠들었고 유찬은 그걸 들으며 맞장구를 쳐 주었다.

"이거 시리즈로 나오겠지?"

"그렇지 않을까."

영화를 보고 난 뒤에는 점심을 먹으러 철판 볶음밥 전문점으로 향했다. 전부터 철판 볶음밥을 먹고 싶다고 말하던 것을 기억한 유찬이 유채를 끌고 그곳으로 향했다.

유채는 일부러 그가 그곳에 가는지 모르는 모양이다. 전부터 가고 싶었는데 잘 되었다며 좋아하는 모습을 보니 덩달아 기분이 좋아졌다.

이제 두 사람은 나란히 걷는 게 어색하지 않았다. 손을 꼭 붙잡고 걸었다. 둘 중 한 명이 먼저 잡으면 다른 한 명은 맞잡았는데 오늘은 영화관에서 나오자마자 동시에 서로의 손을 잡았다. 놀라서 눈이 마주치자 그냥 웃어 버렸다.

"유채야, 내가 생각해 봤는데."

"뭘?"

유찬이 생각했던 건 애칭에 대해서였다. 유겸과 채경에게 물으니 '자기야' 라고 부른다 했다.

왠지 그걸 시도했다간 유채가 민망하다며 그냥 지금처럼

이름을 부르자고 할 것 같았다.

한 번 인식했기 때문일까, 잠시라도 틈이 생기면 좋은 애칭 없을까 내내 생각하게 되었다. 그녀의 행동이 예상되어도 듣고 싶은 마음이 커져 물어보기로 하였다.

"애칭 말이야."

맞잡은 유채의 손에 힘이 살짝 들어갔다. 유찬은 그걸 느꼈지만 모르는 모르는 척 말을 이었다.

"내내 생각해 봤는데."

"그걸 계속 생각했단 말이야?"

"응. 넌 어때?"

"난 아무 생각 없는데. 이름 놔두고 뭘 불러?"

역시나. 예상을 빗나가지 않는 대답에 유찬은 피식 웃었다. 유채가 관심이 없으니 더욱 부르게 하고 싶었다.

"채경이네는 자기라고 한다던데."

눈에 띄게 움찔거리던 유채는 말없이 앞을 보자 걷기 시작했다.

어느새 철판 볶음밥 전문점에 도착했다. 유채는 자리에 앉아서 메뉴를 고르기 전까지 입을 열지 않았다.

유찬은 그녀의 반응을 보자 딱 여기까지만 해야 할 것 같았다. 너무 욕심을 부리지 말라며 스스로를 다독였다. 유채가 자신의 마음을 받아 준 것만으로도 고마웠다.

"뭐 먹을 거야?"

유찬이 화제를 돌렸다. 그러자 유채가 곧바로 대답을 해 왔다.

"나는 삼겹살 볶음밥."

"그럼 난 치킨 볶음밥으로."

주문을 하고 난 뒤 조용해졌다. 유찬은 유채를 바라보았다. 그녀는 시선을 아래로 내린 채 무언가 골똘히 생각하는 듯했다.

유찬은 그냥 놔두기로 하였다. 종종 침묵이 자리할 때도 있었지만 대화를 나누지 않아도 어색하지 않았다. 그저 유채를 마음껏 바라볼 수 있어서 좋았다.

문득 이런 생각이 들었다. 계속해서 친구 관계로 남았다면, 어땠을까. 만약 유채가 자신을 받아 주지 않고 아예 저를 잘라 냈다면, 어땠을까.

그건…….

생각만으로도 가슴이 저릿하게 아파 왔다. 유채가 없는 시간은 생각해 본 적 없었다. 그저 함께 있기만 해도 좋았다.

"서유찬."

그녀의 목소리가 들려왔다. 고개를 들자 어느새 생각을 다 끝낸 듯 유채가 저를 바라보고 있었다. 시선을 다정하게 마주하자 머뭇거리던 유채가 입을 열었다.

"그…… 애칭, 말이야."

"아, 응."

그걸 생각하고 있었구나. 어쩐지 가슴이 간질거렸다. 자신을 위해서 계속 생각해 준 것 같았다.

그냥 무시한 게 아니라 민망하고 부끄러워서 대답을 안 한 거였구나.

"무리일 것 같은데."

"알아. 곽유채 성격에 그건 무리지."

"넌 나를 너무 잘 알아. 알고 지낸 시간이 길어서 그런 건가."

"맞아. 음식 취향도 잘 알고."

"나도 알거든요."

유채의 말이 끝나자마자 동시에 품 하고 웃었다. 그때 마침 볶음밥이 나왔다. 맛있는 냄새가 폴폴 풍겼지만 바로 먹지는 않았다. 대신 대화가 더 이어졌다.

"그래도 생각해 봤거든. 서유찬 애칭을."

"응. 그래서 뭐가 나왔어?"

"바보."

"……유채야."

"왜?"

"그냥 이름 불러 줘. 야, 서유찬 말고."

"성을 빼고 부르라는 거야?"

그래. 유찬은 곧바로 고개를 끄덕였다. 애칭이 바보가 뭔가. '자기야' 까지는 기대하지도 않았지만 갑자기 바보가 튀

어나올 줄은 생각도 못 했다. 차라리 유채가 거칠게 부르는
야, 서유찬보다는 그냥 유찬이라는 이름을 다정하게 부르는
게 나을 것 같았다.

"그래. 앞으로 서유찬 말고 유찬이라 불러 주지. 그리고
밥 먹고 쇼핑 좀 하자. 옷 사고 싶어."

유찬은 아무래도 상관없기에 고개를 끄덕였다.

늘 그렇듯이 밥 먹는 시간은 조용했다. 밥을 다 먹자마자
유채는 계산서를 들고 일어났다. 물을 마시는 틈에 계산서를
빼앗긴 유찬이 허겁지겁 그녀의 뒤를 쫓았다.

"자, 잠깐만."

"천천히 물 마시고 오지."

이미 영수증을 받은 유채를 멍하니 바라보던 유찬은 안 나
오느냐는 재촉에 정신을 차렸다.

유찬이 나오자마자 유채는 그에게 팔짱을 꼈다. 그녀가 찰
싹 달라붙자 하하 소리를 내서 웃던 유찬이 왼쪽 손을 뻗어
그녀의 머리를 쓰다듬었다.

"야, 이제 우리 연인처럼 보일까?"

그 물음에 유찬이 그녀의 팔을 장난스럽게 툭 쳤다.

"이름 불러 주기로 했잖아?"

"으음."

다시 생각해 본다고 할까. 유채는 잠깐 망설였지만 곧 고
개를 저었다. 고쳐야겠지. 유찬이 너무 편해져서 막 불렀지

만 이젠 다정하게 불러 줘야겠다.

"유찬아."

"응. 그리고 연인 사이로 오해 받은 진 꽤 되었잖아?"

"……하긴."

유채가 자주 가는 옷가게로 향하며 두 사람은 도란도란 대화를 나눴다. 다정하게 붙어 있는 두 사람의 모습이 제법 연인처럼 보였다.

옷가게로 들어간 유채는 빨간색 바탕에 검은색 줄이 그어져 있는 체크무늬 옷을 꺼내서 살폈다. 평소에 이런 무늬가 좋다고 생각했지만 한 번도 사 보지는 않았다. 이 기회에 사서 입을까 생각을 하다 문득 스쳐 지나간 생각에 씩 웃었다.

유채는 다른 옷을 보고 있는 유찬을 불렀다.

"유찬아."

"왜?"

"이쪽으로 와 봐."

유찬은 유채에게 가서 그녀의 손에 든 체크무늬 셔츠를 보았다. 이거 어떠냐는 눈빛에 셔츠와 유채를 번갈아 보다 고개를 끄덕였다.

"예쁘네. 하나 사. 사 줄게."

"뭐래."

픽 웃던 유채는 어리둥절한 표정을 짓고 있는 유찬을 향해 말했다.

"넌 그냥 내 말에 대답만 해 주면 돼."

딱 잘라 말을 한 유채는 그에게 맞는 사이즈를 찾아 주었다.

"맞추자."

"어……?"

"같은 걸로 맞추자고. 입고 나와 봐. 나도 입고 나올 거니까."

얼떨떨한 표정을 한 유찬은 그녀가 시키는 대로 탈의실 안으로 들어갔다. 유찬이 완전히 사라지자 유채도 곧 탈의실로 향했다.

먼저 갈아입고 나온 그는 그녀가 나오기를 기다렸다. 곧 유채가 탈의실 문을 열고 나왔다. 저와 같은 옷을 입은 유채가 참 귀여워 보였다.

"어때?"

"괜찮네."

"좋아. 다시 갈아입고 와."

유찬은 얼떨결에 옷을 갈아입고 나와 유채를 기다렸다. 탈의실에서 나온 그녀는 유찬의 손에서 옷을 가져가 계산대로 걸어갔다.

잠시 멍한 사이 유채가 또 카드를 내밀었다. 뒤늦게 지갑에서 카드를 꺼냈지만 이미 늦었다. 그는 기분 좋은 표정으로 옷이 든 쇼핑백 두 개를 든 유채를 멍하니 바라보았다.

"자."

"유채야."

"돈은 나도 버는데 너만 쓰는 거, 납득 안 가거든. 내가 쓸수도 있지. 안 그래?"

"그렇지."

"그러니까 도시락 잘 싸 와. 알겠지? 그리고 그날 이거 입고 와. 나도 입을 거니까."

유찬은 고개를 끄덕였다. 이제 어디 갈까 묻는 유채의 목소리에 쇼핑백을 내려 보던 그가 고개를 저으며 정신을 차렸다.

유채에게 끌려다니는데 기분이 나쁘지 않았다. 멍하니 있다가 어느새 보면 유채의 뜻대로 되고 있어서 신기했다. 작은 체구지만 사람을 이끄는 능력이 뛰어나 혼을 쏙 빼놓았다.

문득 유찬은 그녀를 꽉 안고 싶은 기분이 들었다. 마주 보며 재잘재잘 떠드는 것도 좋지만 단둘이 있는 곳에서 손을 잡는다든가, 포옹을 하고 싶었다.

욕심이라는 걸 알기에 간질거리는 손만 움찔거릴 뿐, 내려놓았다.

"유찬아?"

그녀가 다시 저를 불렀다. 유찬은 손을 뻗어서 그녀의 손을 마주잡았다.

"사실은 이제 둘만 있고 싶어."

"아까부터 둘만 있었잖아?"

"아니. 둘만 있을 수 있는 공간에 있고 싶어."

"그러다 내가 덮쳐도 모른다."

키득거리던 유채는 그의 표정이 진지하기 짝이 없어서 입을 다물었다. 저건 남자의 눈이다. 저를 잡아먹을 것처럼 보였다.

그걸 알면서도 유찬과 단둘이 있는 공간에 가느냐, 아니면 모르는 척 사람 많은 카페를 가느냐.

이리저리 머리를 굴리던 유채는 빙긋 웃으며 장난스러운 목소리로 물었다.

"그럼 우리 집이나 너네 집 둘 중 하나인데. 가서 뭐할 건데?"

"그건……."

유채의 물음에 말문이 막힌 유찬은 어깨를 으쓱였다. 사실 저도 모르겠다. 아무것도 하지 않아도 둘이 있으면 좋을 것 같았다.

유채가 일요일도 쉬니까 내일도 볼 수 있지만 월요일이 시작되면 또 평일에 보지 못한다는 생각에 둘만 있을 수 있는 시간이 더 소중해졌다.

"나도 모르겠어. 하지만……."

"좋아. 대신 잊지 않았지? 나는 되는데 너는 안 되는 거."

"……그거, 아직도 유효한 거야?"

유찬은 불만스러운 표정을 지었지만 곧 피식 웃었다. 그녀와 함께 있는데 그런 것이 무슨 상관이 있겠는가.

11화

유채가 자신의 집에 놀러 오는 일은 종종 있었다. 주로 유
채네 집에 놀러 가곤 했지만 어쨌든 자신의 집에 온 건 처음
이 아니다. 그런데도 처음인 것처럼 이상하게 긴장되었다.
게다가 어쩐지 들어가기가 망설여졌다.

"왜 안 들어와?"

유채가 뒤를 돌아 묻는 그 말에 정신을 차린 유찬이 어색
하게 웃었다.

"아, 응."

"여기 너네 집이거든?"

피식 웃는 목소리에 장난기가 가득 담겨 있었다. 유찬은
자신이 놀림당할 걸 예상했다. 정신을 차려야겠다는 생각이

머릿속을 스쳐 지나갔다.

"뭐 할까."

이번엔 유찬이 그녀에게 물었다. 거실에 있는 소파에 털썩
앉은 유채가 잠시 고민스런 표정을 짓더니 탁자 위에 놓인
리모컨을 찾아 TV를 켰다. 유찬은 그녀의 대각선에 앉으려
다 슬쩍 입꼬리를 올리며 옆에 앉았다. 소파가 푹 꺼지는 느
낌이 났다. 유채는 시선을 TV에 둔 상태로 입을 열었다.

"건너편 가서 앉지 그래?"

"싫은데."

유찬은 그녀의 손을 슬쩍 잡았다. TV에서 시선을 뗀 유채
가 힐끔거리며 시선을 아래로 내렸다가 다시 들었다. 미동도
없이 소파 등받이 쪽에 턱을 괸 채 여전히 TV를 보고 있었
다.

유찬은 유채의 곁으로 좀 더 가까이 붙었다. 아까보다 어
깨가 더 달라붙자 유채가 다시 입을 열었다.

"5cm 이상 떨어져 주지 않을래?"

"싫어."

단호한 대답에 그녀의 시선이 TV에서 떨어졌다. 유찬은
팔을 뻗어 그녀의 어깨 위로 둘렀다. 시선을 마주하자 짧게
웃었다.

"이런 걸 예상하고 온 거 아니야?"

"……얼씨구."

어처구니없다는 시선으로 그를 바라보았다. 유찬은 뭐가 잘못되었는지 전혀 모르는 표정이다. 유채는 어쩔 수 없다는 듯이 웃어 버리곤 유찬의 손을 맞잡았다. 눈을 동그랗게 뜨다 살포시 웃던 유찬이 유채의 뺨을 잡고 빤히 쳐다보았다.

유채는 자신의 얼굴을 놔 달라며 팔을 탁 쳤지만 오히려 잡고 있던 손에 힘이 들어가는 것을 느꼈다. 이대로 두면 안 될 것 같다는 생각이 든 순간 유찬의 얼굴이 다가왔다.

눈을 깜빡이던 유채는 그가 점점 다가올수록 점점 더 뒤로 내뺐다. 순식간에 얼굴을 잡고 있던 팔이 허리로 내려가 감쌌다.

이런 위험한 분위기라니. 유채는 고개를 휙 돌렸으나 다가오는 그의 입술까지 완벽하게 피할 순 없었다. 뺨에 촉촉한 입술이 닿았다 떨어졌다. 그리고 허리를 두른 팔에 힘이 좀 더 들어갔음을 느꼈다.

"난 그냥 TV 보면서 놀려고 했거든?"

이를 악물고 고개를 휙 돌리자마자 촉촉한 입술이 그녀의 입술 위를 살짝 스치듯 지나갔다. 왜 키스로 이어지지 않았는지 생각을 하던 유채는 자신이 아직 허락하지 않았음을 알았다. 그걸 깨닫자 웃음이 나왔다. 유찬의 양 얼굴을 잡고 떨어뜨렸다.

"넌 뽀뽀까지야."

"……알아."

낮게 한숨을 쉰 유찬이 이마를 콩 부딪치며 말을 이었다.

"그래서 멈췄어."

고개를 숙여 유채의 어깨 위에 이마를 기댔다. 멍하니 있던 유채가 피식 웃으며 등을 토닥이곤 빈틈없이 안아 주었다.

유찬은 유채의 왼손을 잡아 자신의 머리 위에 툭하고 얹었다. 눈을 깜빡이다 크게 웃어 버린 유채는 왼쪽 손으로 유찬의 머리를 쓱쓱 쓰다듬었다.

"바보야."

"……설마 그걸 애칭이라고 부르는 건 아니겠지."

"응."

"다행이네."

뒷말을 흐리던 유찬이 고개를 들었다. 잔뜩 아쉬워하는 얼굴과 더불어 무언가 참고 있는 표정이 보였다. 묻지 않아도 알 수 있었다. 유채는 애써 모르는 척 유찬의 말을 기다렸다.

"집으로 데리고 오는 게 아니었어……."

마치 투정을 부리듯 중얼거리는 입술이 너무 앙증맞다. 서유찬이 이렇게 귀여웠다니. 계속해서 그의 새로운 부분을 알아 가는 재미가 쏠쏠하다.

유채는 낄낄거리며 웃다가 고개를 살짝 들어 유찬의 입술에 쪽 입을 맞췄다.

"어휴."

"나는 언제쯤 되는 거야?"

유채는 부엌으로 가며 유찬의 물음에 대답해 주었다.

"글쎄."

머그컵 두 잔을 꺼냈다. 자신의 집에 유찬과 같이 산 머그컵이 있듯이 유찬의 집에도 마찬가지였다.

같이 산 건 아니고, 자신이 멋대로 가지고 와서 둔 것이었다. 귀여운 토끼가 그려진 컵을 전 애인이 봤다면 무지 질투했을지도 모른다.

유채는 피식 웃으며 머그컵 손잡이를 반대로 돌리다가 멈췄다. 어라, 이상한데. 잠시 머그컵을 들어서 눈 가까이에 댔다. 미세하게 금이 가 있었다.

'난 한 번도 떨어뜨린 적 없는데.'

유채는 천천히 뒤를 돌아 싱크대에 기대었다. 저를 계속 바라보고 있었는지 유찬과 눈이 마주쳤다. 그와 시선을 똑바로 마주했다.

유찬이 무언가 기대하는 눈빛으로 바라보기에 피식 웃음이 나오다가도 오른손에 들린 머그컵으로 인해 표정이 자꾸 굳었다.

"유찬아. 너, 내 머그컵 떨어뜨린 적 있니?"

"아니. 네 거 손댄 적 없는데."

"혹시 말인데."

"응."

318

"전에 네가 사귀었던 여자들 중 집에 왔던 적 있어?"

한순간에 유찬의 표정이 굳었다. 있구나. 유찬의 심각해진 표정을 보던 유채는 됐어, 하고 아무렇지도 않게 머그컵을 옆으로 치우며 작은 잔을 꺼냈다.

하지만 유찬은 가만히 있을 수 없었다. 일어나서 유채에게 다가갔다.

"한 번 왔었는데, 네 머그컵에 마시려고 해서 그건 쓰지 말라고 했었어."

아무렇지 않게 대꾸를 하기엔 질투가 나서 안 되겠다. 유찬에게 여자 친구들이 있었다는 것을 알고 사귀는 사이에 집에 놀러 올 수 있다는 것도 알고 있다.

당시 저는 그저 짝사랑을 할 뿐이었고 유찬은 자신의 마음을 모르는 상태였다. 그렇기에 질투해 봤자 쓸데없다는 것도 알고 있다. 하지만 질투가 나는 건 어쩔 수 없었다.

"누구 거냐고 묻길래, 유채 네 거라고 했어. 그때 살짝 떨어뜨렸던 것 같아."

"……."

"미안."

"네가 왜 사과를 하니."

유채는 옆에 서서 계속 저를 바라보는 유찬의 시선을 느꼈지만 고개를 들지 않았다.

가라앉혀야 한다. 가라앉힐 수 있다. 유찬에게 첫 여자 친구가 생겼다고 했을 때, 제 절망을 감추기 위해 얼마나 노력했던가. 평범한 반응을 보이기 위해, 보통 친구 사이처럼 보이기 위해, 아무렇지도 않게 그에게 축하한다는 말을 내뱉으려 몇 번을 연습했던가.

불과 7년 전 일이라고 벌써 까먹은 모양이다.

"괜찮아. 됐어."

"알아. 그건 내가 정말 어리석은 짓을 한 거야."

"……."

"미안. 하지만…… 유채야."

그가 뒤에서 안았다. 유채는 하던 모든 행동을 멈췄다. 이러다가 떨리는 손을 들킬 것 같았기 때문이다.

아무렇지도 않은 척하는 건 익숙했음에도 유찬이 자신을 사랑한다고 해 주니 금방 잊어버린 모양이다. 아니, 없애 버린 모양이다. 바보처럼 한심하게.

유채는 버석한 미소를 짓다가 고개를 돌렸다. 죄책감에 짓눌린 유찬의 표정과 마주했다.

"그때 이후로 아무도 온 적 없어. 너 아닌 사람이 이곳에 있는 거, 무지 어색하니까."

"……."

"그러니까 그런 표정 짓지 마. 내가 어떻게 하면 좋을지 모르겠어. 내 잘못인 거 아는데, 그런 표정 짓지 않게 하려고 노력하는데……."

유찬은 말을 멈췄다. 감정이 북받쳐 오르는지 입을 들썩이다 꾹 닫아 버렸다. 대신 그녀를 꽉 안았다. 팔을 가만히 내리고 있던 유채는 그가 자신의 품에 고개를 파묻고 살짝 떨고 있음을 알았다.

이런 거, 뭔가 바보 같다.

유채는 두 팔을 들어 유찬의 허리를 꽉 끌어안고 등을 토닥여 주었다.

한 번 차였다고 또 같은 대답을 들을까 무서워서 고백을 하지 않았던 곽유채. 미리 겁을 먹고 자신의 마음을 감춰 버린 서유찬. 둘 다 참 바보 같지 않은가.

"됐어."

"유채야……."

"나 이러려고 여기 온 거 아니야."

유채는 손을 뻗었다. 하지만 유찬은 자신을 밀어내려는 줄 알고 오히려 힘을 꽉 주었다. 유채는 낮게 한숨을 쉬다 그의 얼굴을 잡아 고개를 들게 했다. 유찬은 그녀의 손에 자신을 맡겼다.

"울고 있는 줄 알았는데."

피식 웃은 유채가 유찬의 얼굴을 이리저리 살폈다.

"안 우네."

"……울 리가. 내가 뭘 잘했다고."

자신이 어리석었다는 것을 유찬이 너무 쉽게 잊길 바라지 않았다. 하지만 너무 자책하는 것도 바라지 않았다. 유채는 골똘히 생각하다가 입을 열었다.

"유찬아, 너 동정이야?"

갑작스러운 질문에 유찬의 표정이 그대로 사라졌다. 멍하니 유채를 바라보았다. 지금 들은 단어가 자신이 알고 있는 그 단어가 맞는지 모르겠다.

눈을 깜빡이다 귀를 툭툭 쳤다. 잘못 들었나 보다. 아무리 유채가 과감하게 말하는 편이긴 하지만 방금 전 자신이 들은 건 아무리 생각해도 잘못 들은 게 맞았다.

"뭐야. 대답 안 하는 거 보니 동정 아니야?"

"자, 잠깐만."

유찬은 유채에게서 한 발자국 떨어졌다. 팔을 쭉 뻗어 유채가 그만 말하기를 바라는 의사를 밝혔고, 다른 한 손으로는 얼굴을 가렸다.

잘못 들은 게 아니잖아?

유찬은 지금 뭐라고 대답을 해야 좋을지 알 수 없었다. 동정이라는 걸 인정하는 게 부끄러워서 그러는 건 아니었다. 유채에게 솔직하게 대답을 하기엔 남자의 자존심이 구겨지는 것 같았다. 유채의 앞에서 내비치는 얼마 없는 프라이드였다. 하지만 대답을 하지 않으면 유채는 자신이 동정이 아니라고 오해하고 더 기분 나빠할 것 같았다.

아, 정말이지…….

난감한 머릿속과 반대로 유찬의 입가에는 웃음이 번졌다. 이래서 유채가 좋다. 진지하지만 힘들 땐 가만히 위로해 주었다. 또 우울할 땐 그 우울함을 날려 버릴 정도로 유쾌한 말을 한다. 어떤 의도에서 묻는지 모르겠지만 일단 대답이 먼저였다.

"맞아."

"정말?"

"그렇게 믿기지 않는다는 듯이 바라보면 내가 뭐가 돼."

난감한 표정을 지으며 유찬이 대답했지만 유채는 눈을 가늘게 뜨고 진짜인지 가늠해 보려는 시선을 보냈다. 그리고 조금 뒤, 고개를 끄덕였다.

"그러면 돼."

뭐가 된다는 건지 모르겠다. 유찬이 되물으려고 하자 유채가 말을 이었다.

"방금 전은 질투였을 뿐이야. 그냥, 서유찬 집은 내 구역인데 다른 여자가 발을 들였다는 생각에 좀 화도 났고. 근데 네가 동정이라니까 기분이 좋아지네."

"하하하……."

유찬은 비틀거리다 소파에 앉았다. 피식 웃던 유채는 몸을 틀어 커피를 타기 시작했다. 휘젓는 숟가락과 잔이 부딪치는 소리가 방 안을 가득 채웠다. 대화는 오가지 않았다. 하지만 아까보다 공기가 좀 더 유순해졌다.

"유찬아, 자."

"아, 고마워."

따뜻한 커피를 내밀며 유채는 유찬의 옆에 앉았다. 아까와는 달리 좀 떨어진 거리였다. 이번에는 그도 자리를 옮기지 않고 그 자리 그대로 앉아 있었다.

"도시락 말이야."

유채가 불쑥 말을 꺼냈다. 유찬의 시선이 잠시 그녀를 향했다가 다시 제자리로 돌아왔다. 들려오는 짧은 대답에 유채가 계속 말을 이었다.

"같이 싸지 않을래?"

"같이?"

"너 요리 못하잖아."

"하하."

웃음만 흘리던 유찬이 고개를 끄덕였다.

"맞아. 유채 너 감기 걸렸을 때 내가 죽 만든다고 우리 집 주방 전부 뒤집어 놨었는데."

"그때 어머니한테 연락 왔었어."

"뭐라고?"

그건 처음 듣는 이야기였다.

고3 때, 유채가 감기에 걸린 적이 있었다. 기본적으로 건강한 편이라 감기에 걸리는 일이 드문 그녀였지만 유난히 독한 감기에 걸려 결국 수업 중간에 조퇴했었다.

다음 날 토요일 아침부터 유찬은 그녀에게 직접 죽을 만들어 주려 난생처음 주방에 섰었다. 그러나 한 번도 안 해 본 요리를 레시피만 본다고 해서 잘할 수 있을 리가 없었다.

주방을 뒤엎고 나서야 겨우 완성한 죽을 가지고 유채에게 갔었다. 감기가 옮을 거라며 거절당했지만 죽을 들이밀어 겨우 만날 수 있었다. 처음에는 오묘한 표정이었지만 나중에는 맛있게 먹는 모습에 참 뿌듯했었다.

그런데 비하인드 이야기가 있다고?

유찬은 처음 듣는 이야기에 눈만 깜빡였다.

"어머니가 그러셨거든, 전화로. 지금 네가 죽을 만들어서 가는데 맛이 없어도 이해해 달라고. 애가 요리 처음하는데 난생처음으로 정성을 다해 만들었으니까 네가 좀 이해해 달라고 하셨었지."

"……그래서 죽은, 어땠어? 사실대로 말해 줘."

심각한 표정으로 바뀐 유찬이 물었다. 유채는 그의 표정을 물끄러미 바라보다 피식 웃었다. 그리곤 고개를 저었다.

"비밀."

그와 동시에 가까이 다가가서 입을 맞췄다. 갑작스러운 입맞춤에 당황한 유찬은 그대로 굳어 버렸다.

그 모습에 깔깔거리며 웃던 유채가 다시 잔을 들었다. 후후 식혀 가며 커피를 마시는 모습에 유찬은 천천히 눈을 깜빡였다.

아, 이제 더 이상은 안 되겠다.

"유채야."

"왜?"

유찬은 그녀의 손에 들린 잔을 빼앗으며 일어났다. 뭘 하려는지 두고 보자는 얼굴로 그를 똑바로 바라보았다. 그는 탁자 위에 잔을 내려놓으며 유채의 앞에 가까이 다가갔다. 그리곤 팔을 뻗어 자신의 두 팔 안에 유채를 가뒀다.

"이건 뭐하는 걸까, 서유찬 씨."

소파에 편하게 기댄 유채는 장난치지 말라며 웃었다. 하지만 유찬의 얼굴엔 웃음기라고는 찾아볼 수 없었다. 진지하기 짝이 없는 표정만이 가득했다.

그제야 유채는 장난이 아님을 알았다. 눈을 깜빡이다 뭐하는 거냐고 다시 물었다. 그러자 유찬이 바싹 다가왔다. 그가 점점 고개를 숙이자 유채는 힘을 잔뜩 준 손을 움찔 움직였다.

유찬이 한쪽 다리를 굽혀 소파를 눌렀다. 눈을 감았다 뜨는 짧은 순간 어느새 코가 맞닿을 정도로 가까운 거리가 되었다.

"이젠 안 되겠어."

낮게 들려오는 목소리에 유채는 심장이 쿵쿵거리는 걸 느꼈다. 마치, 고등학생 때로 돌아간 것만 같았다.

"……뭘."

"내가 더 이상 안 되겠어."

유찬의 고개가 좀 더 다가오자 유채는 저도 모르게 움찔거렸다. 그러나 유찬은 멈추지 않았다.

유채는 그가 다가오는 걸 바라보다 재빨리 손을 뻗어 두 손으로 자신의 입을 막았다. 입술이 손등에 닿았다. 손이 움찔거리며 떨렸다. 유찬은 소파를 짚고 있던 손으로 유채의 손목을 잡았다.

"자, 잠깐."

당황했는지 말을 더듬었지만 상관할 일이 아니었다. 지금 중요한 건 유찬을 막는 일이었다.

이미 눈이 살짝 맛이 간 것 같았다. 오로지 자신만을 바라보는 눈동자가 뜨거운 시선을 보내고 있었다. 유찬은 유채의 손바닥에 입을 맞췄다. 유채가 재빨리 손을 빼내려고 했지만 말캉한 무언가가 느껴졌다.

"유찬아."

유채의 목소리마저 떨렸다. 하지만 유찬은 여전히 그녀에게 시선을 고정한 채 한 손으로 유채의 양 손목을 잡고 내렸다.

천천히 고개를 숙였다. 유채는 점점 입술이 가까이 다가오는 걸 바라보다가 눈을 감았다. 그 순간 눈두덩이에 뜨거운 입술이 닿았다. 그리고 귓가에 낮은 한숨이 뱉어졌다.

"하아……."

유찬은 툭, 그녀의 머리 위에 자신의 머리를 대었다.

"역시 네가 허락해 주지 않으면 안 돼."

"……."

"미움받기 싫으니까."

애원하고 있는 것만 같았다. 나를 봐 주세요, 허락해 주세요. 유채는 망설이다 손을 천천히 뻗어 그의 양쪽 뺨을 감쌌다. 유찬이 살짝 고개를 떼어 냈다.

허리를 숙이고 있는 그의 자세가 불편해 보여 옆자리를 툭툭 두들겼다. 유찬은 말없이 그녀의 말에 따랐다. 풀썩 소파가 꺼지는 느낌이 들었다.

유채는 그가 앉자마자 자리에서 일어났다. 의아해 보이는 유찬의 시선이 그녀를 따라다녔다. 어딜 가든 그녀를 놓치지 않겠다는 듯이 바라보고 있었다. 유채는 그가 저를 쫓는 그 시선이 좋았다. 이제야 그가 자신을 독점하려는 욕심을 보이기 시작했기 때문이다.

"……바보."

유찬의 앞에 선 유채는 고개를 숙였다. 키가 큰 유찬보다 자신이 허리를 숙이는 편이 더 나았기에 자리를 바꿨다.

못 참는 건 너뿐만이 아니라고.

유채는 손을 뻗어 유찬의 양쪽 어깨를 잡았다. 그리고 살며시 입을 맞췄다. 그녀가 눈을 감는 순간, 그가 그녀의 허리를 감쌌다. 유채를 그대로 들어서 자신의 허벅지 위에 앉게 했다.

"……허락해 주는 거야?"

그의 숨이 약간 거칠었다. 눈에서 흥분한 기색이 뚜렷이 보였다. 유채는 씩 웃으며 그대로 팔을 뻗어 유찬의 목에 감았다.

"응."

대답이 떨어지자 유찬이 그녀의 뒤통수를 감쌈과 동시에 입술을 겹쳤다. 유채의 입술이 살짝 벌어지고 유찬이 아랫입술을 살짝 물었다가 윗입술도 물고 늘어졌다. 야릇한 기분에 그녀의 눈이 살짝 떠졌다.

"진짜, 허락해 준 거지?"

"자꾸 물으면 취소한…… 읍!"

취소란 단어가 나오자마자 유찬은 그대로 달려들었다. 당황한 틈을 타 말랑한 혀가 쏙 들어왔다. 치아와 입천장을 쭉 훑었다. 도망가는 그녀의 혀를 꾹 누르며 그대로 빨아들였다.

유찬이 살짝 입술을 떼어 냈다. 붉어진 얼굴로 저를 바라보는 유채가 너무 사랑스러워서 다시 입술을 부딪쳤다. 촉소리가 닿자마자 저절로 벌어진 입술 사이로 혀를 미끄러뜨렸다. 마중을 나온 것처럼 얌전히 자신을 기다리는 그녀가 너무 예뻤다.

"유채야……."

그의 목소리가 흥분에 젖어 있었다. 어느새 소파 위에 눕혀진 유채는 자신을 내려다보는 그를 바라보았다.

"조금만 더……."

낮게 중얼거리던 그가 다시 입술을 겹쳤다. 혀를 옭아매며 빨아들이다 입안을 구석구석 다시 훑었다. 제가 모르는 공간이 하나도 남아 있지 않기를 바라는 것 같았다.

키스로 인해 몸이 조금씩 뜨거워졌다. 서툰 키스였지만 자신을 원한다고 외치는 그가 귀여웠다. 유채는 느릿하게 눈을 떴다. 눈을 감고 있는 유찬이 보였다. 손을 뻗어 그의 뒤통수를 쓰다듬었다.

"하아……."

잠시 입술이 떨어진 틈을 타 유채는 숨을 몰아쉬었다. 그러자 유찬이 그녀의 위로 엎드리곤 품에 꽉 끌어안았다. 어쩐지 아래가 단단해진 것 같은데. 유채는 키스로 그가 흥분했다는 사실을 확신했다.

하지만 어쩔 수 없잖아?

내빼는 건 아니지만 준비한 게 없었다.

"유찬아."

"나도 알아. 그래도 조금만 더……."

팔에 힘을 꽉 주며 절대 떨어지지 않겠다는 듯이 달라붙었다. 유채는 눈을 깜빡이다 소리 내서 웃어 버렸다.

등을 토닥이며 고개 좀 들어 보라고 했다. 고개를 든 유찬

은 한쪽 손을 빼내서 유채의 흐트러진 머리카락을 정돈해 주
었다. 그의 손길이 간지러워 키득거리며 웃었다. 유찬은 쪽
소리가 나게 입을 맞췄다.

"예쁘다."

"그런 낯부끄러운 말도 할 줄 알아?"

"네 앞에서만 나오는 것 같아."

"전 여자 친구한테는 안 해 줬어?"

"……안 나온다고 해야 하나."

유찬이 상체를 일으켜 소파에 앉았다. 유채가 팔을 내밀자
그가 미소를 지으며 그녀를 끌어다 앉혔다. 물론 어깨가 붙
어 있었고 손도 잡은 채였다.

"너도 알다시피 얼마 가지 않았잖아."

"나를 들먹이면서 헤어지자고 했다며?"

"그건……."

"왜? 난 기분 좋은데. 나 때문에 너의 연애가 죄다 깨졌던
거잖아? 얼마나 유쾌해. 결국 너는 나한테 왔고."

유채가 그의 머리를 쓰다듬었다. 그녀가 쓰다듬기 편하게
고개를 옆으로 기울이자 아예 두 손으로 머리를 잔뜩 헝클어
뜨리기 시작했다.

유채의 시선이 비스듬히 기울어졌다. 이내 유찬은 그 시선
이 어디를 향했는지 알 수 있었다. 자신의 아랫도리를 뚫어
지게 보고 있던 것이다. 유찬은 재빨리 그녀의 고개를 끌어

올렸다. 민망해서 얼굴이 화끈거릴 지경이다.

"참, 어머니랑 아버지 보러 가자. 오랜만에 뵈러 가야지."

"그럼 지금 전화할게."

"지금?"

"저녁 시간이니 두 분 다 안 주무실 거야."

유채는 고개를 끄덕였다. 유찬은 몸을 일으켜 핸드폰을 찾으러 갔다. 그 뒷모습을 바라보던 유채는 그대로 소파 위에 일자로 드러누웠다. 유찬이 방 안으로 완전히 사라지자 두 손으로 입술을 가려 소리 없이 웃었다.

아, 맙소사. 이게 바로 첫 키스구나!

스물일곱에 아무것도 안 한 건 저도 마찬가지였다. 유찬을 놀릴 게 아니었다. 이것이 바로 동정남녀인가 싶었다.

첫 키스도, 첫 섹스도, 전부 한 사람과 하고 싶었다. 그것이 유찬이었으면 하고 바랐다. 제가 꿈꾸던 것을 이룬 거나 마찬가지였다. 첫 키스는 성공적으로 끝냈고 곧 첫 섹스도 유찬과 하게 될 터였다.

두 번째에 대비해 준비 좀 해야겠군.

유채는 통화 소리를 듣기 위해 상체를 벌떡 일으켰다. 살금살금 다가가 방의 모퉁이에 앉아 살짝 몸을 기울였다.

"네. 다음 주 토요일쯤."

피식 웃던 유찬이 다시 대답했다.

"애인 데리고 갈 겁니다. 그러니까 맞선 얘기 좀 그만하세요. 결혼할 거냐고요?"

유찬은 생각할 것도 없다는 듯이 대답했다.

"할 겁니다. 아직 멀었지만요. 저, 이 사람하고 만난 지 얼마 안 됐습니다."

고등학교 2학년 때 만나 줄곧 연락도 하고 놀러 다녔지만 정식으로 만나기 시작한 건 약 한 달.

유찬의 통화를 엿들으며 유채는 무릎을 굽혀 양팔로 감쌌다. 자꾸만 뺨이 씰룩이며 웃었다. 이제 서유찬은 내 건가. 정말로 내 거다.

그를 독하게 잊어 보려고 한 건 사실이다. 하지만 만약, 유찬이 저에게 조금이라도 마음이 있다면?

시험해 보고 싶었다. 그래서 원진과 함께 가짜 연인인 척했다. 이 방법에 유찬이 움직이지 않으면 그대로 마음을 정리하려고 했다.

그러니까 독하게 잊어야지 했던 건 반은 진심, 반은 연극이었다. 유찬이 몇 번이나 자신에게 마음을 둔 것처럼 무의식중에 행동을 했으니까, 진심을 끌어내기 위한 맞춤형 계획인 셈이었다.

내가 좀 교활했지.

어떻게 해서든 유찬의 마음을 얻고 싶었다. 그래서 자신을 숨기고 주변을 속이고 연기를 해야 했다. 연기라고 해 봤자 별거 없었지만.

그 이후로는 진심이었다. 그럼에도 변화가 없었다면 정말 인연을 끊을 생각이었다. 지친 것은 사실이었기 때문이다.

버리지 말아 달라고 하는 유찬인 모르겠지. 너야말로 날 버리지 마. 어느 날 네가 갑자기 뒤를 돌아서면, 이 마음이 착각에서 우러난 게 맞다고 하면……

"유채야."

"……어?"

"왜 여기 있어. 졸려?"

유찬의 손길이 머리 위에서 느껴졌다. 뺨을 문지르는 그의 손바닥에 짧게 웃으며 유찬의 품에 뛰어들었다. 당황한 듯하던 그는 자연스럽게 그녀를 끌어안았다. 유찬에게 대롱대롱 매달린 채 유채가 말했다.

"DVD 볼래."

"이미 다 본 거잖아. 요즘 새로 나온 걸 안 사 놔서."

"괜찮아. 애니메이션 볼래."

유찬의 품에서 벗어난 유채는 DVD 진열장에서 보고 싶은 걸 고른 뒤 재생을 했다. 소파 위가 아닌 바닥에 앉았다.

유찬은 그녀의 옆에 앉은 뒤 살짝 들어서 제 앞에 놓았다. 눈을 깜빡이던 유채가 고개를 들었다. 자기는 아무것도 안한 것처럼 태연하게 앞을 바라보는 얼굴이 왠지 얄미웠다.

그래서 턱 아래에 입을 맞추곤 앞으로 고개를 돌렸다. 내려다보는 시선이 느껴졌다. 모르는 척 무시하며 화면만 바라보았더니 한쪽 손이 뺨을 감싸 강제로 고개를 젖히게 만들었다.

"이게 무슨……."

이게 무슨 짓이냐고 하려 했지만 그대로 입을 맞춰 왔다. 가벼운 입맞춤이 아니었다. 부드러운 혀가 들어와 마음껏 돌아다녔다. 혀를 빨아들여 살살 문지르다가 다시 빨기를 반복했다. 점점 숨이 막혀 오자 유채는 힘껏 유찬의 등을 두들겼다. 그제야 유찬이 입술을 떼어 냈다.

"푸핫!"

언제 마주 보는 자세가 되었는지 모르겠다. 당황한 유채가 침투성이인 입술을 닦으며 유찬을 흘겨보았다. 그의 팔은 여전히 자신의 허리에 둘러져 있었다. 유채가 뭐라고 말을 꺼내려는 순간 그가 이마를 부딪쳐 왔다.

"유채야."

무언가 억누르는 듯한 낮은 목소리였다. 저를 부르는 음성에 유채가 잠시 침을 삼켰다. 한 번 허락했으니 참지 않겠다는 건가. 사실 그뿐만 아니라 자신도 참기 어려운 기분이었다.

"으…… 못 살아. 너 때문에 하나도 못 봤잖아."

유채는 몸을 일으켜 유찬의 옆에 앉으려고 했다. 아무리 유찬이 졸라도 오늘은 아니다. 준비가 하나도 안 되어 있는 걸! 우리 집에 해 놨단 말이야! 이럴 줄 알았으면 들고 다니는 건데. 유채는 속으로 울부짖었다.

"이쪽에 앉아."

"뭐?"

손목을 확 잡아당기는 힘에 휘청거리며 유찬의 앞에 그대로 주저앉았다. 그는 뒤에서 유채의 허리를 꽉 감싸고 어깨에는 턱을 대었다. 이미 앞부분이 지나간 애니메이션을 응시하며 유채는 편안하게 몸을 기대었다.

"어떻게 하지……."

그가 낮은 한숨을 뱉으며 중얼거렸다. 유채는 왜 그러냐고 되물었지만 대답은 돌아오지 않았다. 그녀도 굳이 대답을 기다리지 않았다. 언제 키스했냐는 듯이 애니메이션에 집중한 채 고개를 주억이기도 했다. 유찬은 그런 그녀를 방해하지 않으려고 팔에서 힘을 뺐다. 살며시 내려다보다 소리 없이 웃었다.

유채와 단둘이서 보내는 시간이 참 소중하구나. 전에도 그랬지만 요즘 들어 유난히 그런 생각이 강하게 들었다.

너무 익숙해졌던 탓인가. 함께 지내는 것에 익숙해졌고, 앞으로도 계속해서 쭉 같이 있을 수 있는 생각이 강했었다.

그것에 만족하려고 했었다. 그런데 유채가 잠깐 곁에 없는 것만으로도 무척 두려웠다. 아무 생각도 나지 않았고, 정상적인 생활 자체가 힘들었다. 마치 신체 일부 중 한군데가 없어진 기분이 들었다.

"유채야."

"왜."

"네가 없었던 잠깐 동안 나는 너무 힘들었어."

중얼거리듯이 들려오는 목소리에 고개를 돌리려던 유채가 멈췄다. 눈앞의 화면만 바라보며 대꾸했다.

"그러니까 잘해."

"⋯⋯응."

"김태건이 나한테 그런 적 있었어."

으음, 소리를 내던 유채가 다시 유찬에게 기대며 입을 열었다.

"고백 한 번 다시 해 보라고."

"⋯⋯."

"그거 알아?"

유채가 잠깐 고개를 들었다. 유찬은 눈으로 뭐가? 하고 대답하고 있었다. 빙긋 웃던 유채가 다시 앞을 보며 말을 이었다.

"고백이란 건, 참 힘든 거였어. 특히 여자가 하는 고백은 더 그렇더라. 물론 남자들도 그렇겠지만 엄청난 각오가 필요한 거니까. 난생처음으로 용기를 내 봤어. 장렬히 차였지만."

하하 웃는 목소리에 그는 그녀를 당겨 안았다. 자신의 허리를 감싼 단단한 팔 위에 손을 얹은 유채는 고개를 들었다.

"태건이가 다시 고백해 보라고 했을 때. 나도 그 생각을 해 봤지만 그럴 수 없었어. 왠지 알아?"

"……."

"또 차이면 영영 너를 볼 수 없을 것 같았거든. 널 안 보기로 마음을 먹었는데 그때 네가 딱 정신을 차린 거야."

"하하……."

유찬이 고개를 숙여 유채의 어깨에 이마를 문질렀다. 마치 어리광을 부리는 것 같았다. 유채는 손을 뻗어 그의 머리를 토닥이다 발끝에 둔 리모컨을 가지고 와 TV를 껐다. 도무지 애니메이션을 볼 기분이 아니었다.

그는 움직이지 않았다. 유채는 유찬의 머리카락을 쓰다듬다 멈췄다. 그를 안아 주고 싶었다. 몸을 틀어 마주 안았으나 여전히 유찬은 고개를 숙이고 있었다.

"하나 묻고 싶은 게 있어. 날 사랑한다고 착각하는 건 아니지?"

"절대 아니야."

유찬이 고개를 확 들며 대답했다. 망설임 없는 대답에 유채가 빙긋 웃었다. 마음이 놓였다. 정말 그런 거면 어쩌지. 내내 고민을 했던 것에 대한 대답이다. 저를 가만히 바라보던 유찬이 입술을 다시 겹쳐 왔다. 이번엔 살짝 맞닿았다가 떨어졌다.

"친구 사이에 이런 거, 안 한다며."

"그건 그렇지."

그렇게 대답을 하고선 킬킬거리며 웃었다. 유채는 환하게 웃으며 유찬의 머리를 꽉 껴안았다. 천천히 눈을 감았다가 뜬 그는 그대로 그녀를 안아 들고 벌떡 일어났다.

"뭐, 뭐하는 거야!"

"고마워서."

"일단 내려놓고…… 으악!"

그녀를 안고 한 바퀴를 돌았다. 유채는 눈을 질끈 감고 유찬의 얼굴을 꽉 안아 버렸다. 유찬은 한 바퀴를 더 돌고 나서야 그녀를 내려놓았다. 숨을 몰아쉬던 그녀는 고소공포증 정도는 아니지만 높은 곳을 무서워하는 경향이 있었다. 이를 악물고 유찬의 정강이를 찼다.

"아얏."

"누가 그러래?"

"하하하."

"뭘 좋다고 웃어? 뭘 잘했다고!"

벌렁거리는 심장을 부여잡고 그대로 주저앉았다. 숨을 몰아쉬던 유채가 바닥에 드러누웠다. 유찬이 그녀의 옆에 앉았다. 그리곤 가만히 유채의 손을 잡았다.

"너무 예뻐서."

"나?"

"응. 사랑스러워서."

"……그 말, 김태건한테서 배웠지!"

"하하. 아니."

양팔을 엑스 자로 겹쳐서 쓰다듬던 유채가 불만스럽게 유
찬을 바라보았다. 그것조차 사랑스럽다는 듯이 바라보는 유
찬의 시선이 부끄러워 포기했다.

CD를 케이스에 집어넣고 제자리에 가져다 놓으려고 하자
유찬이 대신 들고 일어났다.

"오, 땡큐."

유찬의 뒷모습을 바라보던 유채가 벽시계를 보았다. 곧 저
녁 시간이다. 조금만 더 뒹굴다가 저녁이나 해 주고 갈까.

"오랜만에 집에서 밥이나 먹을까?"

"해 주려고?"

"네가 할 순 없잖아? 어디, 냉장고에 뭐가 있나 보자."

그러나 텅 빈 냉장고를 보며 픽 웃었다. 그럼 그렇지. 어
느새 자신의 뒤를 따라온 유찬을 바라보자 그는 시선을 피했
다. 냉장고에는 물과 맥주 캔, 그리고 유찬의 본가에서 보내
주었을 반찬 통 3개 정도가 다였다.

"전기세가 아깝다, 아까워."

"보통 사 먹으니까."

"됐고. 어휴, 가자. 나가서 먹자."

유찬과 함께 집을 나서며 유채는 생각했다. 반찬을 해 주
어도 어차피 안 챙겨 먹을 것 같고 그냥 밖에서 사 먹으라고
할 수도 없었다.

어떻게 하지. 그냥 같이 살아? 에이, 같이 살다니.

피식 웃으며 유찬의 팔에 팔짱을 끼고 가던 유채는 다시 생각했다.

아니, 괜찮은 거 같은데?

12화

유채는 유찬의 부모님을 뵙기 전에 마트에 들렀다. 두 분
이 좋아하는 매운탕과 잡채를 하기 위해서였다. 오랜만에 직
접 요리를 해 드리고 싶었다.

"힘들게 안 해도 되는데."

재료를 고르는 유채의 옆에서 바구니를 들고 따라온 유찬
이 중얼거렸다. 그러나 유채는 모르는 척했다.

고등학생 때 유찬과 함께 공부하러 갈 때마다 무척 반겨
주시던 그의 어머니와 퇴근을 일찍 하시면 가끔 물끄러미 보
고 가시던 아버지가 떠올랐다. 항상 공부가 끝나면 밥 먹고
가라고 하셔서 일주일에 세 번 정도는 같이 밥을 먹었었다.
그렇게 2년을 지낸 덕인지 가끔 한 가족인 것처럼 느껴질 때

가 있었다.

"아냐, 오랜만이니까. 내가 해 드리고 싶어서 너한테 연락 드리라고 한 거잖아. 굳이 밥 차리실 필요 없다고."

"응, 전하긴 했지만."

유찬은 유채를 데리러 가며 차 안에서 자신의 어머니와 나눈 이야기를 떠올렸다.

—뭐? 직접 한다고? 건방지네! 어디, 얼마나 잘하는지 두고 보자고!

어머니의 사나운 목소리가 아직도 귀를 울리는 것 같았다.

이 이야기를 해야 하나 고민하는 동안 저 멀리 가 버린 유채가 얼른 오라며 손짓하는 게 보였다. 유찬은 별일 없을 거라 여기며 그녀에게로 향했다.

어느새 장바구니를 한가득 채우고 난 뒤 차에 탔다. 오늘 곽유채는 평소보다 들떠 보였다. 그 모습이 마치 어린아이처럼 보여서 유찬은 저도 모르게 피식 웃었다. 웃음소리를 들은 유채가 고개를 들었다.

"왜?"

"오늘따라 유난히 들떠 보여서."

"오랜만에 뵙잖아. 자식처럼 대해 주시고. 아, 타르트도 아침 일찍 가게에 가서 만들어 왔거든."

유채가 쉬는 토요일은 보통 전날 다원에게 열쇠를 맡기곤 했으나 어제는 그러지 않았다. 일찍 가서 타르트를 만들 생각이었기 때문이다.

타르트를 만드는 동안 다원이 출근했고, 청소하기 전부터 오븐을 쓴다며 한 소리 들었다. 쩌렁쩌렁한 소리로 절망하는 다원을 원진이 겨우 진정시켰었다.

"여전히 타르트 좋아하시려나."

불과 3년 전만 해도 타르트를 사 들고 유찬의 본가에 가서 수다를 떨었었다. 그러나 마음이 점점 힘들어지자 그곳도 가지 않게 되었다. 유찬의 본가는 3년 만에 가는 셈이다.

"좋아하시지. 집에 오면서 하면 네 타르트 사 오라고 할 정도니까."

"어라. 너 사 간 적 없지 않아? 버키에만 사 갔던 것 같은데."

"잊어버렸거든."

피식 웃는 유찬을 보며 덩달아 웃어 버렸다.

조수석 의자에 편안하게 기댄 채 앞을 바라보던 유채가 말을 꺼냈다.

"오늘 아버지도 계시는 거 맞지?"

"응. 내 애인 보겠다고 좋아하시는 등산도 안 하러 가셨어."

"아! 생각난다. 너 군대 가기 전까지만 해도 아버지랑 같이 등산 갔잖아."

"……맞아. 정말 최악이었어."

유찬의 아버지는 등산을 좋아하신다. 하지만 그 외엔 등산을 좋아하는 사람은 없었다. 유찬과 일곱 살 차이 나는 남동생인 대윤도 등산을 좋아하지 않았고, 유찬은 특히 싫어했다.

대윤이 태어나기 전, 아버지는 어린 유찬을 끌고 등산을 다니셨다. 대윤이 태어나고 나서 좀 줄어들었지만 틈만 나면 등산 가자고 무뚝뚝한 얼굴로 제안을 해 유찬은 등산이라면 치를 떨었다.

"일요일 새벽 6시에 방문을 벌컥 열고 불을 키고 한마디만 하시고 나가셨어. 나갈 준비하라고."

"나도 희생양이 되었었지."

키도 작고 마른 체질인 그녀가 안쓰러우셨는지 함께 공부하던 금요일 저녁 문을 열고 들어와서 유채에게 한마디를 하셨다.

일요일, 등산 갈 거니까 그렇게 알라며. 유찬이 문자를 통해 시간을 알려 주었고 장소는 당연히 그의 집 앞이었다.

그 뒤로 유채는 어떻게 해서든 핑계를 대고 등산을 가지 않았었다.

"아, 만약 말이야."

유채가 설마, 하는 표정으로 입을 열었다. 유찬이 힐끔 옆을 바라보곤 뭔데, 하고 물었다. 유채는 머뭇거리다 말했다.

"너랑…… 결혼하면 말이야."

유찬은 하마터면 급정거를 할 뻔했다. 아무렇지도 않게 응, 대꾸를 하는데 목소리가 떨린 것 같았다.

잠깐 바라본 유채는 심각한 표정을 짓고 있었다. 그 표정에 덜컥 심장이 떨어지는 느낌을 받았지만 유찬은 아무렇지도 않게 운전을 했다. 과연 무슨 말이 나올까 걱정도 되었다.

그리고 유채의 대답이 들려왔다.

"설마, 매주 등산 가자고 하시는 건 아니겠지."

"풉."

예상하지 못한 대답에 유찬은 소리 내서 웃어 버렸다. 유채는 여전히 심각한 표정을 지으며 유찬의 팔을 탁 쳤다.

"남은 심각한데 웃어?"

"아니, 그게 아니라……."

"그게 아니라면 뭐! 아, 싫다고 할 수 없잖아. 으으…… 어쩌지."

"나랑 결혼하기 싫다고 할 줄 알았어."

"뭐?"

유채가 몸을 팍 틀었다. 타이밍도 딱 맞게 신호가 걸렸다. 잘 되었다 싶어 유채는 그의 멱살을 잡고 흔들었다.

"야, 인마. 너는 연애랑 결혼은 각자 다른 사람이랑 할 생각이었냐!"

"하하, 설마. 그럴 리가."

"운전이나 하셔."

잡고 있던 멱살을 놓은 유채는 다시 조수석 의자에 몸을 파묻고서 투덜거렸다.

"남은 심각하게 고민하는데, 결혼하기 싫다는 줄 알았어? 내가 억울해서라도 너랑 결혼한다, 어?"

"정말이지?"

"그래!"

"정말?"

"잠깐."

어쩐지 이야기가 묘하게 흘러가는 것만 같았다. 유채는 눈을 깜빡이다 고개를 슬쩍 옆으로 돌렸다. 뭐가 그리 기분이 좋은지 유찬은 연신 입가에 웃음을 매달고 있었다.

평소에도 늘 웃고 다녔지만 유채는 알 수 있었다. 그가 평소 버릇처럼 웃고 있는 것인지, 씁쓸하게 웃는 것인지, 화를 억누르느라 짓는 웃음인지, 아니면 정말 행복하고 즐거워서 웃는 웃음인지……. 그걸 알기에 유채는 눈을 깜빡였다.

지금, 유찬은 무척 행복해 보였다. 덩달아 행복해지는 기분에 유채는 입가가 근질거리는 것을 느꼈다. 바보처럼 활짝 웃을 것만 같아 손으로 입가를 만졌다.

"너는 하고 싶은 거야?"

"당연한 말을."

"……그런가."

당연한 건가.

유찬과 마음이 이어지게 된 지 한 달이 살짝 넘었다. 벌써 결혼 이야기가 나올 정도인가 싶다가도, 비록 그간 친구 사이였대도 오랜 시간을 함께했다. 그 시간까지 포함하면 괜찮지 않을까 싶었다.

유찬은 다시 신호에 걸린 사이 유채를 향해 시선을 돌렸다.

그녀는 창밖을 보고 있었다. 귓가가 빨개진 것을 보아하니 쑥스러운 모양이다. 어쩐지 입을 다물고 있다 싶더니.

유찬은 하하 웃으며 왼손으로 운전대를 잡고 오른손으로는 유채의 손을 잡았다. 흠칫 놀랐지만 손을 빼진 않았다. 대신 그에게 퉁명스럽게 말했다.

"너 하는 거 보고 생각할 거야."

"결혼할 생각 있다며?"

"그래! 그래도 네가 하는 프러포즈 보고 결정할 거야."

유찬은 여전히 웃으며 고개를 끄덕였다.

"응. 기대해."

어쩌다 결혼 이야기가 나왔는지 모르겠다. 유채는 여전히 빨개진 얼굴을 하고 입을 다물었다.

유찬의 본가에 도착할 때까지 두 사람 사이에는 어떤 말도 오가지 않았다. 하지만 어쩐지 차 안의 분위기는 따뜻했다.

　차에서 내리자마자 멍한 표정으로 유찬의 뒤를 따랐다. 그
는 여전히 그녀의 손을 잡고 있었다. 유찬의 뒷모습을 바라
보다 소리 없이 짧게 웃음을 터트렸다.

　이참에 아예 오늘 인사나 드리고 갈까? 싱글벙글 웃던 유
채는 문 앞에 도착하자마자 맞잡은 손을 놓고 똑똑 문을 두
드린 후 벌컥 열었다.

　"어머니, 아버지!"

　콧소리를 내며 유채가 안으로 쏙 들어갔다. 빠르게 닫히는
문을 보던 유찬은 웃음을 터뜨리곤 그 뒤를 따랐다. 역시, 유
채의 행동은 예상할 수가 없다.

　한편, 문 열리는 소리 뒤로 익숙한 목소리가 들리자 유찬
의 어머니와 아버지가 눈을 동그랗게 떴다. 어머니야 둘째
치고 어떤 상황에도 무뚝뚝한 표정으로 일관하던 유찬의 아
버지조차 당황한 듯했다.

　"짜잔! 오랜만에 곽유채가 왔습니다!"

　"세상에……."

　그의 어머니가 중얼거리며 벌떡 일어났다. 손을 번쩍 들어
온몸으로 반가움을 표시하는 유채의 앞에 어머니가 다가와
서 그녀의 한쪽 손을 두 손으로 감쌌다.

"이게 누구니. 유채 아니니?"

"어머니, 잘 계셨어요?"

유채는 들고 있던 손을 내려 그녀의 손을 감싼 채 말을 하다. 굳어 버린 것 같은 그의 아버지를 향해 몸을 틀었다. 마침 유찬이 문을 열고 들어왔다.

"아버지! 어머니는 종종 뵀었는데 말이에요. 잘 지내셨어요?"

유찬을 바라보던 어머니가 주변을 둘러보았다. 또 열릴까 싶어서 바라보아도 문은 열리지 않았다. 재잘재잘 떠드는 유채를 향해 시선을 돌리다 우뚝 서 있는 제 아들을 향해 말을 걸었다.

"유찬아."

"어머니, 아버지 잘 지내셨죠?"

"너 말이다."

아버지가 벌떡 일어서시더니 현관문으로 다가갔다. 문을 벌컥 열어 밖을 두리번거리던 아버지가 다시 들어오며 유찬에게 물었다. 다시 무뚝뚝한 표정을 짓고 있었다.

"온다던 네 애인은 어디 있느냐."

유채가 고개를 갸웃거리다 유찬을 바라보았다. 어머니도 유찬을 바라보며 물었다.

"그래, 유채가 온 건 반갑지만……."

"어머니, 아버지."

"그래."

"애인이랑 같이 온다고 했지 않습니까."

그와 같이 온 건 유채뿐이었다.

두 분은 눈을 깜빡이다 서로를 향해 시선을 돌렸다. 그리고 동시에 유채를 바라보았다. 그녀가 쑥스럽다는 듯이 웃으며 뒷머리를 긁적거리다 유찬의 옆으로 가 그의 팔에 팔짱을 꼈다.

"아하하…… 유찬이 애인으로 온 건 처음이네요."

"……."

"뭐, 사귄 지 얼마 되진 안 되었지만……."

그때 눈을 깜빡이던 어머니가 입을 열었다.

"둘이…… 이제야 사귄다고……?"

어쩐지 믿기지 않는다는 표정이다. 유채는 뭔가 이상해서 고개를 들었다. 유찬은 아차 싶은 표정이다.

"아, 미안. 미리 말을 안 했네."

"뭐?"

"그냥 애인이랑 간다고만 했어."

"어휴, 너……."

고개를 젓던 유채는 방긋 웃으며 어머니의 팔에 팔짱을 끼고 소파에 앉았다. 그녀의 옆에는 그의 아버지가 있었기에 유찬은 대각선에 있는 1인용 소파에 앉았다.

"그러니까……."

침묵을 지키던 아버지가 입을 열었다. 아버지의 시선은 유찬을 향해 있었다.

"유찬이 네 애인이 유채라고?"

"네."

유찬은 놀란 부모님을 뒤로하고 이어서 말을 했다.

"정식으로 만나기로 한 건 한 달 약간 넘었지만……."

"그러니까…… 지금 처음 사귄다고?"

유찬의 어머니가 믿기지 않는다는 듯이 중얼거렸다. 유채와 유찬은 서로 바라보다 뭐가 잘못되었냐는 듯이 동시에 대답했다.

"네."

"네!"

세상에. 중얼거리던 유찬의 어머니가 입을 들썩였다. 여전히 믿기지 않는 표정으로 제 아들을 향해 고개를 돌렸다.

"그럼 여태까지는 전부 뭐였니……?"

"네?"

어머니가 낮게 한숨을 쉬었다.

"난 여태 너, 유채랑 만나는 줄 알았단다."

"언제부터……."

"처음부터 말이다. 네가 처음으로 태건이가 아닌 다른 친구를 데려온다고 해서 누군가 했더니 예쁜 여학생이었지 뭐니. 유채 덕분에 네 성적이 오른 건 사실이었고. 처음엔 안 좋게 봤는데 이 정도면 참 착한 애구나 싶어서 둘이 사귀는 걸 몰래 감추는 것도 그냥 넘어가 줬는데……."

"저희, 단 한 번도 그런 적 없습니다."

딱 잘라 말을 하는 유찬의 목소리에 유채는 괜히 움찔거렸다. 아무도 알아차리지 못해 다행이라는 생각이 들었다.

"여태 네가 말을 안 해서 우리는 그냥, 부끄러워서 그런 거겠지 하고 계속 기다렸단다. 그런데 아무 말도 없어서, 답답해서 아무래도 불러야 하나 몇 번 생각했는데 몇 년 전부터 유채가 오질 않아 헤어졌구나 싶었단다."

왜 이 생각을 못 했을까. 주변에서 오해한다면 당연히 자식 일을 매의 눈으로 관찰하는 부모님도 그러시리라 예상했어야 했는데.

어쩐지 민망했다. 이 집에서 자연스럽게 저녁을 먹었던 날들이 자꾸 떠올랐다.

설마 아들의 여자 친구여서 그렇게 잘해 주신 건가. 유채의 고개가 점점 숙여졌다. 그의 어머니는 계속해서 말을 이었다.

"그래도 혹시 모르니 유채 얘기를 꺼냈는데 잘 지낸다, 조만간 유채랑 찾아오겠다, 이러니 연락은 여전히 하는구나 했지."

"……."

"그런데 이제 와서 만나는데 정식으로 만난 건 한 달 좀 넘었다니 이거야 원⋯⋯."

점점 어색해져 가는 이 공기에서 어떻게든 벗어나고 싶었다. 유채는 자리에서 벌떡 일어났다. 세 명의 눈이 동시에 유채에게로 몰렸다. 그녀는 하하 웃으며 말했다.

"어머니랑 아버지 좋아하시는 매운탕하고 잡채 해 드리려고 장 봤거든요! 차에 재료 있으니까 가지고 올게요!"

유찬의 차 키는 유채가 가지고 있어 덕분에 후다닥 자리를 벗어날 수 있었다.

사라진 그녀의 자리에 무거운 공기가 내려앉았다. 이게 대체 무슨 일이냐며 묻는 시선이 유찬에게 향했다. 그가 낮게 한숨을 쉬었다.

"유채의 마음을 몰라줬던 제 탓입니다."

"그럴 줄 알았다."

아버지는 유찬이 자신을 쳐다보자 고개를 돌려 언제 말했냐는 듯이 시치미 뚝 뗐다.

"애, 유채라고 말을 하지 그랬니. 어떤 건방진 애가 첫 만남부터 직접 밥 차린다고 해서 화가 났었는데. 우리 유채면 당연히 오케이지."

"서유찬."

"네."

"그래서 결혼은 언제 할 거니?"

유채와 유찬의 나이가 벌써 스물일곱이다. 아무리 요즘 결혼을 늦게 한다고 해도 슬슬 생각해 봐야 할 나이였다. 결혼 이야기가 오가도 이상할 건 없었다.

아까 차 안에서도 이야기를 했듯이 결혼 생각이 있긴 했다. 그래도 그렇지, 막 연인이 되었는데 벌써 결혼을 언급하는 건 어색했다.

유찬이 대답하기도 전에 다시 어머니의 목소리가 들렸다.

"너랑 유채랑 알고 지낸 지 꽤 되었잖니. 당장 결혼한다고 해도 이상한 건 없을 거다."

"그래도 이제 막 만나기 시작했습니다. 유채 앞에선 그런 말 말아 주세요."

"알아서 하겠지만……."

잠시 유찬의 얼굴을 빤히 바라보던 어머니가 한숨을 푹 쉬었다.

"너를 낳고 내가 미역국을 먹었구나."

"어머니……."

그때였다. 현관문 쪽에서 시끄러운 소리가 들렸다. 유채의 목소리만 있는 게 아니었다. 낯익은 목소리가 섞여 있었다. 문이 벌컥 열리자마자 유채의 뒤로 따라 들어오는 한 남자가 보였다.

"김태건?"

유찬이 어머니와 아버지를 바라보았다. 어머니는 어깨를 으쓱였고 아버지는 모르는 척 고개를 돌렸다. 유찬은 곧 태건이 씩 웃고 있는 모습을 볼 수 있었다.

"나도 모르는 사이에 서유찬이 애인 만들었다고 해서 궁금해서 왔는데! 그 애인은 어디에 있나?"

손을 이마에 짚고 고개를 획획 돌리는 모습이 얄미웠다. 그 생각을 자신만 한 게 아닌지, 뒤에 있던 유채가 주먹을 태건의 등을 향해 뻗었다. 퍽 소리와 함께 그가 휘청였다.

"아, 정말…… 이 폭력배!"

태건이 등을 손으로 짚으며 뒤를 돌았다. 울먹이는 표정을 내려다보던 유채는 씩 웃으며 스쳐 지나갔다. 그녀의 양손에는 아까 장을 본 것들과 타르트가 각각 들려 있었다. 짜잔 소리를 내며 상자 든 손을 들었다.

"제가 아침에 만든 타르트예요! 이건 간식으로 먹고, 지금부터 점심을 만들어 보겠습니다!"

"나도 먹어도 돼?"

"안 돼!"

태건에게 단호하게 말을 한 유채는 익숙하게 부엌으로 향했다. 유찬의 어머니가 일어나서 유채의 뒤를 따랐다. 괜찮다고 유채가 거절했지만 같이 만드는 편이 즐겁지 않겠냐는 말에 웃으며 그렇게 하기로 했다.

한편, 거실에는 남자 세 명이 모여 있었다. 유찬은 태건을 슬쩍 노려보다 물었다.

"넌 왜 왔어?"

"어머니께서 나보고 네 애인이 누구냐고 묻기에 나도 모른다고 궁금한데 가도 되냐고 물었더니 오라고 하셨단 말이지."

"하."

어처구니가 없다는 듯이 웃던 유찬은 아버지의 시선에 입을 다물었다. 저를 빤히 바라보는 눈빛이 강렬해 결국 고개를 돌렸다.

"아버지."

"어리석은 놈."

"……압니다."

괜히 헛기침하며 시선을 다른 곳으로 돌리다 입을 막은 채 킬킬 웃는 태건과 눈이 마주쳤다. 태건은 움찔 놀라며 슬그머니 시선을 피했다.

"근데 말도 없이 언제 유채랑 사귀기로 했냐?"

"너 모르는 사이에."

"이야, 내가 도와줬더니 이러기냐."

그때 들려온 헛기침 소리에 둘 다 놀라 움찔거리다 입을 다물었다.

"서유찬."

유찬이 네, 대답을 했다. 무표정을 짓던 아버지가 대뜸 말했다.

"잘했다."

그 말이 무슨 의미인지 몰라 눈만 깜빡이는데 부엌에서 유채의 목소리가 들려왔다.

"역시 저하고는 비교가 안 돼요! 저는 이렇게 매콤하면서도 입안을 자극하는 맛이 안 나더라고요."

어머니가 심심하지 않도록 재잘재잘 떠드는 목소리에 유찬은 아버지가 왜 그런 말을 했는지를 깨달았다. 예전부터 유채를 은근히 마음에 들어 하셨던 분이다.

저도 그녀가 아닌 다른 사람과 결혼을 할 생각은 없었으므로 결국엔 한 가족이 될 것이다.

"유채만큼 너한테 잘하고 우리한테 잘하는 여자, 없다."

"유채가 그만큼 마음에 드시나 봐요?"

태건이 불쑥 말했다. 아버지가 고개를 끄덕이자 유찬은 괜히 기분이 좋아져 흐뭇하게 미소를 지었다.

기다림 끝에 점심이 다 되었다. 매운탕의 얼큰한 냄새가 집 안에 진동했다. 밥 먹으라는 어머니의 말이 들리자마자 아버지가 먼저 일어섰다. 그 뒤를 이어 태건과 유찬이 앉았다.

다섯 명이서 식탁에 둘러앉자 부엌이 꽉 차게 느껴졌다.

※   ※   ※

저녁까지 잘 먹고 집으로 가는 길, 유찬은 내내 즐거운 표정의 유채를 힐끔 바라보다 짧게 웃었다. 오랜만에 유채가 신난 것 같아 미안하면서도 한편으론 평생 이런 표정만 짓도록 노력해야겠다는 생각을 했다.

"나중에 우리 부모님한테도 가자."

"그래."

유채는 어두워진 밖을 응시했다. 유찬은 피곤해 보이는 그녀의 얼굴을 보고 굳이 말을 걸지 않았다.

문득 집을 떠나기 전에 들었던 부모님의 말씀이 떠올랐다. 유찬만 따로 불러 꺼낸 이야기였다.

"유찬아, 아까 요리하면서 유채가 그러더라."

원래 혼자서 좋아했었단다. 유찬이 조금 늦었을 뿐이지, 지금은 둘도 없이 사랑고 있으니 너무 뭐라 하지 말아 달라고 했단다. 지금은 당당히 사귄다는 말을 할 수 있으니 좋다며 웃었다고.

유찬은 말없이 손을 뻗어 유채의 손을 잡았다. 그녀가 고개를 돌려 자신을 쳐다보는 게 느껴졌지만 시선은 돌리지 않았다.

피식 웃는 소리가 들렸고 제 마음을 아는 듯 깍지를 끼며 맞잡아 주기까지 했다. 두 사람의 손 사이에서 온기가 느껴졌다.

"유채가 저래 보여도 어린 것 같으니 잘 챙겨 주고. 말 안 해도 잘해 줄 걸 알지만, 늘 명심하렴. 어느 것 하나도 당연한 건 없단 다."

어머니의 말을 유찬은 마음에 새겼다.

유채가 제 곁에 있는 건 당연한 게 아니다. 그걸 당연하게 여기지 말자. 언제고 그녀가 떠날 수 있다는 걸 알았다. 그러 니 떠나지 않도록, 후회를 남기지 않도록 잘하자.

"유채야."

"응."

"졸리면 눈 좀 붙여."

"아니, 괜찮아."

잠시 밖을 보던 유채가 낮게 웃으며 유찬의 옆모습을 응시 했다. 마주 보고 싶었지만 운전을 하는 중이어서 보지 못했 다. 대신 맞잡은 손에 힘을 주었다.

곧 유채의 집 앞에 도착했고 그녀는 안전벨트를 풀며 문을 열었다. 그도 벨트를 풀고 밖으로 나왔다. 차 앞에서 그녀를 내려다보던 유찬이 고개를 숙였다.

"아쉽네."

유찬이 중얼거렸다. 그리곤 이마에 입을 맞췄다. 잠시 눈 을 깜빡이던 유채는 슬쩍 입꼬리를 올렸다. 그녀는 그의 옷

자락을 잡았다.

"⋯⋯유찬아."

"응?"

유찬은 그녀의 표정을 힐끔거리며 보았다. 무슨 꿍꿍이인
지 수상한 얼굴이다. 유찬은 눈치챘으면서도 모르는 척 물었
다.

유채가 그의 양팔을 꽉 잡고 잡아당겼다. 유찬이 휘청거리
며 앞으로 고개를 숙였다. 그와 동시에 쪽 하고 입술이 맞닿
았다.

"할 말 있으니 집에 들렸다 가."

"아, 응."

유찬은 차를 제대로 주차한 후 운전석에서 내렸다. 유채는
팔짱을 낀 채 그가 다가오는 걸 바라보다 먼저 집으로 향했
다. 그녀의 뒤를 따라가며 무슨 말일까 고민했다.

유채가 비밀번호를 누르고 문을 열었다. 들어가라며 고갯
짓을 하기에 유찬은 먼저 신발을 벗고 들어가서 자연스럽게
바닥에 앉았다. 그녀는 문을 닫고 들어와 바닥에 핸드백을
내려놓고 침대 위에 안착했다. 그녀를 바라보던 유찬이 물었
다.

"할 말이 뭔데?"

"서유찬은 바보입니까?"

"아닙니다."

장난스럽게 물어 오기에 장단을 맞춰 대답을 해 주었다. 유찬의 앞으로 다가와 엉덩이를 붙이고 앉은 그녀는 빼꼼 고개를 들었다. 시선이 마주치자 유찬은 살며시 고개를 돌렸다.

단둘이 있는 공간에서 시선을 마주하다간 감정을, 그녀를 향한 욕망을 주체할 수 없어질 것이다. 그래서 일찌감치 자제하려 시선을 피했다.

그런데 갑자기 유채가 그의 양 뺨을 덥석 잡아 힘을 주어 고개를 들게 했다. 저를 빤히 바라보는 유채와 눈이 마주쳤다.

"유찬아."

"응."

"일단……."

뒷말을 흐리던 유채가 유찬의 손목을 잡고 이끌었다. 어딜 가나 했더니 침대 위로 휙 밀쳤다. 작은 몸집에서 어떻게 이런 힘이 나오는지 모르겠다.

유채가 하는 대로 끌려온 그는 눈을 깜빡이며 멍한 얼굴로 그녀를 바라보았다.

유채는 그대로 그의 위에 올라탔다. 유찬은 당혹스러워 어쩔 줄 몰랐다. 그녀의 팔목을 두 손으로 잡고 일어나려고 했으나 유채가 엎드려 버리자 옴짝달싹할 수 없게 되었다.

"유채야."

"자고 가지?"

"너……."

"아니, 그렇게 조를 땐 언제고 내가 하자니까 싫어?"

"곽유채!"

"네, 네. 그렇게 안 불러도 내가 곽유채인 거 알고 있어."

콧노래를 흥얼거리던 유채는 그의 입술에 쪽 입을 맞췄다.

"내가 오늘 네 소원, 들어주려고."

"내…… 소원이 뭔데."

유찬이 침을 꿀꺽 삼키며 물었다. 유채는 힐끔거리며 유찬에게 가만히 있어, 하고서 협탁을 향해 손을 뻗었다. 첫 번째 서랍을 열어 무언가를 꺼냈다. 유찬은 심호흡을 하며 이걸 어떻게 해야 하나, 생각하며 천장만 바라보았다.

물론 완전히 유채를 내 걸로 만들고 싶지만…….

오늘은 아무런 준비도 하지 않은 상태라 주저했다. 하지만 그때였다.

"여자가 먼저 덮치기."

그녀의 손에 콘돔이 들려 있었다. 유찬의 눈이 동그랗게 변했다.

"자, 어떻게 할까?"

유채가 눈가를 휘며 물었다. 자신을 내려다보는 유채는 사랑스러웠고 한편으로는 섹시했다. 유찬은 손을 뻗어 유채의 허리를 잡아 자신의 위로 엎드리게 했다.

그의 가슴팍에 머리를 기댄 유채는 눈을 깜빡이다 꿈틀거리며 움직였다. 그의 턱에 입을 맞추고 눈을 마주했다.

"밥상 차려 주는데도 못 먹는 바보."

"하하. 오늘 어머니랑 아버지 만나고 났더니 더 소중히 여겨야겠다는 생각이 들었거든."

"사실 늘 집에 콘돔 넣어 놨는데."

"설마 다른……."

유채는 유찬이 다른 말을 하지 못하도록 자신의 입술로 막았다.

그녀의 도발에 유찬이 슬쩍 아랫입술을 핥았다. 유채의 입술이 스르륵 열렸다. 허락을 구하는 것처럼 입술을 살며시 물고 늘어지다가 그 안으로 들어갔다.

동시에 그의 단단한 팔이 허리를 감쌌다. 다른 쪽 손으로 그녀의 뒤통수를 감싼 그는 살짝 고개를 틀어 입술을 계속해서 머금었다. 정중하게 들어간 혀는 점점 난폭해지더니 거칠게 입안을 훑고 돌아다녔다. 상체를 일으킨 유찬을 따라 그녀도 자세를 바꿨다. 어느새 들고 있던 콘돔이 침대 위로 툭 떨어졌다.

"하, 하아……."

"난 그저 할 말만 듣고 가려고 했는데……."

"내가, 그냥 안 보낼걸."

"하하."

낮게 웃던 유찬이 고개를 숙여 그녀의 귓불을 깨물었다. 몸이 움찔 떨렸다. 유채는 침을 삼켰다. 공기가 뜨거워진 것 같았다.

"허락해 줬으니…… 널 가질 거야."

그가 방금 전 깨물었던 귓불을 빨아들였다. 뜨거운 숨결에 몸을 움찔한 그녀는 엉덩이를 들어 무릎으로 지탱했다. 유찬이 홀린 것처럼 얼굴을 들었다.

"너 정말……."

"내가 너보다 더 너를 가지고 싶었어. 알아?"

유찬의 목을 두 팔로 끌어안으며 그에게 몸을 기대었다. 유채는 그의 이마에 살며시 입을 맞췄다. 유찬은 자유로운 다른 한 팔로 그녀의 다리를 감싸 안았다.

"마음껏 가져 보라고 하고 싶지만……."

"……."

"이젠 내가 안 되겠다."

유찬은 흥분에 찬 목소리로 낮게 읊조렸다. 유채는 몸이 저절로 떨림을 느꼈다. 앞으로 그와 함께할 행위에 대한 기대와 걱정으로 인한 것이었다. 처음엔 몸이 갈라질 것처럼 아플 거라는 후기를 인터넷에서 많이 봤다. 그럼에도 사랑하는 사람과 맨몸으로 맞닿는 건 어떤 기분일까, 기대감을 감출 수 없었다.

유채는 그의 머리카락을 두 손으로 정리하고 눈 위에 살짝 입을 맞췄다가 떨어졌다. 그는 그녀의 배 위에 머리를 댄 채 눈을 감고 있다 고개를 들어 그녀를 바라보았다. 까만 눈동자가 자신을 원한다는 듯이 반짝이는 게 사랑스러웠다.

유채는 천천히 겉옷을 벗었다. 안에 입은 민소매 티가 드러나 속옷이 언뜻언뜻 보였다. 눈을 감았다가 뜬 유찬은 그대로 그녀를 안고 침대 위에 눕혔다.

"깜짝이야."

"곽유채는 적극적인 것뿐 아니라 도발적이네."

"그걸 이제야 알았어?"

한쪽 눈을 찡긋거리던 유채가 유찬이 입은 셔츠의 단추를 위에서부터 하나씩 풀기 시작했다.

유찬은 그녀를 내려다보며 신음을 삼켰다. 평소에도 적극적이라는 걸 알고 있었지만 침대 위에서까지 이럴 거라곤 생각도 못 했다.

덕분에 아래는 이미 답답해진 지 오래였다. 당장이라도 그녀를 덮치고 싶은 마음을 억지로 참고 있었다.

"유찬아."

"……."

"네 시선, 무지 끈적한 거 알아?"

"네가 그렇게 만들었잖아."

여기서 그만두라고 하면 정말 잔인한 건데. 유찬은 속으로 중얼거렸다.

당장이라도 날뛰고 싶은 자신의 분신을 모른 척하고서 그녀의 짧은 머리카락 끝을 매만졌다. 그녀는 단추를 다 풀고 난 뒤 셔츠를 벗게 했다. 적당히 근육이 붙어 있는 탄탄한 가슴이 드러났다. 머리끝을 만지작거리던 유찬의 손이 유채의 뺨을 감싸고는 시선을 마주하게 했다.

"유채야."

괜히 그녀의 이름을 불렀다. 왜, 하고 평상시와 같은 대답이 돌아왔다. 짧은 입맞춤을 하고서 그대로 그녀를 눕혔다. 두 팔을 뻗어 그녀의 머리 옆을 짚었다. 그리고 부드럽게 유채의 뺨을 손등으로 문질렀다.

"사랑해."

"응, 나도."

"이제 해도 될까."

"마음대로."

옆에 떨어진 콘돔을 손가락 사이에 끼고서 장난스럽게 찡긋 웃어 보였다.

"이것도 있겠다."

그러나 유채는 더 이상 장난을 치지 못했다. 위에 올라탄 유찬이 손목을 낚아채 머리 옆에 고정하고서 입술을 겹쳐 왔다. 동시에 맞닿은 하체가 압박해 오자 성이 난 그의 것이 적나라하게 느껴졌다. 눈을 동그랗게 떴다가 감으며 그의 손에 잡힌 손목을 비틀었다.

의외로 유찬은 손을 쉽게 놔주었다. 유채가 저를 밀어내는 것이 아니라 오히려 받아들이려 준비하는 걸 알았기 때문이었다. 유채는 그대로 그의 목에 양팔을 감았다.

평소와 달리 여유가 없는 키스였다. 잡아먹을 것처럼 밀어붙여 오는 키스. 뜨거워도 너무 뜨거웠다. 곧 유찬의 손이 가슴을 잡고 주무르다 등 뒤로 가더니 옷 속으로 사라졌다.

급해도 너무 급해……!

유채는 그저 그의 다급한 키스에 응할 뿐 아무것도 할 수 없었다.

그가 브래지어를 풀었다. 곧바로 브래지어와 민소매 티를 한 번에 벗겨 내자 그녀의 살결이 드러났다. 맨몸을 보이기는 처음이라 반사적으로 가슴을 두 팔로 가리려 했지만 그에게 저지당했다. 말랑한 가슴을 쥐고 강약 조절을 하며 주무르자 몸이 저절로 비틀어졌다.

"웃, 잠깐."

입술을 떼어 내고 유찬의 어깨를 두 손으로 잡았다. 하지만 유찬은 그녀의 입술에 묻은 타액을 혀로 훑다가 목으로 내려와 쪽 소리를 내며 입을 맞췄다.

"안 돼."

왼손을 뻗어 유채의 양 손목을 한 번에 잡아 머리 위로 고정했다. 벗어날 수 없을 정도로 강한 힘에 놀라기도 잠시 곧바로 새로운 자극이 이어졌다. 그의 입술이 가슴골에 닿았다. 유채는 눈을 질끈 감았다. 입술과 손이 주는 자극이 컸다.

입술이 내려온 곳은 볼록 솟은 정점 위였다. 살며시 혀를 내밀어 주변을 덧그리듯이 움직였다. 시선을 들어 유채의 반응을 살피다 빨개진 얼굴을 마주한 그가 웃으며 빨아들였다.

"유, 유찬아. 하아……!"

어느새 풀려난 양손을 뻗어 유찬의 머리를 쓰다듬었다. 유채의 손길을 느끼다가 가슴을 애무하던 손을 내려 허리와 배를 지나 아래에 이르렀다. 양손으로 청바지를 벗긴 후 속옷도 벗겨 버렸다. 자신도 입고 있던 옷도 훌훌 벗어 던지고 다시 그녀를 향해 손을 뻗었다.

유채의 온몸을 정성껏 애무했다. 그녀는 자신의 몸이 점점 이상해짐을 느꼈고 자꾸만 입에서 민망한 소리가 튀어나오려고 해 손등으로 입을 막았다. 하지만 그것도 잠시, 유찬이 손을 낚아챘다.

"들려줘."

낮게 속삭이는 목소리는 거절할 수 없을 만큼 거칠고 달콤했다.

그의 손이 아래로 내려와 그녀의 안으로 들어갈 수 있게 준비했다. 아직 피지 않은 꽃을 열기 위해 조심스럽게 문지르다 그녀의 속으로 파고들었다.

이물감에 저절로 몸이 뒤틀렸다. 손가락이 늘어 갈수록 이

상한 느낌이 들어 유채는 괜히 도발했나 싶었다. 하지만 그
는 아래를 애무하다가도 위로 올라와 자신의 눈을 마주하고
입을 맞춰 주며 연신 긴장을 풀어 주었다. 그 손길이 너무 다
정하고 정중해서 유채는 다른 게 어찌 되든 어떤가 싶어졌
다.

　조심스럽고 다정한 손길로 유채의 몸을 충분히 어루만진
유찬은 콘돔을 향해 손을 뻗었다.

　"아프면 다 안 넣을게."

　"……응. 근데 그거, 내가 하면 안 돼?"

　이럴 때조차 호기심을 보이다니. 유찬은 크게 웃으며 콘돔
을 넘겼다. 유채는 손톱에 찢기지 않게 조심히 그의 것에 고
무를 씌웠다.

　"좀…… 크네?"

　마지막으로 누우면서 하는 말에 유찬은 하하 웃다 삽입을
시도했다. 천천히, 그녀를 배려하는 몸짓이었다. 유채는 서
서히 들어오는 그의 것을 느끼며 눈을 질끈 감았다. 온몸을
반으로 가르는 기분이었다.

　하지만 소리를 지르거나 입을 열지는 않았다. 그가 다 들
어올 때까지 버텼다.

　자신을 받아들이려고 아픔을 꾹 참는 그녀를 보자 마음이
뭉클했다. 유찬은 그녀의 이마와 눈 위에 입을 맞췄다.

　"……다 들어갔어. 느껴져?"

"응. 기분 좀 이상하다."

서로 눈을 마주하다 입을 맞췄다. 그리곤 동시에 웃었다. 유채는 손을 뻗어 유찬의 목에 팔을 감쌌다. 그녀를 꽉 껴안은 그는 움직이기 시작했다.

드디어 하나가 되었다. 드디어 서로를 가졌다.

유찬은 고개를 숙여 유채를 바라보았다. 눈을 꽉 감고 있는 그녀의 얼굴이 빨개져 있었다. 눈을 마주하고 싶었다. 유찬은 고개를 숙여 귓가에 그녀의 이름을 불렀다.

"유채야."

그녀가 눈을 떴고 그 눈과 마주친 순간.

"야아······."

유찬의 눈가에서 눈물이 툭 떨어졌다.

당황한 유찬은 움직이던 걸 멈추고 손등으로 눈물을 닦았다. 멍하니 그를 올려다보던 유채가 피식 웃으며 한 손을 내밀었다.

"바보."

그는 고개를 숙였다. 가만히 유찬의 머리를 쓰다듬던 유채가 힘껏 그를 껴안았다. 맨살에 뜨거운 눈물이 닿았다. 계속 그의 것이 안에서 자극하는 기분이 들었지만 아랑곳 않고 그를 달래 주었다.

사랑해.

그가 귓가에 속삭였다. 나도, 하고 대답을 한 뒤 유찬의 얼굴에 입을 맞췄다. 조금이지만 미소를 지은 유찬은 그녀를 꽉 끌어안고 움직이기 시작했다.

어느새 다시 방 안의 공기가 뜨거워졌다.

그 밤, 그들은 서로를 온전히 가졌다.

13화

프러포즈는 어떻게 해야 하나 고민을 하던 유찬은 이번에도 인터넷의 힘을 빌렸다. 프러포즈하는 방법을 검색하니 이벤트 광고만 즐비하게 나왔다.

유찬은 한 손으로 얼굴을 덮고 들고 있던 핸드폰을 테이블 위에 떨어뜨렸다. 유겸이 닦던 글라스를 내려놓으며 유찬을 힐끗 보았다.

굳어 버린 유찬의 모습에 호기심이 든 유겸은 무엇을 봤기에 저러나 싶어 그의 핸드폰을 확인했다. 잠시 후 유겸은 아무것도 보지 못한 사람처럼 핸드폰을 뒤집어 테이블 위에 내려놓았다.

"⋯⋯형님."

망설이던 유겸이 그를 불렀으나 생각에 잠겨 듣지 못한 모양이었다. 유겸은 머뭇거리다 그의 옆에 앉아 어깨를 토닥였다. 앓는 소리도 들린 것 같았다.

"벌써 형님도 가실 때가 되었나 보군요."

"유겸아."

"네?"

"네가 보기에…… 이런 것들."

유찬은 고개도 들지 않고서 손가락으로 핸드폰을 가리켰다. 정확히 지칭하진 않았으나 어떤 것을 의미하는지 모를 수가 없었다.

"내가 이런 걸 하면 유채가 과연 좋아할까."

유겸은 고개를 저었다. 전혀 좋아하지 않을 것 같았다. 절대로. 아니지, 의외로 좋아하려나?

고개를 젓던 유겸이 살며시 시선을 옆으로 돌리자 유찬이 저를 바라보고 있었다. 유겸은 미안하다는 듯이 미소를 지었다.

"그게 말이죠. 딱 봐도 분명 안 좋아할 것 같아서……."

"생각보다 좋아할지도 모르지."

"으음."

정말 난감한 이야기다. 유겸은 다시 고민에 빠진 유찬을 바라보다 다른 의견을 꺼냈다.

"형님, 저런 이벤트보다……."

"응?"

"유채 누님은 그냥…… 진심을 담은 말 한마디면 될 거 같은데요? 여태 형님을 기다렸으니까, 마음을 전달하는 게 가장 좋은 것 같아요."

유겸의 의견에 공감한 듯 그의 표정이 아까보다 나아졌다. 유찬은 자리에서 일어나 자신도 모르게 콧노래를 흥얼거렸다.

유찬이 프러포즈에 대해서, 결혼에 대해서 계속 생각하게 된 계기는 얼마 전 밤에 있었던 일 때문이었다.

두 사람은 진정으로 하나가 되었다. 서로의 모든 것을 가지고 끌어안은 밤. 그날 이후로 유채와 헤어지는 게 무척 아쉬웠다. 서로 일하는 시간이 맞지 않아 주말 외에는 마음 놓고 볼 수 있는 날이 없었다. 그렇기에 결혼에 대한 필요성을 느끼는 것인지도 모르겠다. 함께 살면 더 많이 볼 수 있지 않을까?

"그런데 형님."

"응?"

"왜 갑자기 결혼을 생각하세요? 연애 시작한 지 얼마 안 되었잖아요."

"그거야…… 그렇지. 하지만 다들 생각했던 대로……."

유찬이 짧게 웃으며 잠시 뜸을 들였다.

"지금 보면, 나와 유채 사이가 참 묘하긴 했어."

"맞아요. 저도 처음에 두 분 사귀는 거 아니냐고 그랬었잖아요. 친구라고 했을 때 무척 놀랐었거든요."

유찬이 피식 웃으며 유겸의 머리를 쓰다듬었다.

"그래. 친구 이상인 것 같으면서도 연인은 아니었지."

이제 인정한다. 지난 시간을 돌아보면 친구 이상, 연인이하였다. 묘한 관계였음을 이제야 알 수 있었다.

유채가 없으면 못 살 것 같았다. 빈 옆자리에서 오는 허전한 감정과는 다르다. 그녀가 없으면 일상생활이 안 된다는 걸 느꼈다. 유채가 없는 미래를 생각한 순간, 가슴이 너무 아파 왔고 숨도 쉬어지지 않았다.

"바는 새벽까지 영업하잖아. 그 시간에 유채는 자고."

"하긴, 두 분 시간이 안 맞긴 하네요. 그래도 주말에는 만나시는 거 아니에요?"

"주말에만 만나는 게 불만이 좀 있어서."

"한마디로 더 보고 싶다는 거죠? 결혼하면 같은 집에서 매일 볼 수 있으니까."

"맞아."

유겸은 놀란 표정으로 그를 바라보았다. 얼마 전만 해도 유채와는 친구라며, 오해하지 말라고 극구 부정을 하더니 이제는 결혼하겠다고 고민을 한다.

놀라운 변화는 그것뿐이 아니다. 본래도 물렁한 성격에 정도 많고 다정하다는 건 알고 있었지만 감정을 인정하고 나니 좋아하는 걸 감추지 못했다. 모를 수 없을 만큼 전부 드러내고 있었다.

유겸은 문득 그녀라면 유찬이 무엇을 해 주든 전부 좋아하지 않을까 하는 생각이 들었다.

"형님."

"응?"

"제가 생각한 게 있는데요."

"뭔데?"

"유채 누님은, 형님이 해 준 거라면 뭐든 다 좋아할 것 같아서요. 그러니까……."

자신이 하는 말이 옳은지 잘 모르겠다. 뒷머리를 긁적이던 유겸은 다시 말을 이었다.

"그냥 형님의 진심을 전하세요."

유찬은 고개를 끄덕였다.

일단 반지를 사야겠다. 유채의 손가락 사이즈는 잘 알고 있으니 걱정 없었다. 그녀에게 가장 어울리는 반지를 사야겠다.

제가 준 반지를 끼고 있는 그녀를 상상하는 것만으로도 즐거웠다.

❋   ❋   ❋

올해로 5회째인 동창회가 돌아왔다.

유찬은 열린 족족 참여했지만 유채는 처음과 두 번째에만 참석하고 그 뒤로는 핑계를 대며 나가지 않았다. 이유는 하나였다. 갈 때마다 둘이 언제 사귀냐며 농담하는 게 듣기 싫어서였다. 하지만 올해는 참석할 생각이었다.

동창회는 항상 4월 마지막 토요일에 열렸다. 두 사람은 스케줄을 조정해 함께 참석하기로 했다.

"2년 사이에 달라진 애들도 있을 것 같은데. 어때?"

"아냐. 다들 비슷해."

"그런가."

"사랑인?"

"바쁘대. 따지고 보면 백사랑이 제일 바쁘다니까."

고등학교 3학년을 같이 지낸 사람들이 모이는 동창회 겸 반창회였다.

동창회를 생각하니 고3 때, 유찬을 독보적으로 좋아하던 여학생이 한 명 있었던 게 떠올랐다. 그녀는 항상 유찬과 친한 유채를 시기하고 미워했다. 이유도 없이 툭 건드리거나 괜히 수군거리곤 했었다.

물론 유채가 그런 것에 신경 쓰지 않는 편이어서 트러블 같은 건 없었지만 같은 공간에 있을 때마다 껄끄러웠었다.

2년 전에 보았을 때도 여전히 서유찬을 찾고 있는 그녀에게 내가 바로 서유찬의 애인이다, 하고 자랑할 날이 오면 얼마나 좋을까…… 하고 생각했었다.

가끔 연락 오는 다른 동창들은 유채에게 매번 물었다. 유찬과 유일하게 연락하는 여자는 너뿐인데 진전 없느냐고.

이제 드디어 자랑할 수 있는 기회가 왔다. 얼마나 유쾌할까. 그 상상만으로도 유채는 기분이 좋았다.

"그래도 오늘은 비교적 많이 참석하는 편이네."

"그래?"

"응. 작년엔 나까지 10명 정도였거든."

오늘은 15명이 온다고 했다. 각자 직장 생활을 하는 데다 벌써 아이가 둘이나 된 친구들도 있어서 15명이면 많이 오는 편이다.

유채는 케이크가 든 상자를 들고 조수석에 탔다. 케이크를 다리 위에 올려 두고 안전벨트에 손을 뻗었을 때 유찬이 다가왔다. 유채는 피식 웃으며 그의 머리를 꽉 안았다.

"……유채야."

"이상하게 네 뒤통수만 보면 안아 버리고 싶단 말이야."

"좋은 의미일까."

"그럼."

키득거리며 개구쟁이처럼 웃는 유채의 웃음소리가 듣기 좋았다. 유채는 유찬의 머리를 쓰다듬다가 그가 오늘 동창회에 참석하기 위해 머리를 손질했다는 걸 깨달았다.

유찬이 몸을 일으키자 손을 뻗어서 헝클어진 머리를 다시 만져 주었다.

"좋아. 됐다."

"병 주고 약 주네."

"그럼. 내가 누군데."

"곽유채지."

씩 웃는 유채가 귀여워서 유찬은 고개를 숙여 입을 맞췄다. 쪽 소리와 함께 유채가 그의 손목을 낚아채 얼굴을 들이밀었다. 눈을 깜빡이자 부드러운 입술이 닿았다가 떨어졌다. 코끝이 닿을 듯 말 듯한 거리에서 유채가 씩 웃었다.

"서 기사, 출발해."

"네, 네."

"안전 운전해. 케이크 망가진다."

"아무렴요."

차는 곧 부드럽게 출발했고 유찬이 그녀의 손을 잡았다. 유채는 손을 맞잡아 주며 투덜거렸다.

"두 손으로 운전해야지."

"나 운전 잘하잖아."

"말은 잘해요."

유찬은 운전을 하며 주머니 속에 넣어 둔 반지의 무게를 느꼈다. 대체 언제 건네줘야 할까. 도통 타이밍이란 걸 모르겠다.

한동안 정적이 흘렀다. 유채는 힐끔거리며 운전하는 유찬을 바라보았다. 그가 생각에 잠겨 있어 편안하게 운전을 하라고 잡았던 손을 빼내려고 했다. 그러나 오히려 손을 꼭 잡아 오며 시선을 자신에게로 살며시 돌렸다.

"왜?"

"운전하는데 불편해 보여서."

"괜찮아."

"내가 안 괜찮은데."

"나는 괜찮은데."

하지만 유찬은 손을 놓아주었다. 자신은 둘째 치고 유채가 불편하다고 하니 마음에 걸린 것이다.

대화는 끊겼지만 억지로 얘기를 이어 가려 하지 않았다. 대화가 없어도 어색하지 않았다.

얼마 뒤 동창회 장소에 도착했다. 생각보다 큰 호텔이라 놀라긴 했으나 주최자의 지인이 호텔의 지배인이라 작은 홀을 싸게 빌릴 수 있었다고 했던 게 기억났다.

지하 주차장에 주차를 한 뒤 엘리베이터를 기다렸다.

"이렇게 큰 호텔인 줄 알았으면 좀 더 차려입을 걸 그랬다."

"아냐. 유채는 뭘 입어도 다 잘 어울려."

"이게 바로 콩깍지인가. 하긴, 전부터 넌 그런 소리를 잘하긴 했다."

"어떤 거?"

"느끼한 소리?"

"느끼하다니……."

생각지도 못했던 지적이라 유찬은 어색하게 웃었다. 다른
사람도 아니고 유채가 그런 소리를 한다면 고쳐야 하지 않을
까 싶었다.

하지만 그녀는 의미 없이 한 말인 양 신경 쓰지 않는 것
같았다. 아무래도 다른 사람에게 물어봐야 할까.

마침 도착한 엘리베이터에 둘은 나란히 들어갔다.

"아 참, 회비 얼마지?"

"이미 내가 넣었어."

"내 몫인데 네가 왜 내!"

유채가 그의 양팔을 잡으며 흔들었다. 키도 몸집도 작은
그녀의 어디서 이런 힘이 나오는지 모르겠다.

흔들리는 대로 몸을 가만히 두던 유찬은 도착했다는 엘리
베이터 알림에 함께 내렸다. 유채는 손바닥으로 그의 팔뚝을
찰싹 소리가 나게 쳤다.

"아파, 유채야."

"아프라고 때린 거야. 힘들게 번 돈 자꾸 나한테 쓸래?"

유찬은 섭섭하다는 듯이 그녀를 바라보았다. 그 표정에 잔
소리를 더 하려던 유채는 입을 다물었다. 낮게 한숨을 쉬고
서 유찬의 손을 잡았다.

"네가 저번에 옷도 샀었잖아. 이 정도는 나도 해 줄 수 있어."

"다른 건 네가 훨씬 많이 썼잖아. 너만 부담하는 것 같아서 그래."

"응."

"그래도 다음부턴 말은 해. 알겠지?"

"알겠어."

182cm나 되는 유찬의 손을 이끌고 가는 유채의 뒷모습은 커다란 어린아이를 데려가는 엄마처럼 보였다.

동창회는 제일 안쪽에 있는 홀에서 열렸다. 홀 앞에서는 주최자와 다른 친구가 명단을 확인하고 있었다.

그들은 두 사람을 발견하고 놀란 표정을 지었다. 다정하게 손을 잡고 있었기 때문이다. 물론 유채가 유찬을 끌고 온 모양새였지만.

"둘이……."

해준이 먼저 입을 열었다. 그의 시선이 어디를 향해 있는지 알아차린 유채가 맞잡은 손을 번쩍 들어서 흔들었다.

"안녕. 오랜만."

"그러니까, 둘이 드디어……."

믿기지 않다는 듯이 바라보는 그 시선에 유채는 손을 흔들다 내렸다.

"그렇게 됐다."

"이야…… 얼마 전까지만 해도 아니라며."

"그랬지."

이번에는 유찬이 대답을 했다. 얼떨떨한 표정을 짓던 해준은 두 사람의 이름 옆에 체크를 했다.

유채는 다시 그를 이끌고 안으로 들어갔다. 낯익은 얼굴들이 드문드문 보였다. 그중 유채와 친했던 태호가 손을 번쩍 들고 인사했다. 분위기 메이커인 덕에 어울리면 항상 즐거운 친구였다. 그가 두 사람의 앞에 다가오다 맞잡고 있는 손을 발견했다. 그는 어리둥절한 표정을 지으며 손을 가리켰다.

"어……?"

이번엔 유찬이 손을 들어 올리더니 그녀의 손등 위에 입을 맞췄다. 그러자 태호뿐만 아니라 이 공간에 있는 모두가, 심지어 유채마저 굳어 버렸다. 오로지 유찬만이 생글생글 웃고 있었다. 유찬이 그녀의 손을 이끌고 빈자리에 앉았다.

유찬은 그녀를 앉힌 후 홀로 음식을 가지러 갔다. 굳어 있던 유채가 정신을 차리고 손을 내려다보았다. 바로, 방금 전에 유찬이 입을 맞췄던 자신의 손등을 멍하니 내려다보다 픽 웃었다. 의자에 편안하게 앉아 그를 기다리는데 자신의 앞에 다가오는 유정을 보았다.

황유정. 그녀하고는 사이가 그다지 좋지 않았다. 유채는 아무 생각이 없었는데 그녀가 유찬과 친하게 지내는 게 질투가 났는지 저를 무작정 괴롭혔다. 그럼에도 유채는 끄덕도 하지 않았다. 그게 더 얄미웠는지 학기 시작부터 졸업식까지 그녀를 미워하고 시기했다.

유채도 유정을 좋아하지 않았다. 아니, 좋아하지도 싫어하지도 않았다. 사람은 어디에서 어떻게 만날지 모르니 유채는 되도록 미워하지 않으려고 했었다.

유채는 그랬지만 유정은 아니었나 보다. 유채의 앞에 두 손을 꽉 쥔 채 부들부들 떨고 있었다. 유채가 고개를 들었다. 눈치가 빠른 편인 유채는 황유정이 왜 자신을 미워했는지 알고 있었지만 유찬과 저는 당시 친구였기에 아무 말도 하지 못했었다.

"너 유찬이랑…… 사겨?"

그 말에 짧은 웃음이 터졌다.

"궁금해?"

"대답해!"

날카롭고 높은 목소리에 유채는 고개를 끄덕였다. 유정이 붉은 입술을 깨물었다. 그녀는 일어나서 똑바로 유정을 바라볼까 했지만 자신보다 키가 큰 유정을 올려다보기는 싫었다. 차라리 앉아서 올려다보는 게 나았다. 편안하게 기대며 말을 했다.

"너 서유찬 좋아해서 질투했잖아. 그래서 나 괴롭히고."

유채는 무덤덤한 말투로 대답했다. 유정은 악에 받친 표정으로 손을 들었으나 그녀는 시선을 피하지 않았다. 순식간에 저를 향해 내려오는 손을 가만히 응시했다. 맞아 줄까. 아니, 그럼 아픈데. 근데 어차피 손을 잡기도 힘들 것 같네.

아주 짧은 순간 유채는 많은 생각을 했다. 그러다 갑자기 눈앞에 보이는 손바닥에 눈을 감았다. 하지만 뺨에 느껴지는 고통이 없었다. 이상하다고 생각하며 눈을 떴을 때 낯익은 남자의 뒷모습이 보였다. 유찬이 유정의 손목을 잡고 있었다.

"뭐하는 거야?"

유찬이 화가 난 표정으로 유정을 보고 있었다. 낮은 목소리에 분노가 더해지니 크게 화를 내지 않았음에도 두려움을 주었다.

"저…… 유찬아. 나는, 나는 그냥…….."

당황한 유정이 더듬거리며 말을 하려고 했지만 이미 화가 난 유찬에게는 아무것도 들리지 않았다. 유정은 입술을 깨물다 그의 손을 탁 치고서 친구들이 있는 곳으로 갔다.

유찬은 낮게 한숨을 쉬며 뒤를 돌았다. 그녀를 바라보던 그가 허리를 숙여 두 뺨을 감쌌다.

"어디 다친 덴 없지?"

"응. 그나저나, 가지러 간 음식은?"

"음식이 문제가 아닌데."

"너 화난 거, 처음 본다."

"하하……."

유찬이 그저 웃어 버리자 유채도 입을 닫았다. 조용히 따라 일어나서 그와 함께 음식을 가지러 갔다.

그사이 방금 전 상황을 고스란히 지켜보던 동창들은 삼삼오오 모여서 떠들었다. 작은 인원이지만 여러 명이 모이니 소리가 꽤 컸다. 덕분에 유정은 얼굴이 새빨개진 채 회장을 떠났다. 그녀의 친구들이 그녀를 붙잡는 소리가 들렸지만 정작 나가서 잡지는 않았다.

"너네, 아니라더니 결국 연애하나 보네?"

성격이 좋기로 유명했던 나리가 다가와서 두 사람에게 말을 건넸다. 유채는 나리를 끌어안았다.

"오랜만이다? 개나리."

"아직도 그 별명이니? 개나리라니. 우리 아들이 웃겠다."

"나중에 물어볼걸? 엄마 이름은 왜 개나리가 아니라 윤나리야?"

"너…… 여전하구나!"

나리의 말이 끝나자마자 두 사람은 동시에 깔깔거리며 웃었다. 여자들의 대화는 이해 못 하겠어. 유찬은 속으로 중얼거리며 유채의 몫까지 접시에 음식을 덜었다. 나리는 유채와 떠들며 접시에 음식을 담았다.

"언제부터 연애 중?"

"한 달 좀 넘었지."

"엑? 그것밖에 안 되었어?"

"왜?"

"아니……."

말끝을 흐리던 나리가 흐음 소리를 내며 한 발자국 뒤로 물러선 뒤에 관찰했다. 그리곤 대답을 했다.

"꽤나 오래 사귄 것 같은 분위기야. 그래서 오늘 청첩장 돌리러 온 줄 알았는데."

"에이, 아직 그 정도 아니야."

"설마."

"뭐…… 조만간 돌릴 수도 있고."

유채는 농담으로 그렇게 말을 했지만 유찬은 가슴이 두근 거렸다. 역시 지난번 결혼 이야기를 유채도 조금은 생각하고 있다는 뜻으로 들렸다.

빈 테이블로 향했다. 유채와 유찬, 그리고 나리까지 세 명이서 앉은 자리에 어느새 해준과 도한이 은근슬쩍 엉덩이를 붙여 자리를 꽉 채웠다.

"뭐야, 너네는 저쪽 가서 먹어."

나리가 퉁명스럽게 말을 하며 다른 테이블을 가리켰지만 해준이 능글맞게 웃으며 나리의 팔을 툭툭 쳤다.

"벌써 억척스러운 아줌마 다 되었네."

나리는 재작년에 결혼을 해서 아들이 하나 있었다. 남편이 오늘 아이를 볼 테니 가서 놀고 오라고 했다며 웃으며 말해 주었다.

"넌 뭐 아저씨 안 될 것 같니?"

"그러게."

키득거리며 웃던 유채는 자신의 손목을 잡아 오는 유찬의 손길에 고개를 돌렸다. 웃고 있지만 눈빛에는 불만이 가득했다.

유채는 이유를 알 수 없어 눈만 깜빡였다. 그리고 주변을 살펴보다가 곧 그가 불만인 이유를 알았다.

"아하."

낮게 중얼거리던 유채는 그의 어깨에 기댔다. 그러자 유찬의 입가가 느슨하게 풀렸다.

아무래도 빨리 가야겠네.

＊　　　　＊　　　　＊

원래 뒤풀이까지 있을 생각이었지만 점심을 먹고 간단하게 디저트를 즐긴 뒤 돌아가게 되었다. 아쉬워하는 친구들에게 유채는 종종 만나자고 말을 남기고서 유찬과 함께 호텔을 나섰다.

그제야 그의 표정이 풀린 것 같아 어이가 없어 웃어 버렸다. 서유찬이 이렇게 알기 쉬운 사람이었나 싶었다.

"생각해 보면……."

호텔을 나와 예약해 둔 레스토랑으로 향하는 중이었다. 운전을 하던 유찬이 입을 열었다.

"네가 멀리 떨어져 있는 대학에 가겠다고 했을 때 좀 충격이었던 것 같아."

"그게 왜?"

한 번도 멀리 떨어진다는 생각을 해 본 적이 없으니까.

그는 말을 속으로 삼키곤 아무것도 아니라는 듯이 웃었다. 유채가 그의 어깨를 탁 치며 팔짱을 꼈다.

"싱겁긴. 그래도 너 틈만 나면 내려왔잖아. 교통비도 만만치 않았을 텐데."

"그땐 상관없었어. 그리고 너랑 제일 친한 대학 친구 역시 남자라는 게 좀…… 화가 났던 것도 같아."

"질투한 거야?"

레스토랑 앞에서 발걸음을 멈춘 유채가 뒤를 돌았다. 유찬은 애매한 표정을 지으며 고개를 끄덕였다.

"지금 보니 그랬던 것 같아."

안으로 들어와 이름을 대고 자리를 안내받았다. 저녁 시간엔 항상 사람이 붐벼 호텔에서 나오자마자 미리 예약을 해 둔 건데, 잘했다는 생각이 들었다.

유채는 자리에 앉자마자 메뉴판을 보더니 파스타 두 개와 샐러드 하나를 시켰다. 주문을 하고 글라스에 따라 준 물을 한 모금 마시던 유채는 고개를 들었다.

"할 말이 있는데."

"응? 뭔데?"

"우리 부모님 보러 가기로 했잖아."

다음 주쯤에 잡은 약속을 떠올리며 유찬은 고개를 끄덕였다. 하지만 하려는 말은 그게 다가 아닌 듯 끝을 끌었고 무슨 고민이라도 있는 양 쉽게 말을 꺼내지 못했다. 궁금한 마음에 재촉하고 싶었지만 유찬은 그녀가 말하기를 기다렸다. 그러나 곧 아무것도 아니라며 고개를 저었다.

마침 주문한 음식들이 나와 대화가 잠시 끊겼다. 유채가 하려던 말이 무엇인지 모른 채 식사를 하게 되었다. 유채의 표정을 살폈지만 무슨 생각에 잠겼는지 묵묵히 먹기만 했다.

내게 쉽게 하지 못할 말이 대체 뭐지?

유채가 입을 연 건 식사가 끝난 뒤였다. 그때까지도 두 사람 사이에 오가는 대화는 없었다.

집으로 가는 차 안, 그녀가 다시 입을 열었다.

"유찬아."

기다렸다는 듯이 그가 고개를 돌렸다.

"왜?"

"불과 몇 달 전까지만 해도 엄마가 선 자리 알아보고 다녔거든."

"……어?"

유채는 별거 아니라는 듯이 피식 웃으며 어깨를 으쓱였다.

유찬은 그 사실을 전혀 몰랐기에 멍한 표정으로 벨트를 매려다 멈췄다. 유찬의 표정을 보며 키득거리며 웃던 유채가 말을 이었다.

"아, 물론 나는 생각이 없어서 다 거절했지만."

"그……랬구나."

대답을 하는 목소리는 떨렸고 얼굴은 떨떠름한 표정이 되었다. 한편으로는 다행이라는 듯 안도의 한숨이 새어 나왔다.

"그래서 엄마한테 말했지. 최근에 애인 생겼는데 그게 서유찬이라고."

"그랬더니 뭐라고 하셨어?"

"음……."

잠시 회상을 하는 것 같더니 피식 웃어 버렸다. 의아한 표정의 그를 바라보던 유채는 유찬이 손을 잡아 오자 맞잡아 주며 다시 입을 열었다.

"그게 말이지."

유찬은 미소를 지으며 유채의 머리를 쓰다듬었다.

"우리 엄마도 네 어머니랑 똑같은 반응이어서 말이야. 한참 네 얘기하고 그랬는데 지금은 얘기 안 하니까 헤어진 줄 알았더라."

"내가 미안하네."

"진작 헤어져서 너라고는 생각 못 하셨는지, 놀라더라고.

그래서 말했지. 줄곧 친구로 지내다 사귄 지는 얼마 안 됐다고."

말을 멈춘 유채가 천천히 고개를 돌리자 유찬은 언제 웃었냐는 듯이 진지한 표정을 짓고 있었다. 그를 바라보던 유채가 자신의 생각을 말하려 했다.

그때, 유찬이 왼쪽 주머니에 넣어 두었던 반지를 꺼냈다. 유채의 표정이 묘하게 변했다.

"뭐라고 말을 꺼내면 좋을지, 계속 생각하고 또 생각했어."

"……"

"사실…… 잘 생각이 나지 않더라."

유찬이 하하 웃으며 벨벳으로 된 작은 상자를 열었다. 빛나는 반지를 바라보던 유채의 표정이 곧 당혹스러운 표정으로 바뀌었다. 전혀 예상치 못한 반응이라 갑작스레 프러포즈를 받아서 당황한 걸로 착각한 유찬은 섣불렀던 건 아닌가 싶어 후회가 되었다. 하지만 이미 상자까지 열었기에 하던 말을 계속하기로 하였다.

"우리, 정식으로 만난 건 얼마 되지 않지만 알고 지낸 시간은 꽤 길어. 물론 그동안의 시간은 친구 이상이었고, 그렇다고 연인은 아닌 묘한 관계였지만 말이야."

"그걸 알고 있네……"

"응. 내가 얼마나 겁쟁이였는지도 알고, 네가 없으면 아무것도 의미가 없다는 걸 알았어. 곽유채가 내게 얼마나 소중한 존재인지도."

유찬은 그녀와 눈을 마주했다. 놀라서 눈을 크게 뜬 것은 쉽게 볼 수 없는 표정이라 평상시의 모습으로 돌아온 게 아쉬웠다.

"같이 자고, 아침에 같이 눈을 뜨고. 함께할 수 있는 시간이 더 많았으면 좋겠다는 생각을 하고 나니까 결론은 이것뿐이더라."

유찬이 손을 뻗어 그녀의 왼손을 잡았다. 그리고 약지에 반지를 끼워 주었다.

"결혼하자, 유채야."

담백한 말에 유채는 약지에 끼워진 반지를 보았다. 눈을 깜빡이며 반지만 빤히 응시하다 갑자기 웃음을 터트렸다. 그는 어리둥절한 표정으로 유채를 바라보았다. 유찬의 시선을 느낀 유채가 미안, 하며 웃음을 참기 위해 애를 썼다. 하지만 한 번 터진 웃음이 멈춰지지 않는지 그녀는 계속해서 웃었다.

왜 웃는지는 알 수 없었으나 기분이 나쁘진 않았다. 어차피 유채가 감동해서 울 거라고는 생각조차 안 했다.

그때, 유채가 주머니를 뒤적이더니 무언가를 꺼냈다. 같은 색상의 작은 벨벳 상자였다.

"이건……."

"아니, 그⋯⋯."

쑥스러운 얼굴로 뒷머리를 긁적이던 유채가 상자를 열어 안에서 반지를 꺼냈다. 유찬이 준비한 반지와는 달랐지만 크 기나 모양은 비슷하게 생겨서 자세히 보지 않으면 커플링으 로 착각할 정도였다.

유채는 말없이 유찬의 왼손을 가져다가 똑같이 약지에 끼 워 주었다. 그리고 손을 맞잡으며 씩 웃었다.

"커플링 같네."

"어떻게⋯⋯."

"네 부모님 뵙고 나서 결혼까지는 아니지만 같이 살면 어 떨까 생각했거든. 그래서 먼저 말을 꺼내려고 했는데⋯⋯ 아 하하."

유채는 말을 끝까지 잇지 못했다. 새빨개진 얼굴로 그의 시선을 피했다. 유찬은 그대로 그녀를 꽉 끌어안았다. 차 안 이어서 불편했지만 상관없었다. 지금 벅찬 감정을 표현하기 도 모자란 시간이었다. 유채는 미소를 지으며 마주 안아 주 었다.

"유찬아."

"⋯⋯."

"우는 거 아니지?"

왠지 민망해서 농담을 꺼냈다. 진짜로 우는 건 아니겠지만 그가 벅찬 감정에 고개를 들지 못하는 것 같아 유채는 짧게 웃었다.

그의 침묵은 자신을 향한 마음이 그만큼 크다는 방증이었다. 왠지 쑥스러워서 유찬을 가만히 안고 있던 유채는 자신의 손에 껴진 반지를 바라보았다. 심플한 반지 가운데 자리한 작은 알이 빛나고 있었다. 빙긋 웃던 유채는 반지 낀 손으로 유찬의 등을 토닥였다.

"그래. 우리 언젠가 결혼하자. 하지만 아직 너랑 하고 싶은 게 많아. 연인으로서 말이야. 그러니까 이건 미리 예고!"

"……고마워."

"고맙긴. 예고인데도? 자, 뽀뽀."

유채가 입술을 쭉 내밀자 피식 웃던 유찬이 입을 맞췄다.

"어린애 같긴."

"자, 다음은 키스."

유찬은 또다시 웃으며 좀 더 고개를 숙였다. 그녀의 허리를 꽉 끌어안으며 입을 살며시 맞췄다. 입술이 살짝 벌어지자 혀와 혀가 닿고 부드러운 키스가 이어졌다. 입술을 떼고 한참 서로를 응시하던 두 사람은 동시에 웃음을 터트렸다.

"집부터 옮길까?"

"……어? 나야 좋지."

"아아, 근데 서유찬 집으로 가면 내가 출근하기가 좀 멀어지는데."

"그럼 새로 구할까?"

"아, 그럴까."

유찬은 시동을 걸고 차를 출발시키며 입을 열었다.

"유채야. 커플들이 하는 건 전부 해 보자."

"그래. 나, 너랑 만나면서 해 보고 싶었던 게 많단 말이야."

"그러게."

이미 서로에 대해서 많이 알고 있는, 오래된 연인 같아도 이제 막 시작한 풋풋한 커플이다.

"우정의 탈을 뒤집어쓰고 연애를 했던 것도 같아."

더 이상 유채는 과거의 일을 서글퍼하지 않는다. 오히려 농담처럼 먼저 꺼내기도 했다. 유채가 그런 말을 할 때마다 유찬은 속으로 미안한 마음이 가득 차올랐지만 아무렇지도 않게 웃으며 대꾸했다.

"그러게. 그러니 남들이 오해하지."

"그런데 보면, 어머니랑 아버지는 너한테 여자 친구 넷이나 있던 거 모르더라?"

운전대를 쥐고 있는 유찬의 손에 힘이 들어갔다. 그녀는 밖을 보고 있어서 알아차리지 못했다. 다행이라 생각하며 유찬이 대답을 했다.

"짧은 기간이었으니까. 그리고 만나는 동안 왠지 오래가지 않을 거라 무의식중에 생각하고 있었나 봐."

"흐음."

"아, 하지만 대윤이는 몇 번 봤거든. 그래서 알고 있는 것 같더라."

"그 녀석, 깜짝 놀라겠네."

"아니. 그렇지도 않던데."

얼마 전 대윤에게서 연락이 왔었다. 대윤은 다짜고짜 제 할 말을 빠르게 쏘아붙이기 시작했다.

―형. 유채 누나랑 다시 사귄다며? 엄마랑 아빠 앞에선 처음 사귀는 것처럼 말했더라?

이번이 처음이라는 말에 대윤은 황당하다는 목소리로 이어서 말했다.

―누나랑 사귀는 거 들통나면 공부 못 하게 할까 봐 숨긴 거 아니었어?

대윤은 한참 동안 자신의 말을 늘어놓다가 말했다.

―만약 형 말이 진짜면 유채 누나는 보살이다.

그게 무슨 말이냐 묻자, 대윤은 어처구니가 없다는 듯이 대답했다.

─유채 누나 형 좋아하는 거 다른 사람들도 다 알고 있었는데.
몰랐어?

유찬은 유채에게 한없이 미안했지만 동시에 그만큼 유채
를 사랑해 줘야겠다는 생각이 물씬 스며들었다.

"유채야."

"응?"

"……아니야."

대윤에게서 들은 이야기는 유채에게 하지 않기로 했다.

"그냥 불러 보고 싶어서."

"어우, 느끼해."

"이게?"

황당하다는 듯이 유채를 돌아보았다. 그녀는 낄낄거리며
웃다가 유찬의 오른손 손등에 쪽 입을 맞췄다. 유찬의 손이
움찔거렸다.

"서유찬, 의외로 귀엽단 말이지."

"귀여운 건 곽유채고."

"그건 나도 알고 있어."

"알아서 다행이네."

"그런데 지금 어디 가?"

어쩐지 집으로 가는 방향이 아닌 것 같았다. 분명 유채의

집으로 가는 중이었는데 어느 순간 방향이 틀어졌다. 그리고 점점 낯익은 길이 나왔다. 유채는 주변을 두리번거리다 그의 옆모습을 뚫어져라 바라보았다.

"서유찬 씨, 저 멀리 보이는 건 우리 아까 동창회 했던 호텔 아닙니까."

"맞아."

"……호텔에 다시 가는 이유는?"

"알면서."

점점 호텔이 가까워지자 유채는 유찬의 팔목을 덥석 잡았다. 그녀가 말려도 제 할 일을 할 거라 속으로 생각하던 중 웃는 소리가 들렸다. 유찬은 주차장으로 들어가며 고개를 옆으로 살며시 돌렸다. 어둠 속이라 잘 보이진 않았지만 틀림 없이 유채가 웃고 있었다.

"누가 도망간데?"

목소리는 조금 들떠 보였다. 빈 곳에 주차를 하자마자 옆으로 고개를 팩 돌렸다. 어느새 안전벨트를 푼 그녀를 보곤 유찬은 뒤통수를 한 대 맞은 것만 같았다. 눈이 마주치자 그녀가 빙긋 웃었다.

"오히려 환영해 주지. 아니, 그런데 왜 그런 얼굴이야?"

"아니……."

"나는 너를 위해 콘돔도 손수 준비했었다고."

"하하…… 역시, 곽유채는 대단해."

저렇게 반짝반짝하고 사랑스러운 여자를 어떻게 친구로
봤을까.

"유채야."

"응?"

유채가 미소 짓자 유찬은 홀린 듯 바라보았다. 그리고 느
릿하게 입을 열었다.

"사랑해."

나를 사랑해 줘서 고마워.

"응, 나도."

함께 엘리베이터에 타는 두 사람은 완벽한 연인 사이로 보
였다. 서로를 무척이나 사랑하는, 다정한 연인이었다.

에 필 로 그

"유채가 요리를 얼마나 잘하던지요. 알고 보니 사돈을 닮아서였군요!"

"그러는 유찬 군도 얼마나 예의 바르고 착한지 몰라요. 다 사돈어른을 닮아서였네요!"

서로의 집안을 칭찬하기 바쁜 이 자리는 유채와 유찬의 상견례 자리였다.

양가의 어머니끼리는 칭찬 릴레이였고, 아버지끼리는 그저 어색하게 앉아 있다. 당사자인 유채와 유찬은 건너편에 앉아 서로를 멀뚱히 바라보다 픔, 하고 동시에 웃었다. 그러자 양가 부모님의 시선이 두 사람에게로 향했다.

"그래서 정했니?"

유찬의 어머니가 두 사람을 번갈아 보며 물었다. 영문 모를 소리에 유채가 먼저 물었다.

"어떤 거 말이세요?"

유찬의 어머니가 호호 웃고서 대답했다.

"결혼식 날짜 말이야."

"……벌써요?"

당황한 유채가 눈을 깜빡였다. 물론 서로의 부모님을 뵙고 난 뒤 바로 상견례를 가지자는 말이 나왔다. 양가 어머니들이 서로 연락을 하게 되어 일사천리로 이 자리가 마련되었다.

서로의 마음을 알게 되었고 연인이 된 지금, 이 관계를 좀 더 유지해도 좋지 않을까 생각했지만 어른들은 빨리 결혼하기를 바라시는 것 같았다.

유채는 이 질문을 이미 예상했던 터라 유찬과 의견을 모아 답변을 준비했다.

"결혼 날짜는 아직 정하고 싶지 않습니다."

유찬은 딱 잘라 말을 했다. 그러자 여태 가만히 듣기만 하던 유채의 아버지가 그에게 물었다.

"이유를 물어봐도 되나?"

유찬은 잠시 헛기침을 한 번 하고 대답했다.

"제가 유채 속을 많이 썩여 이제야 마주 볼 수 있게 되었습니다. 아직 유채에게 해 주고 싶은 것들이 많아 결혼은 좀 나중에 하고 싶습니다."

"결혼하고 나서 해 줘도 되지 않을까?"

이번엔 유찬의 어머니가 물었다. 그러나 자신의 어머니를 바라보던 유찬이 고개를 저었다.

"그럴 수도 있지만 우선 연인으로서 해 주고 싶은 것들이 있습니다."

유찬의 의견은 확고했다. 결혼을 하기 싫어서 미루는 것이 아니라 유채에게 연인으로서 해 주지 못한 것들이 많다는 말에 억지로 결혼 날짜를 잡을 순 없었다.

유채는 그의 마음이 고마웠다. 친구로 지내며 할 건 다 했다고 생각할 수 있지만 사실 그렇지도 않았다. 물론 결혼을 하면 좋겠지만 아직 연인으로 해 보지 못한 것들이 많아 미루고 싶었다.

"우선 저희, 같이 살고 있으니 그것만으로 참아 주시면 안 될까요?"

유채가 불쑥 말을 꺼냈다. 이미 알고 있는 사실이라 놀랄 건 없지만 같이 살 정도면 결혼을 해도 상관없지 않겠냐며 유채의 어머니가 물었다. 그러자 유채가 고개를 저었다.

"같이 살면서 결혼 생각이 들면 할 거예요. 하지만 아직은 아니에요. 먼저 동거한다는 게 나쁘게 보일지도 모르겠지만 멀리 돌아온 만큼 이해해 주셨으면 해요."

두 사람이 싫어서 결혼을 안 한다는 것도 아닌데 굳이 몰아붙일 필요는 없을 것 같았다. 저렇게 확고한 생각을 가지고 있고 더군다나 예쁘게 사랑하는 모습이 보였기에 더는 강요할 수 없었다.

어차피 두 사람을 믿고 있기에 양가 부모님은 여기까지만 하기로 하였다.

상견례는 친목을 도모하는 자리가 되었고 그 후로 도란도란 이야기하며 식사가 이어졌다.

✻　　　✻　　　✻

부모님들은 각자 집으로 돌아가셨고 두 사람만 남았다.

"어디 갈래?"

유찬이 그녀에게 묻자 유채는 곰곰이 생각하다가 빙긋 웃으며 어딘가를 가리켰다.

"공원 가자. 공기도 좋고, 걷고 싶어."

"유채야."

"응?"

"손."

"뭐야, 진지하게 불러 놓고 고작 말하는 게 손이라니. 좋아. 내가 인심 썼다."

"감사합니다."

피식 웃으며 유채가 내미는 손을 잡고 깍지를 낀 유찬은 그녀와 나란히 걸었다.

부모님의 앞에서는 시간을 달라고 말했지만 사실 유찬은 당장이라도 결혼하고 싶었다. 같이 사니 마음이 더 커졌다. 남자의 본능 안에 있는 소유욕이란 녀석이 계속해서 그녀를 자신의 것으로 만들려면 한 가족으로 묶어 버려야 한다고 속삭였다.

하지만 그녀는 그동안 저를 짝사랑하며 연인 사이가 되었을 때 하고 싶은 것들을 꿈꾼 모양이다. 그래서 그녀와 충분히 상의를 한 다음 어른들께 의견을 전한 것이다. 아쉬운 마음을 접고 잡고 있던 손에 힘을 주었다.

어느새 머리를 길러 어깨까지 닿는 머리 길이가 된 유채에게 시선을 두던 유찬이 입꼬리를 올렸다.

급하게 가지 말자.

그래도 그 말은 사실이다. 그녀에게 상처를 준 것이 계속 마음에 남아 있었고, 못 해 준 걸 다 해 주고 싶은 마음도 있었다. 물론 결혼을 하고 나서도 해 줄 자신이 있었다.

"유찬아, 잠깐 앉을래? 자판기 커피도 오랜만에 마시고."

"내가 사 올게. 앉아 있어."

"좋아. 커피를 대령하시오."

"분부대로."

※   ※   ※

유채는 벤치에 앉아서 자판기에 동전을 넣는 유찬의 모습을 바라보았다. 문득 아까 상견례 자리에서 그가 했던 말이 떠올랐다. 자신을 많이 생각해 주고 있는 게 느껴지는 말이었다.

하지만 유채는 알고 있었다. 그가 결혼을 하고 싶어 한다는 것을. 이대로 지내도 나쁘지 않을 걸 아는데도 결혼을 하고 싶어 하는 마음은 아마도 저와 같다고 생각했다.

그렇게나 좋아했는데 내 남편이 된다는 건 아주 환상적인 일이지.

유채의 입꼬리가 살며시 올라가 있었다. 그녀는 막 결정을 내렸다. 제 결심을 말하면 그가 울 것 같았지만 그 모습을 보면 통쾌할 것도 같았다.

왠지 부모님들께는 죄송했다. 언제 결혼할지 모르니까 나중에 결정하겠다고 한 지 몇 시간이 채 지나기도 전에 말을 바꾼다고 생각하실 수도 있겠다. 그래도 좋아하실 걸 알기에 별다른 생각은 하지 않기로 했다.

어느새 커피를 들고 오는 유찬이 보였다. 유채는 자신의 옆자리를 툭툭 손바닥으로 두들겼다. 그는 고개를 끄덕이며 자리에 앉은 후 유채에게 커피를 건네주었다. 설탕이 잔뜩 들어가서 달디단 밀크 커피. 함께 지하철을 기다리며 마셨던 자판기 커피였다.

사소한 것마저 추억이었다. 그 추억은 매번 곱씹어도 질리
지 않았다.

오히려 새록새록 떠오르며 즐거웠다. 이런 일도 있었지,
하며 새로운 추억을 아름답게 물들이는 느낌이었다.

"유찬아."

"응?"

"이제 와서 묻는 건데 내가 졸업식 날 고백했을 때 어땠
어?"

"으음…… 솔직히 말하면, 당황스러움이 더 컸던 것 같아.
생각도 못 했거든."

역시 그랬나. 키득거리며 웃었다. 지금은 웃을 수 있지만
유찬과 친구 사이일 때는 그러지 못했다. 그 생각만 떠올리
면 가슴이 아팠다.

좋아하는 사람에게 고백을 하기란 꽹장히 어려웠다. 용기
를 내어서 고백하는 사람들도 있는 반면, 그렇지 않는 사람
도 있었다.

유채는 후자에 속했었지만 졸업식 전에 용기를 내어 고백
을 하였다. 아니, 사실 너무 좋아하는데 어쩔 줄 몰라 그 마
음을 풀어 버린 거였다. 거절당할까 봐 무서워서 모르는 척
했던 것과 달리 마지막이라는 생각이 더 커서 어렵게 마음을
먹은 것이었다.

"나 사실 그날 너 가고 나서 울었었거든."

"······뭐?"

유찬은 하마터면 커피를 엎지를 뻔했다. 곧 미안함이 가득한 표정이 되어 유채의 손을 잡았다. 두 사람의 시선이 맞닿았다. 미안해서 죽으려고 하는 표정을 보고 웃던 유채가 다시 말을 이었다.

"포기해야 하는데 네 대답에서 희망이 보이는 것 같아 안했거든. 그 덕분에 너랑 인연이 계속 이어진 거니까 고마워해."

"응."

"알았으면 결혼하자."

"······어?"

유찬의 눈이 느리게 감겼다가 떠졌다. 지금 자신이 무슨 말을 들은 건지 모르겠다는 표정이다.

멍청한 표정에 소리 내서 웃어 버린 유채는 꼼지락거리며 그의 손을 만졌다.

"좋아. 내가 준 반지 잘 끼고 다니네."

"······."

"인간의 욕심은 끝이 없잖아. 너랑 친구 이상이 되어 본다는 건 상상할 수도 없었거든. 늘 바랐던 일이지만 그 이상인 연인이 되니까 더 바라는 거 있지? 그래서······."

"그래. 결혼하자."

유찬은 더 이상 유채의 목소리를 듣고만 있을 수 없었다.

그녀의 목소리를 들었을 때는 아무렇지 않았지만 고개를 돌리고 나니 살짝 붉게 물이 든 얼굴이 보였다. 굉장히 사랑스럽고 귀여워서 그녀를 꽉 안아 버리고 싶었다. 커피를 단숨에 마신 유찬은 그녀의 손에 있던 커피를 내려놓고 그대로 꽉 껴안았다.

"내가 못 해 준 것들, 전부 다 해 줄게."

"정말로 다 해 줘야 해."

"응. 원하는 것도 다 들어줄게."

"그러면 안 되는데. 나 버릇없어져."

"괜찮아. 사랑스러우니까 됐어."

"서유찬, 언제 이렇게 느끼해졌어? 뭐 그래도 좋아. 귀여우니까."

"귀여운 건 너야. 그리고 유채야. 평생……."

잠시 품에서 그녀를 떼어 내고 시선을 마주했다. 그는 오로지 그녀만을 바라보며 손을 잡아 손등에 키스했다. 간지럽다며 투덜거려도 싫지 않은 티가 났다. 숨이 막힐 정도로 사랑스러워서 이대로 죽을 것 같았다.

유채의 청혼에 기분이 너무 좋았다. 자신이 먼저 해야만 했지만 되레 생각해 보면 그녀가 정말로 자신을 많이 사랑하고 있음을 증명해 준 것 같았다.

그러니까 이제 저는 그녀에게 사랑을 돌려주면 되는 거였다.

"평생 너를 아끼고 사랑할게. 평범한 말이지만 너를 사랑해."

"평범해도 좋은데?"

유채는 빙긋 웃으며 유찬의 입술에 입을 맞추고 눈가를 찡긋거렸다.

"혼수는 아이로?"

장난스럽게 말했지만 유찬은 진지하게 생각하며 그것도 괜찮겠다는 결론을 내렸다. 그는 말없이 유채의 손을 잡고 일어났다.

갑자기 어딘가로 걷기 시작하는 유찬의 뒤를 멍하니 따라가다 말을 걸었다.

"어디 가?"

그러나 그는 대답해 주지 않았다. 대신 택시 한 대를 잡아 근처에 있는 호텔로 가 달라고 했다.

유채는 자신의 농담을 그가 진심으로 받아들였다는 걸 알고 잡힌 손을 빼내려 했지만 힘이 달려 다른 손으로 유찬의 팔을 찰싹 때렸다.

"왜 그래? 아주 좋은 아이디어인데."

"나, 나는 농담한 거야. 농담……."

"난 아니야."

눈을 마주치며 웃는 유찬이 어쩐지 두려워졌다. 농담도 진담으로 받아들이는 그를 어떻게 해야 할까 진지하게 고민을 하다가 고개를 들어 보니 어느새 호텔의 엘리베이터였다.

"유찬아, 진정해. 너 지금 눈 맛 갔어."

"그런 말을 한 곽유채가 나쁜 거야."

"우리 아이는 천천히 만들자. 일단 결혼도 안 했고……."

"혼수로 아이라며."

빙긋 웃던 유찬은 엘리베이터에 딱 달라붙어서 어색한 웃음을 짓고 있는 유채에게 다가갔다. 이마에 부드럽게 입을 맞췄다.

"아주 좋은 생각이야."

✳　　　✳　　　✳

결혼식과 신혼집 준비는 순식간에 이루어졌다. 양가 모두 기뻐하며 허락한 결혼이기에 식장도 금방 정해졌고, 신혼집은 투룸으로 구해서 단출하게 살기로 하였다.

결혼 준비 과정을 보던 사랑은 연애 시작한 지 얼마나 되었다고 결혼까지 일사천리냐며 본인도 남자를 소개해 달라고 떼쓸 정도였다.

"야, 나도 남자. 나도 연애!"

"진정해, 친구야. 언젠간 좋은 남자가 생길 거야."

사랑은 한동안 유채의 귀에 딱지가 앉을 정도로 부럽다고 노래를 불러 댔다.

유채는 사랑의 푸념이 길어지자 자랑을 멈추고 결혼 준비의 고단함에 대해 말하기 시작했다. 정말 지극정성으로 유찬에게서 사랑을 받은 유채는 친구인 사랑에게 문자로 복상사가 뭔지 알 것 같다고 하였다.

유채가 봄에 결혼하고 싶다고 지나가듯 말해 결국 결혼식은 봄에 진행되었다. 신혼여행까지 잘 다녀왔지만 문제는 혼수가 아니었다.

"말도 안 돼."

혼수로 아기를 가지진 못했지만 허니문 베이비를 얻게 된 것이다.

"2년 뒤에나 아이 갖자며!"

"하하."

"서유찬!"

"딸일까, 아들일까?"

"어휴……."

벌써부터 기대하는 유찬의 모습에 그녀는 고개를 저었다. 하지만 곧 미소 지을 수밖에 없었다.

아직 2개월이라 티도 안 나는 배를 소중하게 쓰다듬어 주는 유찬의 옆모습을 바라보니 세상의 모든 행복을 다 가진 기분이었다.

이제 그들은 더 이상 친구도, 연인도 아니었다.

친구 이상, 연인 이상인 부부가 되었다.

—fin

작가 후기

하나의 이야기를 끝내고 나면, 무엇을 또 쓸까 고민하게
되던 어느 날.

문득 학창 시절의 첫사랑이 떠올라 이와 관련된 이야기를
적어 보면 어떨까…… 해서 시작된 이야기입니다. 그 시절의
풋풋한 기억을 하얀 종이 위에 담아내고 싶어서 시작된 〈친
구 이상 연인 이하〉는 독자님들에겐 어떤 이야기가 되었을지
모르겠습니다.

항상 하나의 이야기를 끝내고 종이 위에 그려져 나오는 걸
보며 많은 생각이 듭니다. 부족한 글임에도, 조금이라도 재
미있게 봐 주셨으면 합니다.

끝으로, 항상 저와 함께 있어 주는 친구들, 그리고 '거리의 담벼락' 사란, 피니 작가님. 권겨을 작가님. 지치지 않게 토닥여 주셔서 늘 감사합니다. 사랑해요!

이 책이 나올 수 있도록 도와주신 봄 출판사, 그리고 교정 꼼꼼히 봐주신 편집자님, 표지 예쁘게 만들어 주신 디자이너님 감사합니다.

괜찮으시다면 다음 이야기에도 함께했으면 합니다.

—윤해조 드림.